O ALMA

A FACE DE OUTRO MUNDO

José Oliveira

O ALMA

A FACE DE OUTRO MUNDO

MADRAS*TEEN*

© 2016, Madras Editora Ltda.

Editor:
Wagner Veneziani Costa

Produção e Capa:
Equipe Técnica Madras

Revisão:
Maria Cristina Scomparini

Dados Internacionais de Catalogação na Publicação (CIP)
(Câmara Brasileira do Livro, SP, Brasil)

Oliveira, José
O alma : a face de outro mundo / José Oliveira. -- São Paulo : Madras, 2016.

ISBN 978-85-370-0961-1

1. Ficção brasileira I. Título.

15-03641   CDD-869.93

Índices para catálogo sistemático:
1. Ficção : Literatura brasileira 869.93

Proibida a reprodução total ou parcial desta obra, de qualquer forma ou por qualquer meio eletrônico, mecânico, inclusive por meio de processos xerográficos, incluindo ainda o uso da internet, sem a permissão expressa da Madras Editora, na pessoa de seu editor (Lei nº 9.610, de 19/2/1998).
Madras Teen é um selo da Madras Editora.

Todos os direitos desta edição reservados pela

MADRAS EDITORA LTDA.
Rua Paulo Gonçalves, 88 – Santana
CEP: 02403-020 – São Paulo/SP
Caixa Postal: 12183 – CEP: 02013-970 – SP
Tel.: (11) 2281-5555 – Fax: (11) 2959-3090
www.madras.com.br

Este livro é dedicado com muito amor e gratidão aos meus queridos pais: José e Augusta. Verdadeiros heróis. Nunca conseguiram dar aos filhos as coisas que o dinheiro comprava (e, por isso, às escondidas, reclamávamos), mas deram a cada um de nós algo que dinheiro algum jamais comprará (o que, publicamente, agradecemos).

Capítulo 1

Foi a única vez que o viu, e era também a única lembrança que tinha de seu pai:
– Em um mundo distante, meu filho, temos uma alma que corresponde a nós, embora possua anatomia e formas físicas distintas às nossas. Entretanto, os seres são idênticos, como se fossem irmãos gêmeos, em aspectos interiores desconhecidos. A natureza destas revelações encontra-se muito restrita. Evidente que não há ser humano testemunha desta questão, mas posso te afirmar que é a mais pura verdade – dizia o homem, curvado como se estivesse exausto, diante do garoto de 8 anos.

O menino, manco de uma perna, estava muito feliz por ter conhecido o pai; diante daquele inusitado assunto, desconfiava de sua capacidade mental, embora isso não anulasse sua sincera e inocente felicidade sobre-humana mediante a longa espera por aquele momento mágico.

– Pai, por que nunca ninguém fala sobre isso?

O homem deu um afago na cabeça do garoto, antes de responder:

– Eles temem a verdade. Há certas verdades restritas à população; as autoridades são, sobretudo, muito egoístas. Acreditam que seus cargos lhes garantem o título de senhores do impossível. Eis os fatos puros e simples.

A poucos metros de distância, a mãe, que havia promovido o encontro, ouvia a conversa com certa desconfiança. Aflita, olhava ao redor do parque, verificando se estavam sendo perseguidos ou observados pelos homens misteriosos. Sabia que aquele tipo de conversa era um tanto perigoso: ela e o seu caso antigo haviam sido perseguidos até então, por causa daquela conversa que deveria ser trancada a sete chaves. Naquele momento, qualquer transeunte era suspeito. Sua excessiva cautela, de quem estava sendo perseguida, era conveniente.

— Você acredita mesmo nisso, pai? Acha mesmo que temos uma alma externa?

O homem sorriu para o garoto.

— Claro que acredito. Não é uma alma externa, meu filho, é um ser idêntico. Alma externa é o Jacobina, personagem do Machado de Assis no conto "O Espelho"; ele, sim, acredita em alma externa. Estamos falando que, em outro planeta, temos uma alma gêmea.

O garoto, afogando a carência, abraçou o pai. Ele não sabia quem era Jacobina e muito menos conhecia o conto, embora possuísse um vago conhecimento de quem era Machado de Assis.

— Mas há outro segredo — disse o pai, a meia voz.

Naquele momento, a mãe gelou:

— Jota, não faça isso! — advertiu com uma gravidade solene, e com um claro desapontamento em seu rosto; o garoto desfez o abraço, devido à urgência que havia no tom de voz da mãe. Naquele momento, despertou nela uma espécie de inquietação ainda maior.

Mas Jota não deu ouvidos, prosseguiu:

— Não sei que cargas d'água Machado sabia — continuou —, ou o que o levou a escrever "O Espelho" — o homem vasculhou ao redor, o suor escorria nas têmporas da mulher. — Mas saiba que não estamos sós no Universo. Há um número considerável de planetas que são habitados, e em um deles existe a alma que corresponde a nós aqui na Terra.

O garoto, subitamente, interessou-se ainda mais por aquela conversa; uma vontade irreprimível de ouvir a história toda se apossou dele. Jota olhou novamente ao redor: a mãe, movida pelo medo, dava voltas em circulo, olhando cada detalhe, vasculhando cada metro quadrado. O pai, falando baixinho, continuou:

— Isso, filho, não é uma hipótese: é uma verdade. Preciso que você acredite em mim.

O garoto assentiu.

— Não estamos sós no Universo; há um planeta no Sistema Solar no qual existe nossa alma gêmea. Se eles vierem à Terra, precisarão descobrir quem corresponde a eles para poderem sobreviver. Somos indispensáveis à existência desses seres na Terra, que precisam infiltrar-se na mente e corpo de um ser humano. A pessoa que tiver a sorte de estar conectada a esse ser fará coisas incríveis, pois eles são audazes guerreiros. Mas esta é uma alma interna, não é uma alma como Machado apresentou por meio do Jacobina. Interessante, não? Saber que no Universo temos alguém que corresponde à nossa alma? Esses seres que correspondem a nós já estiveram aqui há milhares de anos, fizeram contato com a humanidade e deixaram suas marcas em nosso planeta. Seus escolhidos foram a civilização maia; também construíram as pirâmides do Egito, a Muralha da China, e, como se não bastasse, estão por trás das Linhas e Geóglifos do Peru. Tudo o que é espetacular e inexplicável foi construído outrora por esses fantásticos seres. Isto ainda é segredo, mas um dia esta verdade virá à tona, filho – o garoto abriu um sorriso, abraçou o pai e foi correspondido por ele.

A mãe ficou agitada pelos súbitos movimentos de carros que rodeavam o parque, com estranhos homens observando os três.

– Pai, se existe esse planeta, qual deles é? Pois há muitos argumentos de que não existem habitantes fora da Terra. Dizem que uns planetas são frios demais, outros quentes demais, outros não possuem água, e assim por diante. Todos, com exceção da Terra, são incapazes de suprir vida em seus solos.

Jota não se espantou com a resposta, sabia que a mãe tinha a ver com a maturidade do menino.

– É o que eles dizem. Nunca pensaram na possibilidade de os seres nascerem adaptados ao ambiente que lhes foi imposto, ou fingem não saber. Mas a grande verdade é que morrem de vergonha por nós, humanos, que somos muito atrasados em diversos aspectos em relação aos de lá de cima.

Jota apontou para o céu com o indicador.

– E, quanto ao nome do planeta, não é nenhum dos que você já ouviu falar. O nome do planeta em questão não está associado a nome de deuses da nossa mitologia. Guarde este nome, filho: Acuy...!

Um grito de horror o interrompeu. A mulher soltou a voz, deu vazão à sua cólera, gritando:

– Me Largue!

A poucos metros dali ela estava rendida, com uma arma mortífera apontada para sua cabeça. Um homem lhe comprimia violentamente o pescoço; dos arbustos surgiram outros mascarados e armados, que renderam Jota. O menino, que tentou se proteger nos braços do pai, foi golpeado e caiu, indefeso.

– Enfim te encontramos! – soou a voz brutal de um dos homens enquanto algemava Jota. Lançou um olhar dissimulado e furioso ao menino:

– Esqueça esta história, garoto! Esqueça as bobagens que seu pai lhe falou... Qualquer coisa que tenha dito não passa de ilusão ou fantasia da cabeça dele!

– Me largue, me solte! – gritava a mulher, enquanto se debatia. – Eu não compartilho das ideias deste louco, só o trouxe aqui para conhecer o nosso filho! Soltem-me!

– É verdade, ela sempre duvida de tudo que falo! Deixe-a, o garoto precisa dela – afirmou Jota sorrindo, pois não era homem que tinha medo do inferno. Deu uma piscadela ao filho, que com extrema dificuldade, irritado com a inutilidade de seus esforços, se levantava. Os homens mascarados se entreolharam. O que parecia ser o líder deles fez sinal para que os demais a libertassem. O garoto então começou a chorar, queria mais tempo para ficar com o pai.

A mulher, estremecida até a medula e valendo-se da liberdade, pegou o filho pelo braço e saiu arrastando-o. O encontro fora, no mínimo, contraproducente.

– Vamos, Jefferson, vamos! – dizia ofegante, andando num passo elástico.

Depois daquele dia, os anos se passaram e Jota nunca mais foi visto. Durante algum tempo, a mulher recebeu visitas noturnas do homem que a deixou ir embora com o filho; tempos depois, foi internada, com a capacidade mental debilitada. Era perseguida por imagens horríveis e surpreendentes, e envelheceu em curto espaço de tempo. O sofrimento lhe deformou os traços.

O órfão, no entanto, continuou a vida da maneira que pôde: solitário. Corroído pela dor, deixando para trás a infância, as brincadeiras e as fantasias.

A maturidade chegou com a adolescência.

Capítulo 2

Treze anos depois...

Aos sábados, o jovem Jefferson gosta de ir às montanhas. Não que goste de escalá-las, ou ainda que seja dotado de um espírito aventureiro; o que o atrai é o rio que corre entre elas. Naquele pequeno rio de águas claras, ele pesca e busca inspiração, paz e sossego, entre uma fisgada e outra, fugindo assim do cansativo e agitado cotidiano da cidade grande.

O cenário conspira a favor de sua criatividade para terminar de escrever o seu segundo livro. Os olhos cansados, o inseparável chapéu de palha e os óculos fundo de garrafa fazem parte do modelito nada sofisticado do jovem e ainda franzino, coxo e dono de cadavérica magreza, "escritor".

Ele enterra a vara à margem, a linha com isca e anzol levemente inclinados, em razão da fraca corrente das águas; fica à mercê do destino, que traz a sorte ou o azar de algum peixe.

Preparando-se para escrever, Jefferson desliga o rádio. Ouvia o som do AC/DC, sua banda preferida, no CD *Back in Black*, o CD da banda australiana de que mais gosta – "rock de primeiríssima", afirma com convicção. O som rolava solto enquanto Jefferson se entretinha pescando, mas o jovem deu uma pausa e interrompeu Brian Johnson, que cantava a plenos pulmões num espetacular, admirável e singular agudo.

O rapaz, portanto, encosta-se em uma árvore, livra-se do chapéu de palha e de dentro da mochila saca o *notebook*. É hora de dar continuidade ao seu trabalho. Certamente o peixe que se aventurar àquele anzol ficará horas a fio lutando pela liberdade e sobrevivência, pois o seu algoz estará com seus pensamentos voltados apenas ao seu projeto.

Valendo-se do silêncio, acomoda o aparelho sobre as pernas e busca uma posição confortável, encostando-se no caule. Os dedos agredindo o teclado trabalham em ritmo constante; o lance de escrever, ler, reler e *apagar* começa. Capítulos são melhorados, diálogos entre personagens são lidos em voz alta. Jefferson acredita que desta vez o seu trabalho será aceito por uma grande editora, e que, por fim, viverá daquilo que sempre sonhou: literatura.

Há três meses lançou o seu primeiro romance, e as vendas não são muito animadoras. Pegou dinheiro das economias e investiu para publicar o livro de maneira independente, mas o retorno até agora só trouxe desavenças entre ele e sua esposa, Manuela; a Manu, uma russa que era verdadeira miragem de glória e beleza, dotada de olhos azuis que arrebatam qualquer alma masculina. Com a opinião antagônica à de Jefferson, pretendia usar o dinheiro para outros fins; mas no final, como uma compreensível companheira, acabou cedendo, em meio a receios aos sonhos do marido.

Jefferson busca palavras em sua mente para descrever as mais inacreditáveis cenas que afloram; sabe que seu dicionário mental, acompanhado do vocabulário, é ilimitado. Precisa passar para o papel as cenas e cenários da fértil imaginação.

O anzol está em ziguezague, com um peixe atracado; ali ficará lutando pela vida e liberdade, enquanto Jefferson luta para escrever ou melhorar um capítulo.

* * *

Horas atrás, a milhares de quilômetros da Terra – após uma inacreditável e destruidora explosão –, rasgava no expansivo Universo uma esfera rochosa; a rocha vinha em altíssima velocidade em direção à Terra, único lugar que poderia ser seu refúgio. Aquilo vinha numa corrida desenfreada, na necessidade de continuar sobrevivendo.

Não tinha conhecimento do exato lugar onde aterrissar; estava certa, apenas, de que o destino teria de ser a Terra, embora o lugar exato ou encontrar quem almejava não tivesse ideia de como fazer. Tão logo passou pela órbita lunar, viu que naquele lugar havia homens trabalhando, e outros vagando livremente; nenhum deles lhe interessava. Testemunhou uma minicidade que comportava seres terrestres com roupas curiosas, carros estranhos vagavam pelo solo, tendas montadas, luzes acesas, aviões de médio porte e pequenas aeronaves estavam estacionados ali. Aquela presença humana se resumia em tristeza e soberba. A Lua era de domínio dos terrestres.

Assim que deixou a Lua para trás, a rocha, que mais se parecia com um gigante diamante, descobriu o destino certo: as montanhas de uma cidade. Entre aquelas montanhas estava o alvo; a alma que a esfera almejava naquele instante podia ser vista a milhares de quilômetros, pois formava um pequeno ponto azul na vastidão do planeta Terra. O ponto azul tinha a funcionalidade de um localizador da alma procurada, da alma necessária. O pontinho azul se encontrava encostado numa árvore, à margem do rio das montanhas que cercam a cidade, cujo nome é Curruta.

* * *

Cidades do mundo todo cresceram de maneira assustadora nas últimas décadas, e Curruta não ficou para trás: cresceu econômica e fisicamente. Com isso, vieram violência, crimes horrendos, gangues impiedosas, políticos mal-intencionados, traficantes e sequestradores que buscavam seu espaço na cidade de milhões de habitantes. Jornais e televisão informavam aos habitantes do país sobre a crueldade que invadia os lares e os moradores da metrópole.

Campanhas políticas eram trabalhadas com as atenções voltadas à segurança, votos eram destinados àqueles que tivessem maior poder de persuasão sobre os eleitores, sob os cadafalsos; políticos se valiam de seus discursos inflamados e populistas, prometendo policiais nas ruas, homens armados, bem treinados e remunerados, que garantiriam a segurança local. Assim como em qualquer outro lugar, a política currutense excitava a cobiça.

Nas fantasiosas promessas, afirmavam que as arrecadações seriam destinadas ao investimento em armas e em altos salários para os policiais que se dedicassem e arriscassem sua vida por uma cidade mais justa e segura.

Mas nada mudava: entravam e passavam-se os anos, e pelo menos duas vezes por semana Curruta era manchete de jornais e revistas. Os moradores estavam habituados a ver na TV, em todos os telejornais de diversos canais, noticiarem os ocorridos triviais da cidade; televisões do mundo inteiro tinham correspondentes na metrópole para informar os novos agravos. De fato, Curruta era uma cidade condenada, um lugar esquecido por Deus, e isso contribuía – e muito – para que Jefferson se refugiasse nas montanhas com suas varas de pesca, seu rádio, seu CD do AC/DC e o *notebook* na mochila.

* * *

Já não muito distante da Terra, dois pontos azuis do lado externo – que se valiam como olhos da Esfera negra – avistaram com maior precisão o indivíduo em nosso planeta. No mesmo instante, a rocha, que se parecia com uma bola de fogo, mudou seu curso e dobrou a velocidade: havia, enfim, localizado o humano que precisava para alcançar seus objetivos. Mesmo a milhares de quilômetros podia ver o indivíduo sentado debaixo de uma árvore, batendo os dedos sem parar em um objeto preto que estava sobre as pernas.

Aquilo não causou nenhum ponto de interrogação ou muito menos admiração no espírito: ele sabia sobre os costumes dos homens em todos os aspectos, abrangia de sua essência à primitiva tecnologia. Aquela cena comprovava quanto os terrestres ainda estavam antiquados em relação a seu povo. Os humanos eram atrasados e arrogantes, imaginavam ser os únicos seres 'inteligentes' em toda a extensão do Universo. De fato, isso era a prova mais concreta de que eram mais arrogantes que atrasados.

A criatura que formava aquele estupendo desenho no céu, de agora em diante testemunharia o que seus antepassados diziam e o que sempre estudou sobre a raça humana, sem mencionar as magníficas construções feitas em solo terrestre, que os homens ergueram há milhares de anos com a ajuda de seu povo. Embora a ajuda viesse de outro mundo, o homem, no seu ímpeto de egoísmo, jamais fez menção deste contato ou muito menos sobre a ajuda dos seres poderosos; as construções ficaram inexplicáveis à base de teoria entre os povos. Tais construções sempre foram motivo de muita discussão entre os homens antigos e modernos, por serem dotadas de mistérios.

Sarcófagos, pirâmides com passagens secretas, escadas com 365 degraus, muralha que pode ser vista da Lua e, sobretudo, muito ouro e símbolos indecifráveis. Tudo isto construído há milhares de anos, numa época em que não havia na Terra tecnologia ou máquinas superportentes, que pudessem contribuir na construção de arquiteturas que sobrevivessem ao tempo. Eram, no sentido literal da palavra, coisas do outro mundo. Mas, na visão do homem moderno, os reis e imperadores do passado é que foram os responsáveis pelos magníficos registros.

* * *

Jefferson deu um pulo de alegria; quase cai, pois sua fraca perna direita não ajuda a sustentar o peso do corpo. Ajeitou a bermuda, que não se ajustava ao corpo franzino; as roupas sempre demasiado largas. Ele havia, entre as brigas mentais, encontrado a essência do seu romance: agora era ligar todos os pontos, conectar as teias de aranha de sua imaginação – que havia digitado no word – e terminar de vez o livro. Havia um entusiasmo benevolente.

Capítulo 2

    Aquilo merecia um brinde, não poderia passar sem uma comemoração. Buliu na mochila e sacou o litro de *rum*; estendeu-o no ar, com um sorriso de orelha a orelha; deu um tímido pulinho e, com a garrafa em mãos, conferiu a vara de pesca. Lá havia um peixe; o pobre estava quietinho, exausto de tanto lutar em vão pela vida. Jefferson descravou a vara da terra, livrou o peixe do anzol, deu um gole no *rum*; tomado pela piedade, colocou-o de volta na água, onde saiu aliviado nadando em ziguezague.

    Em meio à comemoração, os ouvidos o alertaram de que havia perigo por perto. Um som ensurdecedor provinha do horizonte mudo e se aproximava, anulando a empolgação do rapaz. Jefferson deu uma volta em torno de si mesmo; na tentativa de localizar o que causava tamanho barulho, deu mais uma volta, buscava entre as árvores e montanhas: nada. Foi tomado pelo medo, deixou o litro cair de suas mãos. A princípio pensou que fosse um avião se aproximando. "O que seria?" – perguntou-se. Um rumor confuso, indefinível se alastrava pelo lugar.

    O barulho foi ficando insuportável; ele protegeu os ouvidos com as mãos; seus olhos encontraram uma bola negra que vinha do céu. Era *enorme*. Jefferson pensou em correr, mas as pernas não lhe obedeciam. Estava neutralizado com a imagem que via no céu, deslizando entre as montanhas. As dimensões foram ficando cada vez menores à medida que a figura se aproximava. Jefferson suava; aquilo estava vindo em sua direção. Certamente era um meteoro; portanto, morreria com o choque.

    "Ai, meu Deus!", disse a si mesmo, em desespero.

    O barulho foi diminuindo. Jefferson livrou os ouvidos das mãos; as dimensões daquela coisa pareciam ter chegado ao limite do mínimo, ficou do tamanho de uma bola de três metros, medida de uma extremidade a outra. A velocidade era a mesma, muito rápida; e se aproximava cada vez mais. Jefferson parecia estar congelado, era como se seus pés estivessem cravados no concreto. Não se movia; caiu de joelhos, não tirava os olhos daquela bola. Quando ela estava a 50 metros de atingir o alvo, Jefferson fechou os olhos; não conseguia olhar, só esperava pelo impacto e pela inevitável, rápida e dolorosa morte.

    Deu-se um breve silêncio, que instantaneamente foi interrompido por um choque formidável, mais parecendo um trovão. Jefferson imaginou que estivesse em um campo de batalha, mas não havia sido atingido, e a sensação de estar em uma guerra se foi.

    Entrecerrando os olhos, apalpava o corpo; conferia desconfiado; temia que não encontrasse algum membro, ou que ainda a morte tivesse sido tão rápida que não houvesse tempo para sentir dores. Mas não, tudo estava como antes de ele fechar os olhos. Olhou ao redor em busca da esfera: nada viu. "De onde vinha aquele barulho, ou o que diabos seria aquilo?". Silêncio! Estava aliviado, o cenário era o mesmo.

O jovem voltou a dar uma volta em si mesmo, mas, antes mesmo de completá-la, deteve-se. Os olhos dele saltaram de espanto. A três metros de distância estava a esfera rochosa negra. Dois pontos azuis na área central da rocha enfatizavam o desconhecido; parecia que aquilo respirava ofegante. Jefferson benzeu-se: "O que será isso?". Todavia, movido pela curiosidade, e na esperança de ter encontrado algo raro, aproximava-se; aquilo se parecia com um diamante gigante, tinha um brilho atraente e familiar. Quanto mais Jefferson olhava, mais se sentia atraído pelo estranho.

Movido pela expectativa de conhecer algo medonho, parou a meio metro. Aquilo respirava mesmo: tinha vida. Os pontos azuis diminuíram, como se não tivessem força para se manter acesos. Por mais inusitado que fosse, aquilo não o assustava. Na verdade, ficava mais atraente a cada segundo. Jefferson estendeu o braço e, como que movido pela força magnética de um ímã, aproximou uma das mãos; havia a necessidade de tocar na rocha, que inflava como um pulmão, respirava cada vez mais rápido, ofegante.

Enfim, Jefferson tocou a esfera rochosa. Era fria; aliás, muito fria. Havia diminuído seu tamanho, estava da altura dele, que media 1,73 metro. Acendeu os pontos centrais com o resto da força que lhe restava; esses pontos ficaram com um azul tão intenso que quase cegaram o jovem. Uma mão se manteve colada na esfera e não se soltava; com a outra mão, tentava proteger os olhos daquela luz forte, de tons azuis encantadores.

A esfera começou a se abrir como uma flor que desabrocha; de imediato, Jefferson tirou a mão de sobre ela. A luz ficou menos intensa, já não era necessário proteger os olhos; ele conseguia olhar para ela, que respirava e respirava. Aflita.

Ela, lentamente, abriu-se por completo. Jefferson novamente estava petrificado. A esfera negra de pontos azuis tomou formas parecidas com as de um homem; pequenos pedaços eram desprendidos e caíam ao chão enquanto mudava de forma; os vestígios se desintegravam ao tocar o solo. Jefferson estava a ponto de desmaiar diante do inacreditável; o que o mantinha em pé era a atração pelo fantástico, e estranhamente sentia em seu íntimo que aquilo fazia parte dele.

Aquele ser tinha os contornos físicos de um humano, porém não possuía traços; não havia definição de rosto, era isento de feições. Não havia nitidez em sua aparência: era como se fosse uma sombra, uma sombra muito negra de olhos azuis. Só. Era a única parte do corpo que não era negra.

Como se aquele ser fosse de elástico, nutrindo-se com dificuldade de ar, semelhante a alguém que está em seu leito de morte, tomou a assustadora dimensão de seis metros de altura; olhou para baixo, e viu Jefferson boquiaberto, imóvel, como se os olhos do "escritor" pedissem por socorro ou implorassem por perdão. Seu coração sentia um medo singular que até então nunca havia sentido; o jovem estava incapaz de um pensamento ou de uma decisão.

O estranho, certo de que a arriscada aventura começava, esticou os dois braços para cima, em um inacreditável salto. Em seguida, como se fosse mergulhar em uma piscina ao ar livre, saltou como um nadador olímpico na direção de Jefferson – que não fez menção ou teve tempo de se defender.

Capítulo 3

Jarbas é um dos responsáveis pela paz de Curruta. Ao menos tenta, por suas funções como delegado da cidade. Com sua lendária bravura, esforça-se ao máximo em trazer a paz, que ao longo dos anos nunca é restabelecida.

Nunca recuou diante de perigos reais e sempre foi ousado por natureza.

Todos os dias, horrendas desgraças acontecem nos bairros ricos ou pobres de Curruta, nos comércios ou danceterias; nenhum lugar está isento do terror que assola a miserável cidade. A polícia está longe de ser suficiente para acalmar os nervos dos perigosos e sanguinários bandidos; não é capaz de controlar o arsenal de armas que entra na cidade, assim como também está impotente diante das toneladas de drogas, distribuídas e consumidas, num estalar de dedos, por jovens.

Faz parte da rotina crianças serem sequestradas, outras estupradas e, não muito incomum, desaparecerem. As classes sociais distintas, divididas entre o esbanjar e o esmolar, o fosso entre ricos e pobres se alarga cada vez mais em Curruta. Em menor percentual esbanjando, sonhando que vivem no céu e imunes por se valerem do sobrenome que carregam. Do outro lado, pessoas vivem pastando nas ruas, como se conhecessem o inferno. A desesperança assola jovens, crianças e adultos. Curruta é o caos feito de pedras e grades. Um labirinto que acolhe almas cruéis, fazendo dela uma cidade praticamente sem leis.

A lei e a justiça não são capazes de conter planos maléficos e organizações criminosas, que se dividem em meio aos bairros. Raras as vezes em que um crime é evitado, raras as vezes em que um criminoso vai para a cadeia.

O caos predomina. O medo está na alma dos habitantes, pais tentam inutilmente evitar que seus filhos adolescentes frequentem danceterias ou qualquer evento que seja noturno; sabem que algum membro da família acabará exposto ao iminente perigo que ronda as noitadas. A precaução é uma forte aliada contra o constante perigo e o risco à exposição de drogas em boates, danceterias, festas ou escolas.

Jarbas vai para casa muito tarde da noite, isso quando retorna! Chega exausto, e com o pensamento voltado ao serviço, que todos os dias está inacabado. Os filhos esperam ansiosos pela chegada do pai, seja para dividir com ele o desempenho na escola, seja para que ele jogue, nem que seja por poucos minutos, uma partida de *videogame*. Isso se prega aos filhos menores: Pablo, com 8 anos, e Joaquim, com 6. Quanto à adolescente Jasmim, é a única habituada à ausência do pai; os cumprimentos se restringem a um discreto e quase inaudível 'oi'. Jarbas sempre despista os filhos com o usual pretexto de que está cansado, e o sorriso dos pequeninos se desfaz com a resposta. Jasmim simplesmente vinca a testa, como se ironizasse a situação, que já não é novidade, e sobe para o quarto.

– Amanhã vocês me contam, e depois jogaremos *videogame*! No fim de semana, prometo que iremos jogar bastante e dar um passeio.

Era a resposta, além de promessas manjadas e, portanto, jamais cumpridas por Jarbas, que observava Jasmim sumindo ao final da escada.

Sofia, a esposa, assim como a filha, vincava a testa e balançava a cabeça em seu ar de reprovação; contudo, embora não concordasse, "respeitava", com muito esforço, a postura do marido.

Outras vezes, porém, Jarbas não aparecia em casa, não avisava Sofia, não deixava o celular ligado e sua família ficava na expectativa de que o pior tivesse acontecido. Viver em Curruta e ser um profissional atuante na área que escolheu: desgraça nenhuma poderia surpreender.

Jarbas é obcecado por seu trabalho, e ficou ainda mais quando seu pai foi morto em uma troca de tiros no centro da cidade, onde bandidos tentavam assaltar um banco. Sua obstinação em evitar delitos ou conseguir justiça triplicou com o passar do tempo; naquele inesquecível e, de seu ponto de vista, negativo dia, em que não conseguiu evitar a morte do próprio pai, muito menos prender algum dos bandidos. O único êxito com sua equipe fora evitar que o assalto fosse concluído. A partir desse dia, Jarbas passou a respirar em função de pôr suas mãos em malfeitores. Só. Nada mais importava. Ele poupa sua família, não avisando onde está ou desligando o celular quando vai a operações perigosas; omite os fatos, para que não saibam que não fica em uma cadeira, mandando e desmandando, pois gosta é de ação, de ir à busca de bandidos, prender traficantes e sequestradores. Gosta de ser herói.

Não tem esse reconhecimento, mas é respeitado por todos pela sua grande coragem e ousadia. Às vezes se apossa de uma coragem burra, absurda, a qual aproxima o homem da morte. Gosta disso, seu prazer é pegar a viatura e perseguir bandidos pelas ruas e avenidas de Curruta: com ele sempre na direção e seus subordinados ocupando espaço no carro, atentos e armados até os dentes.

É uma rotina para poucos, e uma rotina para corajosos. Só eles podem mudar o destino de pessoas inocentes, até então condenadas pelo absurdo e pelo medo que proviam dos malditos malfeitores; pessoas cansadas de sofrer nas mãos de homens cruéis e fora da lei, e, é claro, de políticos safados que também fazem parte da sociedade currutense.

Infelizmente, o poder de Jarbas é limitado; contudo, faz mais do que pode, busca o inalcançável. Sobretudo, sabe que não pode mexer com os políticos de Curruta: ali estava a corja da elite municipal, os homens que se lembravam de ajudar a cidade apenas em ano de campanha eleitoral. Era preciso se eleger, ou mesmo se reeleger, afinal precisavam de mais tempo para resolver os problemas de violência, dentre outras questões dissimuladas.

A população poderia confiar, eles não decepcionariam, estavam atentos às necessidades urbanas... Em resumo, era a velha baboseira política e descarada de sempre por parte dos candidatos, que tinham como causa *a sua própria causa*.

Para Jarbas, resolver os problemas da cidade era apenas fazer a sua parte, atingir sua meta. Ele olha para os dois filhos e pensa: "Ainda deixarei esta cidade limpa, para vocês crescerem e viverem em paz, sem verem nenhum noticiário de TV que difame nossa cidade. Neste estágio em que se encontra a humanidade, precisamos, mais do que nunca, de pessoas melhores".

Ele abaixa a cabeça e suspira todas às vezes que se pega pensando nisso. Estes fatos o deixam tão perturbado, e de uma maneira tão profunda e terrível que não consegue dormir. Perde o sono todas as noites, por estar impotente diante do irrealizado e do irrealizável.

* * *

Em determinada ocasião, um bandido amador e desajuizado, embora perigoso sob os efeitos das drogas, tentou assaltar uma casa. Era jovem, estava muito drogado, queria roubar uma bobagem qualquer para saciar o penoso vício. Ele não suspeitava de que na casa havia pessoas; sua imaginação precária e ilusória deu a entender que a casa estava vazia. Pulou o muro, pelos fundos. Precisava se apropriar de qualquer objeto, de qualquer valor; algo que algum traficante pegasse em troca de uma pedra de crack ou de um cigarro de maconha. O desespero era tanto, que qualquer esforço ou risco valia.

O viciado, para sua sorte – ou azar –, encontrou a casa aberta; já na sala, viu os objetos que estavam sobre a estante: havia dezenas de CDs, DVDs e eletrônicos. Eles lhe salvariam. Sorriu para si mesmo, os olhos vermelhos olhavam para todos os cantos. Rapidamente libertou o aparelho de DVD da tomada, um objeto leve e fácil de levar. Não precisaria de mais nada, pois o aparelho valeria umas três pedras de *crack*. Era moderno, de última geração.

Na semiescuridão, de posse do objeto roubado, ia deixando a casa. O objetivo estava alcançado: teria de chegar logo a uma boca de fumo qualquer, para efetuar a troca. Na saída, fora surpreendido: um cruzado de direita o fez cair de boca no chão. O aparelho que estava em suas mãos foi lançado ao longe, e a dor na mandíbula era insuportável.

– O que fazia aqui, rapaz? Suma daqui agora se não quer que as coisas piorem para você!

Era um homem – o dono da casa – seguro de si e muito furioso com o intruso que se atrevera a apropriar-se de seu pertence.

– Meu Deus! – disse a mulher, assustada, a mão em forma de concha sobre a boca, as duas filhas ao lado.

O bandido permaneceu imóvel; no tapete, via a poça vermelha de seu sangue. Olhou discretamente para o lado e viu, agora com as luzes acesas, as pernas do homem em seu encalço. O dono da casa, aproveitando da frágil posição do bandido, lhe desferiu um golpe nas costas. O rapaz se contorceu de dor, ainda no chão. Começaria o espancamento.

A mulher, arrastando as duas filhas, de imediato ligou para a polícia; precisava de ajuda, pois sua casa estava sendo assaltada, e o bandido rendido pelo marido não era garantia de que tudo acabaria bem. Pelo rádio de comunicação, Jarbas, que vinha de outro caso com outros três policiais, foi acionado pela central de operações. Por coincidência ou providência estava nas redondezas da casa assaltada, e para lá eles foram.

Quando a mulher voltou à sala, aliviada por saber que a polícia estava a caminho e por esperar que o marido já houvesse rendido o bandido, ainda arrastando as crianças, teve uma enorme surpresa: seu marido estava ensanguentado. E o pior, com a cabeça sob a mira de uma arma.

No instante em que ela deixou a sala para realizar a ligação, o bandido, enquanto se contorcia com os chutes do marido, sacou a arma que estava na meia e, num salto, a colocou na testa dele. A vítima, inteligente, naquele momento não reagiu; porém, sem esperar, levou uma coronhada no meio da boca, que lhe rendeu dois dentes a menos. O bandido o pegou pelo colarinho e o fez sentar no sofá, e agora o dono da casa estava sob a mira de uma arma com o cão puxado.

– Calma, por favor, tenha calma, não vá fazer nenhuma loucura! – disse a mulher em lágrimas. – Meninas, esperem lá na cozinha! – ordenou. – Não! Elas ficam! – rebateu o bandido, que tinha a vítima entre as pernas, com o cano da arma em sua garganta. – Elas devem assistir a tudo; tanto elas como você devem assistir ao fim trágico do pai e marido metido a herói. Eu não queria matar ninguém, só precisava de um objeto para trocar por drogas; porém, além de levar o que quero – ele deu uma risada assustadora, esfregando a arma de um lado para o outro na garganta e no queixo do homem –, vou fazer o que não quero – riu novamente; aquela risada arrepiava o corpo da mulher, do marido e das crianças, que faziam menção de chorar. O rapaz estava totalmente sob o domínio das drogas.

– Não faça isso, leve o que quiser, eu lhe imploro. Pelo amor de Deus! – dizia a mulher, abraçando as filhas e se desmanchando em lágrimas.

Ela engoliu a seco, ouvindo novamente aquela risada diabólica; ele estava possuído, brincava de um lado para o outro com a arma, passando por todo o rosto do homem, que estava petrificado e indefeso.

– Ele não é o valentão, hein?! – enfurecendo-se, apertou o colarinho da camisa do homem, sufocando-o. O bandido ali, descontrolado, sentado sobre o sofá com o homem entre as pernas, que sentia o bafo quente na nuca. – O papai de vocês vai morrer! – brincava ele.

As meninas se escondiam no peito da mãe, que estava ajoelhada, uma em cada braço; ela, com o olhar, implorava pela vida do marido, mordendo o lábio inferior.

O bandido segurou firmemente a gola da camisa, o homem quase não respirava mais. Estava cansado, suava, sabia que sua vida estava por um fio e que sua vida dependia de um louco drogado. Como se arrependia de ter reagido, como se arrependia de não fingir que não estava vendo aquele bandido levar apenas o aparelho DVD da sua casa... Agora, por causa do aparelho, estava prestes a perder a vida. Ele olhava para a mulher e para as filhas, como se pedisse perdão pela burrice cometida.

A mulher, cabisbaixa, rezava, de joelhos e com os olhos fechados, permanecia acometida em suas orações.

– Acho que está na hora de morrer! – disse o bandido, rindo novamente. – Olhem para cá! – ordenou ele às outras três. – E você, seu monte de merda, se levante, que eu quero ver a sua queda! Vou atirar na sua cabeça, e depois levar muito mais que um simples DVD... Também gostei da sua mulher!

Ele ria como se aquilo fosse a piada mais engraçada do mundo.

– Oh, meu Deus! Não faça isso, por favor... – a voz da mulher quase não saía. Já descrente, tentava tapar os olhos das meninas, para não verem aquela lastimável cena: a morte do próprio pai.

Mas, num relance, a mulher viu Jarbas e mais três homens entrarem, pé ante pé, como se fossem gatos que ladram, às costas do bandido; com o indicador, ele pediu silêncio.

Jarbas estudava o criminoso; sabia que era daqueles bandidos para quem tanto faz a vida como a morte; que são valentões apenas com civis ou em casa, pois quando veem um policial se borram nas calças. Jarbas, esperto e com muitos anos de estrada, sabia que não podia vacilar, pois aquele tipinho, quando estava sob efeito das drogas, era capaz de tudo – inclusive matar.

– Livre os olhos delas, quero que elas vejam como o papai herói delas morreu! – gritou o bandido. A mulher e as meninas deram um grande pulo, pois ele atirou pra cima e a bala atingiu parte do lustre.

Jarbas, como um leopardo, já estava logo atrás do sofá, onde antes o bandido tinha como refém o pai de família. Os outros homens estavam espalhados pelos cantos da ampla sala. O drogado começou a rir do salto que todos deram, inclusive o homem que estava preso em suas garras.

– Se assustaram, é? – outro pipoco para cima. A família estava em pânico, o bandido apenas ria, e como ria. Jarbas preparava o bote para render aquele merdinha. Como ele detestava perder o seu precioso tempo com aquele tipinho de gente!

– Tô vendo aqui que a família tem medo de barulho! – continuou ele, apontando a arma para cima novamente e agora dando uma bela gravata no homem, que estava em tempo de borrar as calças. Pudera, estava nas mãos de um insano. A mulher temia que uma das meninas olhasse demais por trás do bandido, temia que com o olhar denunciasse os policiais. Já não dava mais tempo, nem para denúncias oculares.

Jarbas subiu no sofá, focou o braço estendido do bandido e se lançou como um animal selvagem enraivecido. Fez um supremo esforço para deter o braço do rapaz; foram os três para o chão: ele, o bandido e o refém. A mulher gritou, um disparo foi dado; a bala atingiu o teto da casa. Os homens de Jarbas se dividiram: um saiu correndo para levar a mulher e as crianças dali, outro para tirar o pai de família das garras do bandido e o terceiro para dar uma bica na mão que segurava a arma.

Jarbas deu um salto triunfal, preciso e certeiro, e, ainda no alto, foi com as duas mãos no punho do rapaz, que estava mirando o teto; com a força e o peso do corpo, jogou-se contra o bandido, que se desequilibrou. O homem caiu junto, e o bandido, com uma das mãos no pescoço da vítima e com a outra anulada por Jarbas, só teve tempo de atirar, pelo susto que levou. Jarbas exercia tanta força naqueles punhos, que o rapaz não tinha sequer forças para puxar o gatilho novamente. Quando o bandido se deu conta de que estava sendo neutralizado, só viu um coturno bem cuidado livrando a arma de sua mão, depois um golpe quase que mortal no meio das costelas. Estava imobilizado, condenado. Reconhecia Jarbas dos jornais, sabia que, com ele, a boca era muito quente. Jarbas, na sua divina atambia, mais uma vez tinha enorme satisfação em atender aos currutenses e livrar a cidade de mais um lixo. Pequeno, mas não deixava de sujar a cidade que tanto amava.

Aquele ato era vantajoso para o delegado. Mas havia outras ambições: Jarbas era obcecado, e não descansaria enquanto não pegasse o bandido mais perigoso da cidade: o seu maior inimigo, inimigo este que ele jamais sonhara, mas que matara seu pai. Jarbas estava há muito tempo no encalço de Honório Gordo, simplesmente o bandido mais estratégico, destemido, perigoso e cruel da cidade, tão soberano que é o tipo de homem o qual, quando entra em um local, todos dali se calam; personagem este que será apresentado, em detalhes, mais adiante.

Capítulo 4

Manu dorme profundamente. Ao seu lado, um homem tem o sono leve. Horríveis sonhos atrapalham sua vigília; seus sentidos não são mais os mesmos, seus ouvidos são aguçados, qualquer respiração ofegante é capturada ao longe. O jovem Jefferson está passando por uma transição de sentimentos e poderes, uma espécie de metamorfose. Inconsciente, ele se levanta; com o andar torto, vai ao banheiro, depois segue rumo à janela, no 15º andar. Seus sentidos o levam a impedir algo terrível que está acontecendo na cidade. Manu passa a mão na cama, à procura do companheiro, mas só há um espaço vazio. Mais dormindo do que acordada, ela se vira e volta a dormir, pois sabe que Jefferson tem o hábito de ir ao banheiro várias vezes no decorrer da noite.

Jefferson fica a espreitar a cidade pela janela; inconscientemente, senta-se com as duas pernas para fora e fica a observar, com olhos e ouvidos atentos. Vê ao longe, escuta vozes, gemidos, roncos, carros, conversas; seu cérebro é uma confusão. Uma vidraça foi estilhaçada a seis mil metros de distância, mas ele soube exatamente onde é que ela foi quebrada. No seu inconsciente, sabe quais são as intenções dos três homens que invadiram o lugar, uma joalheria. Ele também sabe qual seria o fim do segurança que faz o turno da noite naquele lugar e, antecipando o fato, via-o rendido e amordaçado. Uma incompreensível previsão para quem não domina suas ações.

* * *

Um mendigo, que vive nas redondezas, passa pela rua, olha para cima e vê que há um homem, possivelmente, prestes a cometer suicídio; mira Jefferson, pendurado na janela. O mendigo, com uma garrafa de cachaça em uma mão, empurra com a outra, com enorme esforço, um carrinho de madeira, que leva restos de lixo.

Fica ali por longos 30 segundos, na esperança de presenciar Jefferson se esborrachando no chão. Impaciente, cansou de esperar:
– Se joga logo! – gritou.

Não detectando nenhuma reação por parte do rapaz, continuou o seu trajeto lentamente, empurrando o carrinho cheio de papelão e restos de comida; vez ou outra dava um trago na bebida e olhava para trás, os ouvidos atentos na esperança de ouvir o corpo que se despedaçava no solo. Vinte segundos se passam e ele desiste de vez.

– Covarde, quer se matar e não tem coragem! – disse, por fim.

O jovem, da janela, se lança ao vazio na imensa altura. O mendigo olha, vê o corpo caindo em alta velocidade. "Até que enfim!", o mendigo sorriu, deu um longo gole na garrafa, limpou a boca com o dorso da mão. De repente, ficou boquiaberto: contemplava a meio sorriso o corpo que vinha em alta velocidade, aquele corpo magricela no ar, que como num passe de mágica começa a diminuir a velocidade da queda e flutua a dois metros do chão. O mendigo, como uma estátua, interrompe o gesto de levar a garrafa à boca. "Como ele fez aquilo?!"

O inseparável vira-lata latiu.

– Quieto! – advertiu o bêbado.

Observa o corpo parado no ar, como que congelado. Num piscar de olhos, aquele homem se transforma em uma sombra; fica enorme, musculoso, ágil, uma sombra que tinha como destaque os olhos extremamente azuis. A sombra dá uma pirueta no ar, estica-se como se estivesse descontraindo os músculos; cheio de energia, rasga o céu em direção à joalheria: tem de evitar um grande roubo e um assassinato.

O mendigo acompanha a trajetória daquele ser, que pode ser definido como algo que se estende do maravilhoso ao estranho. Balbucia um "meu Deus!"; as mãos, que não tinham forças para levar a garrafa de cachaça à boca, têm forças para fazer um sinal da cruz; ele, com esforço, vê apenas um pontinho, minúsculo, porém perceptível, de cor azul sumir de vista. Olha para a garrafa em mãos, respira fundo e, sem pensar, estilhaça-a no chão.

– Tenho de parar com essa porcaria!

Benze-se novamente e segue com o seu carrinho, mas dessa vez apertando os passos enquanto balbucia algumas banalidades.

* * *

O Alma voa em alta velocidade na direção da joalheria. Seus ouvidos e sentimentos ainda são uma grande confusão; suas percepções estão em desenvolvimento, a fusão ainda não está completa. Os olhos veem pessoas brigando metros abaixo, veem carros da polícia fazendo perseguições. Apesar de tudo isso, sabe que não pode parar: primeiro a joalheria, depois outras tarefas.

Já próximo ao seu destino, percebe um homem à paisana, aparentemente cansado. Talvez tenha trabalhado até aquela hora; o homem se protege do frio, aquece-se esfregando as mãos e, desconfiado, olha para os lados. O Alma percebe que ele já tem certa idade; também nota que, a poucos metros, dois jovens munidos de facas e canivetes estão à espera daquele pobre.

O herói fica parado no ar como se a gravidade não existisse; esconde-se atrás de um prédio, precisa verificar se irá mesmo acontecer algo. Não sabe como seus sentidos podem anteceder as coisas, mas sabe que na joalheria as coisas estão acontecendo, porém devagar.

O homem que caminha começa a assoviar uma música que agrada a O Alma; do outro lado, sem saber que estão sendo observados, os jovens se preparam para o ataque.

– Parado, parado, desgraçado! Mãos na cabeça! – os jovens abordam o homem que quase desmaia com o susto, e é violentamente golpeado na cabeça. Vai ao chão.

– A carteira, passa a carteira! – ordena o outro. O homem, sem reação alguma, é golpeado novamente, e os jovens o arrastam para o escuro.

– Pega a bolsa dele também! O homem é vítima de sucessivos golpes e está quase desacordado. Os jovens ouvem passos na direção deles, mas nada veem.

O Alma sabe que deve interferir: sua paciência é curta, é limitada quando se depara com injustiças. Deixou de flutuar; agora usa as sombras e a escuridão a seu favor.

– Quem está aí? Estamos armados! – grita um dos assaltantes, sem firmeza na voz.

– *Do que valem essas armas?*

Petrificados, os bandidos colam um nas costas do outro, buscando de onde vinham aquelas palavras. Esqueceram-se da vítima no chão. A voz que vinha das sombras era de arrepiar. Os olhos de O Alma, mesmo fechados, eram indiferentes à escuridão, e ele via com bastante nitidez a desordem à frente.

– Se aproxima que você vai ver para que elas servem! – tentou intimidar um deles.

– *Estou me aproximando, vocês não estão vendo?*

Aquela voz fazia arrepiar qualquer espírito. Apenas houve passos rápidos, destacados; no escuro, não havia farfalhar ou murmúrio.

– Deve ser o diabo! – disse um deles ao pé do ouvido do outro, quase urinando nas calças.
– *Eu ouvi o que você disse!*
A carteira e a bolsa foram jogadas ao chão. O assalto já não era importante, mas a vida continuava a ser, e a hipótese de se safar também – sentiam como se a morte os espiasse.
– Onde está você? O *que* ou *quem* é você? Onde está, maldito?! Vou te fazer em pedaços!
Uma risada já bem próxima cortou a escuridão, calando os rapazes.
– *Em breve terão suas respostas. Vocês não estão me vendo porque estou com os olhos fechados.*
Os dois assaltantes nada entenderam; a vítima no chão, já com os sentidos recuperados, sentiu aquela sombra de arrepiar passar bem próximo; daquele corpo exalava um terrível frio.
– *Pegue seus pertences e saia daqui.*
Mesmo no chão, a vítima sentiu suas coisas serem lançadas com perfeição em sua direção. Simplesmente obedeceu e saiu rapidamente. Já no meio da rua, ficou a observar o que aconteceria naquele beco escuro.
– Abra os olhos, então! Queremos te ver. Tem medo do quê? – os jovens suavam frio, diziam aquilo sem ter a menor ideia do que poderia acontecer. Como queriam correr 15 metros e estar novamente vendo alguma coisa! À curta distância viam aquele que queriam roubar; como desejavam estar ao lado dele, no claro, no meio da rua.
– *Não tenho medo de nada, será um grande prazer atender ao pedido de vocês.*
Naquele momento, aquela voz horripilante e um hálito frio ao pé do ouvido fizeram com que os bandidos rezassem, recorressem a uma fé mortal. Um deles molhou a calça; o outro quase perdeu os sentidos quando, de súbito, viu aqueles olhos brilharem a ponto de causar cegueira. Eram olhos assustadores e azuis. Uma corrente fria de ar inundou o ambiente.
– Meu Deus, que diabos é isso?!!
O Alma, sem dar uma chance sequer aos oponentes, pegou os punhos daqueles rapazes já entregues à sorte e apertou firmemente, e logo se ouviam os primeiros estalares de ossos; ele viu e ouviu faca e canivete tilintarem ao atingir o chão. Os bandidos sentiam a força e o gélido da couraça nas palmas das mãos do estranho.
– Me larga, me larga! Pelo amor de Deus, nos deixe ir embora, por favor, nos deixe ir embora... Ai meu braço, desgraçado!
A sombra apenas apertava mais; os dois caíram de joelhos, os braços estendidos, um em cada mão de O Alma. Aquela figura, aquela força descomunal, aqueles olhos, tudo levava aos bandidos crerem que estavam conhecendo o inferno, mesmo antes de morrer.

Capítulo 4

— *Parece que estou diante de duas mocinhas. Sinto o cheiro do medo de vocês.*

Ele se abaixa, deixa os braços dos jovens, pega na nuca de cada um deles; eles se arrepiam, tremem, o medo é tanto que anula até o piscar dos olhos. Um chora, choro de súplica pela vida.

— *Sinto o cheiro da urina* — continuou —, *das lágrimas, e isso me incomoda. Não gosto de covardes.*

Os olhos se acenderam como uma brasa azul. O homem do outro lado da rua, com ajuda das luzes emitidas por aqueles olhos, conseguia ver o contorno daquela sombra assustadora; a cena lhe rendeu uma dose de saliva.

— *Por favor!...* — disse um dos assaltantes, quase desfalecendo.

— *O quê... O que é você?* — perguntou o que chorava.

O estranho usa a força, crava profundamente as mãos como cintas de aço em torno dos pescoços; aquilo causava uma dor terrível. Os bandidinhos se contorciam, começavam a ver a face da morte dentro daqueles olhos, no emitir daquela voz, naquelas mãos geladas, como se a figura negra estivesse morta.

— *Eu? Ah, que falta de educação a minha, nem me apresentei... Eu sou O Alma.*

Seus olhos brilhavam tanto, que o único espectador — a vítima — conseguiu ver que um dos rapazes estava com a calça molhada. Os pescoços estavam dando pequenos estalos.

— *Eu sou O Alma, tão impiedoso quanto a morte. Justiça para uns, morte para outros. Enquanto eu estiver neste mundo, vocês irão escolher o que serei para cada um de vocês. Serei Deus para muitos e o Diabo para outros.*

Os dois estavam sufocados com aquelas poderosas mãos em torno do pescoço; eram tão frias que tinham a sensação de que o pescoço estava congelando.

— *Sumam daqui! Suas lágrimas e urina estão me dando náuseas. Se entreguem à polícia, relatem o que tentavam fazer; se não fizerem isso, rezem para que eu não os encontre novamente.*

Enquanto via os dois rapazes massageando punhos e pescoço em meio a tropeços, e por fim sumindo de vez, O Alma voltou seus pensamentos para a joalheria. Lá, as ações eram bem mais rápidas: o segurança estava sendo agredido impiedosamente. Os olhos do herói agora eram pequenos pontinhos azuis, haviam momentaneamente voltado ao normal.

– Obrigado! – ele ouviu. Era o homem que havia salvado, ainda surpreendido. De costas, respondeu:
– *Não foi nada! Eu lhe pedi para que fosse embora.*
O homem apenas assentiu, embora paralisado, com o cenho franzido e cheio de dúvidas.

* * *

O Alma, como um raio, rasgou o céu em direção à joalheria. Os olhos se acenderam, o que resultava num rastro azul deixado no céu.
Faltava pouco para chegar ao objetivo. Sobrevoando a cidade a 20 metros de altura, vez ou outra seus olhos viam injustiça; ouvia pedidos de ajuda, ameaças aterradoras de um humano para outro. Desta vez não podia parar, pois o mais importante e grave estava para acontecer, na joalheria.
A joalheria não estava situada em uma das ruas mais movimentadas ou conhecidas da cidade, embora o pouco que tivesse a oferecer fosse mais que suficiente para os três ladrões. A preocupação de O Alma era salvar a vida do segurança: os homens pretendiam matá-lo assim que saqueassem a loja, e colaboração nenhuma salvaria a vida do pobre.
Os bandidos iluminavam o recinto com uma pequena lanterna; os estilhaços da porta lateral não chamavam a atenção de um possível transeunte, pois eles apagaram as luzes que iluminavam a frente e a lateral do comércio. Definitivamente, quem passasse por ali jamais pensaria que lá dentro havia assaltantes, e que uma vida estava prestes a ser tirada. Muito menos sonharia que havia um ser jamais visto na Terra, sedento por fazer justiça.
O Alma apenas observava os movimentos daqueles homens encapuzados. Ele cerrou os punhos e sentiu seus braços endurecerem como ferro, até a clavícula. Um dos bandidos estava com uma enorme mochila em mãos, enquanto os outros dois a carregavam de joias e o que pudessem levar. Mais ao lado havia aquela pobre criatura barriguda, amordaçada, rendida, desolada e pensando nas consequências de toda a situação, do roubo de preciosidades que deveriam estar sob sua proteção.
– Vamos depressa com isso! Com essas joias vamos resolver aqueles pagamentos com o Honório. Temos de pagá-lo; ou pagamos com isso, ou com dinheiro, ou com nossa vida.
– Estou indo, estou indo, meu chapa, não me apressa, não!
O Alma, sendo a sombra que era, a passos lentos e cautelosos pegou a cadeira em que o segurança se encontrava, levantou os cem quilos como se pegasse um isopor, e o levou para fora. O segurança, petrificado, apenas arregalou os olhos. Parecia que estava tendo uma alucinação:

atrás de si, andando e levando-o como se nada carregasse, uma figura fantasmagórica e inacreditável, que lhe causava um tremendo frio. A sombra o colocou cuidadosamente no chão, livrou-o da mordaça, desamarrou suas mãos e lhe disse:

– *Não saia daqui. Chame a polícia!*

– Sim, claro – balbuciou o homem, sacando todo atrapalhado o celular do bolso.

O Alma voltou para dentro da loja. Os bandidos mal conseguiam carregar aquela mochila, lotada de relógios, pulseiras, óculos e tudo mais que estava ao alcance. Já se preparavam para deixar o local, mas antes teriam de dar cabo do segurança.

Um deles sacou a arma:

"Onde mesmo o deixamos?", perguntou-se o que estava com a arma em mãos.

– Ele está ali, amarrado na cadeira – disse o outro, como se lesse o pensamento do comparsa.

– Nós o deixamos aqui. Aonde ele foi? – disse o terceiro, empurrando joias pelos bolsos.

– Vamos embora! Ele fugiu! Eu disse para amarrar direito!

Os bandidos eram ágeis; tinham de sair rapidamente dali, uma vez que, àquela altura, os policiais já deveriam estar informados do roubo. Eles partiram rumo à porta estilhaçada, mas logo pararam assustados, pois se depararam com uma sombra, os olhos azuis em evidência.

– *Aonde pensam que vão?*

Aquelas palavras causaram calafrio nos três bandidos. O que seria aquela coisa? Sem pensar, de súbito, louco para acabar logo com aquilo, um dos homens disparou três tiros contra aquela sombra que tentava os impedir. Para tristeza deles, a sombra se desviava, como se fossem lançadas contra ela pedras sem forças. Era reflexo puro.

– Cadê aquela coisa? – perguntou o que carregava a mochila.

– Sei lá! E eu lá quero saber daquela coisa?! Vamos embora daqui, antes que ele resolva voltar!

– *Não vão, não.*

A voz vinha de trás deles.

Antes que se virassem, os três foram envolvidos por rápidos golpes. Punhos frios os atingiam: fosse capoeira, ou qualquer outra arte marcial, nenhum deles tinha poder de reação diante do excepcional lutador, muito menos força ou agilidade para se defender dos golpes de braços, pernas ou punhos, que os atingiam a todo instante. Num descuido, um deles saiu correndo para fora da loja; os outros dois ficaram aos cuidados de O Alma.

Lá de fora, o segurança assistia de camarote, pois os olhos daquela sombra iluminavam todo o ambiente. Vê dois dos bandidos tentando fugir, mas aquela inusitada figura não deixa, pois tem domínio total do combate, tem o ódio, tem a sede de justiça. Num vacilo, um deles dá um tremendo golpe com os pés na perna direita do desconhecido, mas aquilo não faz a menor diferença e O Alma os neutraliza.

O terceiro bandido vem numa velocidade só. Olha para trás e foge, na tentativa de nunca mais ver aquela sombra monstruosa. De repente, apaga. Fora golpeado fortemente na cabeça pelo segurança.

– Desgraçado!

O segurança olha para baixo e vê a seus pés um troféu. Exibe-se como se fosse um gladiador de arena romana. O bandido, com um peso esmagador sobre o peito, desacorda.

– Foge agora! – desafia o segurança.

– *Bom trabalho!*

O segurança engoliu a seco. Era O Alma, carregando sobre os ombros os outros dois homens desacordados. Jogou-os como lixo sobre o terceiro que jazia no chão.

O segurança contemplava aquele ser. Era estranho: os olhos como se fossem de vidro, um espelho azul *neon* que refletia a imagem de onde olhava. O ser era frio mesmo a distância, o nariz com formato parecido a um nariz humano. Havia pequenos orifícios onde deveriam ser as narinas, as orelhas parecidas com as de um humano, ao centro delas orifícios. Quando conversava, surgiam movimentos nas mandíbulas, mas não havia uma boca. O corpo se formava numa couraça lisa, numa cor negra muito forte; se aquilo era um traje, um disfarce, era muito bem feito. A sirene do carro da polícia estava nítida, O Alma tinha de se retirar. Quando ia alçar voo, ouviu:

– Quem é você, cara? Algum justiceiro? – perguntou com firmeza o segurança, alisando a barriga, sentindo o ar frio que exalava daquele corpo negro.

O Alma se conteve, aproximou-se dele e respondeu:

– *Eu sou O Alma. Não sou justiceiro, sou a justiça* – disse com palavras precisas. Depois desapareceu, deixando uma brisa gelada no local.

– Obrigado! – agradeceu o segurança, já indo relatar aos policiais o que acabara de testemunhar.

Aqueles episódios fizeram com que um nojo profundo pesasse no coração da figura negra, uma cólera tumultuosa. No fundo, tinha um enorme arrependimento por não ter levado ele mesmo aquelas criaturas para uma delegacia.

Capítulo 5

Na manhã seguinte, Manu levanta, olha para o lado e vê que Jefferson tem um sono pesado. Ela vai se preparar para ir ao trabalho e depois chamá-lo para o café: é a rotina do casal. Ainda desapontada e decepcionada com o marido, Manu se lembra de que Jefferson investira o pouco dinheiro que tinham na produção de mil cópias de seu romance, *Olhos para o Futuro*. O livro contava a história de um cientista que pregava um modo de viver saudável, pacífico e apaixonante. Com o tempo, todos começam a ser adeptos de suas teorias; porém, o que ele não pensava ou havia suposto, era que sua ideia fosse copiada por um ladrão – que se dizia cientista também. Começa a briga judicial, e muitos que viam o cientista como um herói começam a aboministá-lo e a querer sua cabeça. A partir da guerra judicial, inicia-se uma série de assassinatos, traições e roubos; teorias desenvolvidas para trazer a paz levam ao contrário de tudo o que almejava o pai da ideia.

Manu leu e releu o livro do marido; achou a história fantasiosa, porém autêntica. Relutou com ele quando os originais foram devolvidos pela décima editora, e então Jefferson resolveu publicar o livro de maneira independente, distribuindo-o nas bancas e livrarias da cidade. Manu, a princípio, discordou, mas Jefferson teimou em fazer aquilo, mesmo que fosse contra a vontade dela. Três meses depois, *Olhos para o Futuro* tem 15 exemplares vendidos, para decepção de Manu, que cedera, e tristeza de Jefferson, que sonhava em ser um escritor reconhecido.

Ela vai ao banheiro, sai depois de 15 minutos e tem uma surpresa: o café está pronto. Isso nunca havia acontecido.

– Bom-dia, querida! – Jefferson está com um humor impecável.

Ainda surpreendida, responde:

– Bom-dia! O que aconteceu, Jefferson? Poderia ficar na cama por mais uns 20 minutos.

— Bobagem, amor. Estava sem sono; então, quando percebi que estava no banheiro, resolvi levantar e preparar o nosso café.

Manu, ainda desconfiada, pergunta:

— Você está com febre?

Jefferson apenas responde com o gesto típico: testa vincada.

Manu sentou, serviu-se e, mesmo surpreendida com a maravilha do fato ocorrido, não deixava de ver como Jefferson estava diferente: ele, que pouco comia durante o café da manhã, parecia uma draga; consumia tudo à sua frente: pão, queijo, frutas, leite, café, suco. Outra mudança: Jefferson, que falava muito durante o café, estava quieto, calado além da conta.

— Jefferson, está tudo bem? – pergunta Manu, com a xícara de café na mão.

Jefferson ia levando um pedaço de pão à boca, mas interrompeu, mastigou, engoliu o bolo, deu um bico no suco e respondeu:

— Está sim, querida, mas tive um sonho estranho esta noite. Acredito que este sonho seja o responsável pelo meu humor de hoje, e responsável pela minha disposição, também. Pra dizer a verdade, estou com uma forte dor na perna direita, e ela está com uma mancha roxa.

— Nossa! Que sonho foi este, Jefferson?

Ele deixou tudo de lado, levantou-se, passou a mão sobre a cabeça, com ar de constrangimento. Sem saber direito por onde começar, pois sempre fora envergonhado em dizer à sua esposa as fantasias que criava para escrever, confessou:

— Sabe, Manu, foi um sonho estranho, ou real demais; há coisas que não me lembro... Eu me via na janela do nosso apartamento. De repente me lancei no ar, sentia a queda ir diminuindo, diminuindo, até que parei. Depois saí voando, porque precisava impedir um roubo em uma joalheria, e o assassinato do segurança da loja. E foi o que eu fiz, prendi os bandidos e salvei a vida do homem gordinho. Parecia-me ser tudo tão real, Manu. Na luta, lembro-me de que fui golpeado na perna, no mesmo lugar onde ela está doendo e marcada.

— Pode ter parecido real, Jefferson, mas pode apostar: você não saiu voando por aí salvando pessoas, pode apostar que não. Acho que você anda lendo gibis demais, ou bebendo demasiadamente, como foi naquele sábado em que fui te buscar na pesca. Cheguei lá, você caído, o *rum* do lado e você largado à sorte. Espero, meu amor, que isso não se repita, principalmente pelo fato de você não ter ido visitar a sua mãe no domingo, algo que você nunca fez. Convenhamos que a faculdade de sua imaginação está muito ativa para um homem que nunca deixou de visitá-la.

Capítulo 5

Antes que Jefferson dissesse qualquer outra coisa, Manu se levantou:
– Obrigada pelo café, amor. Tenho de ir. Tome um banho, logo as imagens desse seu sonho se dissiparão na sua cabeça. Foi muito bom ver você comer o que comeu; precisa engordar um pouquinho, está muito fraquinho o meu marido.

Manu lançou-lhe uma piscadela, com uma dosezinha de malícia. Ele respondeu com meio sorriso, pensando em quanto fora idiota por contar aquilo para ela.

– Se ficar mais forte, talvez eu acredite que você é capaz de salvar alguém, e também de realizar o meu maior sonho: levar-me no colo – completou Manu, já fechando a porta ao sair.

Jefferson detestou a piada; todas as vezes em que tentou carregar Manu no colo, ambos foram ao chão.

Quase raiou uma lágrima de seus olhos, quando se deu conta de que não havia visitado sua mãe. Por outro lado, sentia seu corpo muito diferente; havia acordado com uma disposição incomum, sem sinais de cansaço, nem parecia ser a mesma pessoa. Permaneceu um longo tempo impressionado consigo mesmo. Sua linha de raciocínio era clara como um dia de sol. Antes as coisas vinham bem devagar; sua mente, que quase pegava no tranco, começou a bombar de ideias, mesmo antes das 7 horas da manhã.

Queria escrever. Estava cheio de uma alegria interior profunda, muito inspirado; precisava jorrar suas ideias no *notebook*, mas naquele momento não podia: precisava ir para o trabalho. Era professor, um jovem e talentoso professor; precisava lecionar e, para chegar até a escola, teria de enfrentar dois ônibus. Nunca tivera grana extra no bolso, e hoje, mais que nunca, a grana estava muito curta para abastecer o Corcel ano 77.

Antes de se levantar, olhou para a perna, que ainda estava dolorida: a mancha estava lá. Em segundos seus olhos lhe mostraram o inacreditável: ela foi desaparecendo por completo, levando a dor consigo. Ele apenas engoliu a seco. Não diria aquilo a Manu.

* * *

Sempre aos domingos, como era de praxe, Jefferson tinha uma árdua tarefa, o doloroso problema adicional de sua vida: ia sozinho ao Manicômio Municipal visitar sua mãe. Ela estava cada dia mais consumida, física e mentalmente. Por motivos desconhecidos, o rapaz, que ao longo dos anos jamais deixou de visitá-la, faltou no último dia de visita. Para compensar, logo na segunda, depois do trabalho, foi até o local. Precisava vê-la, jamais ficaria longe daquela que sempre cuidara dele tão bem.

O estágio mental da mulher não avançava; anos se passavam e ela ficava ali, como morta. Andava sozinha, não fazia amigos e temia pessoas estranhas. Maria tinha uma expressão sofrida, demais até; sofreu demasiadamente em seus tenros anos.

Manu acompanhou o marido numa dessas visitas. Foi a única vez em que a mãe deu um breve sorriso, quando Jefferson apresentou aquela bela jovem como sua esposa. Manu, comovida pela cena e pelo estado em que aquela pobre mulher se encontrava, decidiu não acompanhar mais Jefferson, por não se sentir bem diante de tanta tristeza. Era deprimente ver um ser naquele estado.

Jefferson chegou ao local e foi conduzido por uma das enfermeiras até onde sua mãe estava. No percurso, manteve-se atrás da enfermeira, pois ela caminhava rápido, e as pernas de Jefferson não tinham a agilidade necessária para acompanhá-la. Apesar de não ser o dia da visita, deixaram-no ver sua pobre mãe, sem maiores problemas. Havia uma profunda tristeza no coração do jovem em ver a mãe naquele estado, pois ela vivia sob constantes e fortes tratamentos. Era um vegetal de duas pernas, praticamente uma morta-viva.

– Oi, dona Maria – disse Jefferson, sentando-se ao lado dela.

Como se ele fosse invisível e nada tivesse dito, a mulher continuou a olhar para o nada, piscando os olhos em intermináveis compassos. Jefferson tinha vontade de chorar ao ver sua mãe naquele estado deprimente. Como queria ajudá-la; como gostaria de tirá-la dali, levá-la para um lugar melhor, para sua casa talvez. Porém, suas condições financeiras não permitiam nenhuma destas ações. Ela teria de ficar ali até Deus sabe quando.

Maria olhou para ele; os dois ficaram se encarando: ela, com seus esplêndidos olhos negros, de grandes e espessos cílios, que o fitavam cegamente.

Jefferson às vezes se desviava daquele olhar, que parecia pretender lhe dizer algo; ali, naquelas pupilas, havia pronúncias indecifráveis, uma espécie de súplica.

Como ele queria entender o que se passava na mente daquela pobre mulher. Tinha saudades da época em que moravam sozinhos, em que ela estava cheia de forças para trabalhar, cheia de amor e cuidados para com ele. Era adorável, tão graciosa, encantadora e terna... Como foram felizes; sentia saudades das ingênuas e simples carícias da mãe. Como o garoto de 8 anos ficou eufórico quando a mãe disse que o levaria para conhecer Jota, o pai desaparecido.

Mesmo com os poucos instantes que duraram, e com um terrível desfecho, aquele dia foi inesquecível para Jefferson. Os fatos pareciam-lhe simples à primeira vista: seu pai lhe dizendo aquelas coisas todas, depois...

Nos dias que se sucederam, a mãe evitava tocar no assunto. Muitas vezes, durante a noite, Maria recebia aquele homem, que ordenou o desaparecimento dela e de seu filho. Jefferson tinha horror em pensar no que os dois faziam trancados no quarto, no que poderia significar aquela asquerosa presença em sua casa. Ainda mais horrendo era ver sua mãe após a saída do estranho, passando horas a fio chorando sem parar. Bem diferente daquele homem, que saía ostentando um sorriso no rosto. Jefferson ainda mantinha a esperança em ter sua mãe e, quem sabe, o seu pai de volta. Ele interrompeu o passado e voltou ao presente:

– Mãe, um dia a tirarei daqui. Isso é uma promessa. Sei que não gosta deste lugar; eu também queria que ficasse comigo. Eu e a Manu estamos acertando as contas da casa, para um dia levá-la ao nosso apartamento, ao seu apartamento. Ainda o estamos pagando; claro que as prestações, às vezes, atrasam. Mas assim que pudermos a levaremos para lá.

Maria permanecia imóvel, fitando-o. Segundos depois, voltou a olhar para o nada. Parecia perturbada; não tinha mais interesse em fitar o filho.

– E aqui, como vão as coisas? – perguntou Jefferson em seu monólogo. Maria se levantou, Jefferson a fitou: sua mãe estava maltrapilha. Desconsiderava a ideia, mas tudo indicava que ela estava com a mesma roupa da visita anterior. Era comovente seu estado lastimável.

– Que pergunta esta minha; claro que deve estar tudo péssimo. Este lugar fede a urina, todos a enchem de remédios para dormir e eu ainda pergunto como vão as coisas. Juro que em breve não estará mais sujeita às alucinações e ao sofrimento que a perseguem.

Maria voltou seu olhar para o filho. Era a única coisa que sabia fazer: encará-lo como jamais fizera em toda sua vida. Aquilo para Jefferson era desconcertante.

No banco onde estavam sentados, Jefferson viu que havia ali uns pertences de sua mãe. Ela sempre estava com algo: algumas roupas velhas, às vezes uns cigarros escondidos em meio às bugigangas que trazia consigo. O franzino rapaz começou a vasculhar naquelas coisas. Maria apenas assistia a tudo em silêncio. Entre os panos, um batom e um jornal. Jefferson a olhou assustado: não sabia que ela pudesse ler algo. Ela esboçou meio sorriso, o mesmo que emitira quando conhecera Manu. Jefferson retribuiu; não imaginava que sua mãe, mesmo naquele estado, fosse capaz de cuidar de seus pertences, principalmente um jornal. Ao conferir, viu que aquelas páginas não continham nada interessante.

Ela se aproximou do filho, sentou-se novamente bem ao lado dele. Ficava olhando, sem ao menos piscar os olhos. No entanto, aquele meio sorriso, apesar de desconcertante, era também gratificante para Jefferson.

Em meio à cena, os olhos de Jefferson começaram a arder. Ele se levantou precipitadamente, tirando os óculos. Sua mãe, ainda imóvel, o contemplava: os olhos do rapaz emitiam dois fachos azuis de luz.

– Que horror! Meus olhos estão ardendo! – gritou Jefferson, tentando se recompor, com os óculos em mãos. Maria o fitava: aquela cena a fez colocar a mão sobre a boca. Jefferson dirigiu-se à torneira do jardim, lavou os olhos, e o terrível mal-estar, aos poucos, foi passando. Maria ainda segurava aquele meio sorriso; dobrou o jornal e pegou suas coisas. Foi se retirando. Jefferson sabia que as visitas jamais seriam afetuosas ou duradouras. Ele saiu em direção ao portão; havia encerrado sua visita. A mãe, com uma expressão muito séria, parou e ficou observando enquanto o filho desaparecia. O desgosto apoderou-se dela novamente, um vazio entorpecedor lhe afligia a alma, uma lágrima cintilava em seus olhos.

"Está acontecendo", disse a si mesma.

Capítulo 6

A milhares de quilômetros da Terra, encontram-se dois prisioneiros sedentos por vingança e obcecados pelo poder, ambos com uma ambição em comum: acabar com toda a raça humana, a título de vingança.

Cada um deles está preso em uma cápsula transparente e indestrutível, que será consumida pela poeira cósmica com o passar de cem anos. Estrategicamente, as cápsulas estão longe da rota de qualquer meteoro, pois elas, que são indestrutíveis de dentro para fora, são frágeis de fora para dentro. Ou seja: com um simples toque elas se desmaterializam, libertando os ferozes guerreiros.

Os prisioneiros são poderosos, impiedosos e acreditam que foram vítimas de uma grande traição, realizada por alguns humanos e também por outras criaturas de sua raça. Os irmãos Rakysu e Oygaty são do planeta Acuylaran, planeta que era modelo do Universo. Em Acuylaran não havia maldade ou corrupção, mas seus habitantes foram enganados por seres humanos, liderados por Jota, um humano que gostava de carregar consigo peças retiradas de relicários. Com isso, os habitantes do planeta em questão travaram uma grande batalha contra os homens que acolheram pacificamente em seu mundo. Uma guerra motivada pelo que mais detestavam: ganância e poder, sentimentos que os homens possuem a ponto de transbordar.

Os humanos se interessavam pela guerra, pois queriam algo além da Terra: dominar o planeta Acuylaran. Após a luta entre os povos de planetas distintos, dois guerreiros de Acuylaran foram aprisionados pelo rei Otyzuqua: os irmãos Rakysu e Oygaty. Pelas costas do rei, os irmãos se aliaram aos humanos, mas foram traídos por eles.

No final daquela batalha, quando a destruição de Acuylaran já era inevitável, o rei Otyzuqua ordenou que seu filho Ezojy fosse para o planeta Terra e que os irmãos traidores fossem para a prisão centenária.

Cada indivíduo na Terra correspondia a um habitante de Acuylaran. Ezojy era Jefferson, que sobreviveria por pouco tempo sem a Alma que correspondia ao seu corpo. Enquanto isso, Rakysu e Oygaty não tinham ideia de quem seriam suas almas gêmeas naquele planeta distante, povoado por seres estranhos, denominados humanos.

Se eventualmente um acuylarano se apossasse de um humano que não correspondesse à sua Alma, viveria poucos dias, fazendo as mais horríveis crueldades, e se tornaria um insano. Haveria um grande confronto mental e espiritual no novo ser que surgiria. Ambos seriam anulados, tanto o terrestre quanto o acuylarano. O novo ser seria uma expressão do mal, por assim dizer; vazia, vivendo para fazer somente o mal, possivelmente até a si mesmo.

Os dois irmãos estavam cientes do que viam e viviam. Olhavam a imensidão do espaço: as energias cósmicas eram como alimentos para ambos. Ali dormiam, pensavam e se comunicavam telepaticamente. Os dois foram grandes aliados na tentativa de conquistar, com os humanos, o planeta Acuylaran. Mas não sabiam que, caso conquistassem o poder, um deveria matar o outro. Estava tudo tramado. Jota se aliou aos dois, mas, independentemente de quem sobrevivesse, só os humanos teriam a ganhar.

Mas não foi o que aconteceu: os humanos foram derrotados, não sobrou um só homem para contar a história ou para voltar à Terra. Os irmãos sabiam que somente Ezojy, o filho do rei, havia sobrevivido, e acreditavam veementemente que ele estava na Terra e tinha posse de algum segredo que seu pai em leito de morte lhe havia revelado; ou ainda que tivesse estudado, pois era fascinado pela raça humana. Tinham convicção de que Ezojy dirigira-se ao planeta Terra na busca de sua alma gêmea, para conseguir sobreviver. Certamente seu objetivo não era buscar vingança, mas apenas sobrevivência. Antes disso, a sorte teria de acompanhá-lo, para o sucesso de sua missão.

A lenda dizia que nenhum acuylarano sabia onde encontrar sua alma naquele vasto planeta. Todos sabiam que viveriam no máximo um dia caso não a encontrassem, e, uma vez na Terra, não havia como retornar.

Independentemente de onde Ezojy estivesse, mesmo após cem anos, Rakysu e Oygaty iriam no seu encalço, buscando vingança. Iriam matar o filho do rei, aquele que destruiu, praticamente sozinho, o exército montado por eles e pelos humanos, na esperança de dominar Acuylaran. Ezojy, apesar de ser um grande guerreiro, não era invencível: tinha lá suas fraquezas. Por mais poderoso que fosse, suas forças jamais se igualariam às do grande, poderoso e temível Rakysu, que um dia fora o principal responsável pela segurança do planeta Acuylaran.

Rakysu tinha dois objetivos. O primeiro era pegar Ezojy; o segundo, acabar com todos os humanos, principalmente o filho do humano que se denominava Jota, homem que conduzira a tripulação humana a Acuylaran. Rakysu possuía uma permanente e sinistra reputação. Sabia que, não fosse por aqueles miseráveis ambiciosos, não estaria em uma prisão. Queria esmagar cada humano que encontrasse pela frente; caso não encontrasse sua alma gêmea no planeta Terra, faria do seu único dia de vida um verdadeiro holocausto, para que nenhum terrestre se esquecesse de sua face. Para ele, na Terra não havia inocentes. Todos eram culpados; e, para culpados, em seu ponto de vista, só restava a morte.

A dupla não tinha tanta informação quanto gostaria sobre as formas de vida na Terra. E também não imaginava que, àquela altura, Ezojy já estava no lugar certo, no corpo de um homem raquítico cujo nome era Jefferson. Ezojy havia encontrado sua alma gêmea na Terra e se transformara em um ser muito mais poderoso do que fora em seu planeta natal. A fusão do acuylarano Ezojy e do terrestre Jefferson culminou em O Alma: uma montanha de poder sobrenatural que, ao contrário dos objetivos dos prisioneiros, começava a lutar contra o crime na Terra.

Capítulo 7

No submundo da cidade de Curruta, o mercado de indústrias bélicas e de drogas é fortalecido e cresce a cada minuto. Entre tantos bandidos, encontra-se o mais perigoso, cruel e procurado de todos: Honório Gordo, que sempre impressionou por tamanha truculência e por suas expressões taciturnas.

Um homem com quase 200 quilos, alto, com um ventre hidrópico que lança seu corpo para trás. Sua frieza, bem como sua vocação para a violência, é de proporção bem maior que sua dimensão física assustadora. Toda associação criminosa está atribuída a ele, mas sempre se sai bem, apesar da forte repressão policial liderada por Jarbas.

Honório é ousado, estrategista, inteligente e sanguinário. Seus capangas andam armados até os dentes, e sua trupe é formada por todas as classes de porcaria. As armas mais sofisticadas são atribuídas a cada integrante de seu temido bando, que dá a vida para proteger o chefe. Honório é esperto e muito cauteloso: conta com centenas de homens, que dominam a maior parte da distribuição de drogas e armas pela cidade. Além disso, esses homens também cometem crimes por encomenda. Com Honório, há especialistas em armas, sequestradores e os piores ladrões que Curruta poderia ter. A trupe causa terror nos dias e nas noites da metrópole.

Honório tem uma inteligente filosofia de trabalho: por meio de seus homens, compra o respeito dos mais pobres com pequenos favores. Do outro lado da tabela se encontravam os ricos, com os quais também mantinha negócios. Além de seus homens, políticos, juízes e policiais estão incluídos em sua folha de pagamento. Sua longevidade no crime se deve à capacidade de atuar em diferentes negócios: drogas, prostituição, jogos ilegais, extorsão, armas e, não raras vezes, seres humanos.

Tantos negócios sujos e maneiras diferentes de ganhar dinheiro fazem tudo se parecer a uma multinacional. A incrível capacidade de

Honório em aliar, mediar, diversificar, fraudar e globalizar os negócios se resultou nisso.

Com tudo muito bem organizado, Honório conta com o apoio de políticos e juízes; sabe que, para sua organização funcionar como um relógio, precisa tê-los no bolso, e que pessoas influentes precisam ser compradas, para facilitarem os negócios. Como todo grande bandido, o homem usa empresas ilegais como fachada para lavar dinheiro sujo.

Poucos empregados de Honório têm acesso direto a ele; mas, seja quem for, submete-se com humildade e obediência ao gordo que está no topo. A militância é bem paga, por isso seus capangas são apaixonados pelo que fazem. Trabalham com códigos internos, que favorecem a posição de organização coesa e impenetrável, com um gigantesco poder de fogo disponível a todos. O principal código é a lei do silêncio: se alguém for pego, morre, mas não denuncia. Vivem na base da disciplina rígida e do amor à camisa.

A organização de Honório é forte e bem estruturada; também é muito cobiçada por bandidos estrangeiros, mas nunca ninguém se aventurou em abrir concorrência com o chefão de Curruta. Era muito arriscado disputar o território currutense e o controle das atividades ilegais com o gordo que estava mais que estabelecido na cidade.

Todos que trabalham com Honório são audaciosos, movidos pela ganância financeira, usando e abusando da violência, se preciso for. Apesar do esforço de Jarbas e de seus homens, nunca conseguiram juntar forças capazes de impedir que a bandidagem prosperasse.

Honório já transformou bandido em político. Além de possuir dois nomes, ele tem duas faces, mas sem maquiagem ou máscara. Publicamente, com o nome de Paulo Seixas, veste um terno bem cortado, que acrescenta frieza ao aspecto ameaçador do homem. Gosta de comandar a tudo e a todos, sua forma física transpira autoridade. Esteja onde estiver, precisa ter seu prestígio ostentado diante de quem quer que seja. Nas horas vagas, em sua mansão, na qual todos sabiam quem morava, usa camiseta e boné de banda de *rock*, principalmente do Ramones e do Sex Pistols.

Tudo isso eleva a obsessão e a obstinação de Jarbas pelo bandido.

Honório sempre soube que sua cabeça estava a prêmio. Há anos, Jarbas sonha em um dia encontrá-lo; sonha com o tão esperado dia em que colocará suas mãos sobre o monstrengo e lhe dará uma bela de uma lição. Sonhos que se tornam pesadelos, quando Jarbas vê nos jornais que os crimes andam de rédeas soltas, por causa da forte organização de seu grande e terrível inimigo.

— Jarbas deve estar bufando a esta hora! — dizia Honório, ao ouvir um de seus capangas lendo o jornal em voz alta, para todo o bando. Todos caíam na gargalhada.

"Malditos! Malditos sejam esses bandidos desgraçados... Isso deve ser coisa do Honório! No dia em que eu colocar minhas mãos naquele canalha, quero fazê-lo pagar tim-tim por tim-tim todo o prejuízo à nossa sociedade; quero acabar com ele aos poucos, e com muita dor", bufava Jarbas, a dezenas de quilômetros de seu inimigo.

Jarbas está ciente de que Honório não é o seu único problema; é sem dúvidas o maior, porém não o único. As ruas da cidade estão infestadas de ratos bandidos, de todas as classes sociais e de perfis diferentes.

As delegacias distribuídas pelos bairros amenizavam um pouco as dores e a criminalidade; porém, por mais corajosos que fossem os policiais, sempre que confrontavam os bandidos — fossem eles ou não da turma de Honório —, baixas eram certas. O ponto fraco dos policiais era atingido, e os dias eram seguidos por demissões voluntárias de um ou outro. Jarbas se descabelava.

Tinha de fazer algo; era pressionado pelo povo, e principalmente pelo prefeito Laurindo. Para se eleger, Laurindo prometeu ao povo que Honório seria preso, custasse o que custasse, durante seu mandato; porém, faltavam poucos meses para a nova eleição, e nada havia acontecido. Os opositores usariam isso para acabar com qualquer possibilidade de reeleição. Honório ri do impotente Jarbas, ri do prefeito idiota com suas promessas não cumpridas, Honório só ri — mas nada deu mais satisfação a ele que a morte do velho Barreto, Carlos Barreto, pai de Jarbas.

A morte do velho havia ocorrido há anos. Por mais incrível que possa parecer, ninguém sabia que naquele dia, naquele assalto, Honório matou o velho quando soube, pela boca dele, que era o pai de Jarbas. Honório não perdeu tempo, perdeu apenas o foco: sua meta naquele instante já não era assaltar o banco: era assassinar o pai de seu arqui-inimigo.

A morte de Barreto não foi atribuída a ninguém; os noticiários e o próprio Jarbas sempre imaginaram que, na troca de tiros, o velho fora atingido por uma bala perdida, que tudo fora obra do acaso, do destino pregando peças. Uma pessoa no lugar errado e na hora errada. Infelizmente aquilo levou o pobre senhor ao túmulo. Não só ele; naquela tarde, morreram muitas outras pessoas, estas, sim, vítimas de balas perdidas.

Enquanto Barreto implorava pela vida, já longe daquela confusão, deu de cara com Honório, seu impiedoso matador, que depois de matá-lo levou o corpo ensanguentado para perto de onde acontecia a troca de tiros. Pois, além de malvado, sempre fora, como citado antes, *ousado*.

* * *

Capítulo 7

Um dos capangas apareceu com outro jornal, onde havia matérias sobre a criminalidade nas favelas, no centro da cidade e nos bairros. O jornal mostrava que Honório e seus criminosos eram responsáveis por 100% dos crimes da cidade. Qualquer crime cometido, qualquer jovem morto por *overdose*, tiro ou agressão, qualquer tragédia era atribuída ao bandido gordo e a seus fiéis empregados. Ele ouvia, bebia o seu champanhe devagar, sentado na poltrona confortavelmente, rindo das notícias.

Embora tivesse muitos empregados, vez ou outra Honório saía com os capangas para cometer alguma atrocidade; fosse numa boate, ou subindo com seu blindado em alguma favela, ele era pau pra toda obra. Perdoava se preciso, matava se necessário. Tomando conta de tudo aquilo, ficou rico e fez grandes amigos na cidade. Poucos sabiam que Honório era o *Honório Gordo*: ele gostava de vestir terno e gravata e se apresentar como *Paulo Seixas* nas festas e nos clubes da cidade.

Fazia isso de maneira muito simples, pois a única foto dele, publicada há cinco ou mais anos, fora tirada em uma favela. Naquele dia havia, à sua espera, escondido entre os becos, o competente jornalista e fotógrafo Fábio, que fez grande amizade com um dos capangas de Honório e comprou a informação de onde poderia encontrar o bandido mais perigoso de Curruta, para registrar em imagem aquele que era considerado por muitos um mito, uma lenda.

* * *

Fábio, soterrado como um tatu, viu quando o carro blindado chegou. Os amortecedores se sentiram aliviados quando aquele homem sem pescoço deixou o veículo. Provinham *clicks* de todos os ângulos; Fábio, com medo de ser pego, saiu do morro, após pouco mais de uma dezena de fotos. Deixou o lugar sem perceber que o carro ainda estava baixo de um lado; não viu quando um segundo homem, ainda mais gordo, deixava o interior do veículo. O segundo homem era o Honório Gordo, que definitivamente não tinha pescoço. O primeiro a descer era apenas um convidado de honra, que estava predestinado a morrer nas garras de seus capangas.

* * *

Honório, no dia seguinte, bufava como um bode velho, exigindo explicações de como aquela foto fora tirada sem que ninguém visse o fotógrafo. Ninguém lhe respondia, ninguém tinha resposta. Foi muita sorte o fotógrafo ter tirado a foto de outro gordo e usado o nome dele. Aquilo seria uma deixa: a chance de um grande disfarce, ainda mais sabendo que o homem da imagem estava morto.

O que o irritava era o fato de saber que ele, o verdadeiro Honório, poderia ter sido fotografado. Por sorte, sua cara gorda não foi parar nas páginas dos jornais. Porém, o fato de estar vulnerável a essa peça o deixava irritadíssimo, ainda mais sabendo que correra o risco de ter sido fotografado em uma *favela*.

Honório parou para pensar; olhava a todos os seus homens de confiança: queria ver no olhar de cada um deles quem deveria ou não ter crédito com o chefe, o destemido e perigoso chefe. Sentia o cheiro da traição, e como sentia. Ninguém poderia saber que ele estaria naquele lugar, ninguém que não convivesse com ele teria uma informação tão privilegiada. Nem mesmo a mais informada das fontes teria conhecimento sobre seus passos sem a ajuda de um dos seus capangas.

Os caras da imprensa são bons investigadores, sim, claro que são; aliás, são ótimos. Mais do que isso, são excelentes negociadores também. Alguém dali havia vendido informações. Com base naquele pensamento, Honório começou a resgatar as cenas do dia anterior: ainda no carro, subindo o morro; conversando sobre boas compras, contatos no exterior, ótimas vendas; compras de drogas e armas; analisando chances em potencial de estar diante de um grande negociador; o outro gordo se mostrando empolgadíssimo com a possibilidade de negociar com Honório.

Resgatando lembranças, ele vê o gordo sair do carro; vê seus capangas saírem vasculhando cada palmo ao redor; vê, através do vidro fumê, subordinados perto e distantes do carro, fazendo sinais de que a barra estava limpa. Ele pensa no gordo fora do carro, tenta imaginar de onde as fotos foram tiradas. Agora, já se lembra do rosto de quem protegia aquele ângulo: lembra-se nitidamente quanto o possível informante e traidor estava assustado, longe de manter a frieza; volta e meia olhava para trás, como se trocasse palavras apenas com o olhar.

Honório agora se lembra perfeitamente da cara dele, naquele instante, naquela sala, onde todos os homens estavam com a alma gelada, com o coração pulando a mil em razão do misterioso silêncio do grande chefe. Honório olha para aquele jovem: é Nestor, que treme as pernas como vara verde deixada ao vento. Todos da sala fixando nele os olhos irritados; Honório apenas saca uma de suas armas. Sem qualquer possibilidade de dúvidas, sabe quem é o traidor: chegou àquela conclusão na mesma certeza de que dois e dois são quatro.

Nada o impediria de fazer o que julgava ser certo. Fosse por loucura ou sensatez por parte do gordo, alguém pagaria com a vida.

Capítulo 8

Horas antes, no meio da madrugada...
– Quer dizer então que você não fez isso sozinho? – pergunta Jarbas ao segurança da joalheria. Jarbas era um contestador inflexível, estava fazendo pouco caso do fato e desconfiava do vigia noturno.

– Não, não, senhor! Os bandidos me renderam, eu estava amarrado e amordaçado, quando de repente aquela coisa, aquele homem forte, vestido de preto, como se fosse uma sombra negra de olhos azuis me levou pra fora e os capturou. Só um deles que ia fugindo eu golpeei de surpresa, e ele caiu; os outros dois vieram carregados por aquele... Sei lá o nome dele.

– Justiceiro? – perguntou Jarbas.

– Não, senhor, ele disse que não é justiceiro; ele afirmou que é "a justiça". Agora me lembro o nome dele; ele me disse, senhor: ele se chama "O Alma".

Jarbas olhou ao seu redor, olhou para seus homens, que normalmente eram muito sérios, e via que todos continham o riso. Tentavam a todo esforço manter a pose; porém, nem ele nem seus subordinados conseguiram se segurar: começaram a rir, a gargalhar, a debochar do pobre segurança, com a sua história de "O Alma, homem de preto com olhos azuis".

De repente, todos ficaram sérios.

– O Alma? É um nome criativo, é nome de justiceiro – disse Jarbas, contendo o riso.

– Pode ser. Foi o que ele me disse – respondeu o segurança, sem ao menos imaginar que Jarbas o interrogava porque suspeitava que ele estivesse ligado ao roubo; que a história de "mordaça" e das "mãos amarradas" era apenas uma desculpa, para se safar de um roubo que não deu certo.

– Interessante. No mínimo muito interessante. *O Alma*? Ele estava armado?

– Não, senhor. Ele usou a própria força.

– Sabe, meu caro... Das armas que os bandidos usaram para realizar o roubo, uma delas fez três disparos. Contra quem, ou o contra o quê?

– Foi contra O Alma, eu vi.

– Então o acertaram? Como você viu, se estava lá fora e dentro da loja as luzes estavam apagadas?

O segurança já estava cansado. Precisava ir embora: além de ter avisado a polícia, passado o que passou, percebeu que estava sendo interrogado como suspeito.

– Não, não o acertaram. Ele desviou-se das balas. Dentro da loja as luzes estavam apagadas, porém os olhos iluminavam todo o interior do local. Era como se o ambiente estivesse com todas as luzes acesas, eu vi; os olhos daquela criatura iluminaram tudo.

Risadas novamente.

– O senhor poderia me liberar? Estou cansado, ainda tenho que tomar um ônibus para chegar em casa. Trabalhei a noite toda, senhor! – pediu de maneira ríspida o segurança.

– Claro. Vou manter contato. Está liberado, uma de minhas viaturas o levará para casa. Obrigado, seu depoimento muito nos ajudou.

– Só fiz o meu trabalho, fui eu que liguei para a polícia. Liguei a pedido de O Alma.

Jarbas apenas olhou para o homem, que lhe deu as costas. Deu sinal para que dois de seus homens o levassem para casa.

– Que história, cada uma que me aparece!

– Senhor – disse um dos homens. Jarbas se virou.

– E se ele estiver dizendo a verdade? E se for verdade essa história de um justiceiro com o nome de O Alma?

– Meu caro, é o que vamos descobrir. Agora me traga os três bandidos, vamos interrogá-los. Vamos ver se essa história se confirma ou se eles vão entregar o comparsa que os traiu. Eu aposto na segunda opção. Os outros começam acreditando, eu sempre começo duvidando. Quero saber que tipo de droga esse segurança está usando.

Os homens riram: o enunciado fora de uma comicidade irresistível. Os que não riram assentiram com a cabeça, em sinal de concordância.

* * *

Antes mesmo de os assaltantes serem trazidos para Jarbas, no gabinete, passando despercebidos por outros policiais, entraram dois jovens cabisbaixos. Pareciam acabrunhados, abatidos, porém mais que determinados a se entregar. Não queriam de maneira alguma reviver o que viveram horas atrás. Antes que dissessem ou fizessem qualquer coisa, foram surpreendidos por um dos homens de Jarbas.

– Pois não. Em que posso ajudá-los?

Os dois rapazes ficaram surpresos com a abordagem; permaneceram em silêncio, não sabiam por onde começar.

– O que querem? Mãos na cabeça! – interveio outro subordinado de Jarbas. Os rapazes, ainda em silêncio, obedeceram à ordem, e sentiram as mãos dos policiais vasculhando cada centímetro de seus corpos. Nada encontraram.

– Queremos falar com Jarbas – disse um deles à meia-voz, ainda de cabeça baixa, como se sentisse vergonha do que estava fazendo, ou do que estavam por fazer.

– Podem falar comigo mesmo. Ele está fazendo um interrogatório neste momento; portanto, digam o que querem e transmitirei o recado.

Os dois rapazes se olharam, como se esperassem um a iniciativa do outro.

– O que está acontecendo aqui?

Era Jarbas, conduzido pela curiosidade.

Os rapazes envergonharam-se mais ainda, pois estavam diante de um homem que tratava bandidos de maneira bastante hostil.

– Eles querem falar com o senhor. Não os conduzi até sua sala, pois imaginei que estava ocupado com os três assaltantes da joalheria – respondeu um dos homens.

– Estão limpos, chefe – completou o outro.

– Por favor, me acompanhem – Jarbas apontou o dedo para outro policial, e ordenou:

– Peça para que me tragam os assaltantes da joalheria em dez minutos. Antes quero saber o que estes jovens desejam – com olhar desconfiado, Jarbas media de cima a baixo os rapazes.

– Sim, senhor – respondeu o policial ao se retirar.

Na sala de Jarbas, ele se apossou de sua mesa. Embora houvesse cadeiras vazias, não as ofereceu para os rapazes. Ao redor deles, havia quatro homens armados, e outros policiais permaneciam atentos fora da sala. Justa cautela, pois aqueles dois jovens poderiam ser apenas uma distração para algum ataque surpresa na delegacia. Todas as precauções necessárias já estavam tomadas, caso aquilo fosse mesmo uma arapuca.

– Digam o que desejam. No que posso ajudá-los? – perguntou Jarbas, mais ríspido que o habitual.

Os rapazes se olharam; um cobrava o outro com o olhar. Estavam suando. Um deles tomou a iniciativa:

– Viemos aqui para nos entregar. Somos assaltantes.

Todos se entreolharam na sala, até mesmo Jarbas fora surpreendido.

– Não assaltamos bancos, relojoarias, carros blindados ou comércios. Assaltamos pedestres; roubamos coisas pequenas, como carteiras, celulares, brincos ou relógios. Inclusive, há poucas horas tentamos roubar a carteira e a bolsa de um homem.

Todos engoliram a seco.

– É isso – continuou o rapaz –, queremos que nos prenda, não podemos ficar na rua.

Tanto Jarbas quanto seus homens sentiam o cheiro de urina que exalava de um dos rapazes. Jarbas se manteve em silêncio, analisando aquele discurso; era a primeira vez que via bandidos "honestos". Nunca ninguém havia se entregado a ele, ou a qualquer outro que ocupasse sua posição. Jamais ouvira, em toda a sua vida, algum caso de passarinho em liberdade que voou ao encontro da gaiola.

– Eu admiro a coragem e honestidade de vocês. Mas me digam, o que os levou a esta atitude? Posso apostar que não foi uma decisão tomada de uma hora pra outra, até porque não acredito que pecador vire santo de um dia para o outro, muito menos da noite para o dia.

Os rapazes se entreolharam novamente, pois era chegada a pior hora. Como poderiam falar àquele homem, um legítimo cético, sobre aquela figura estranha? Como poderiam dizer que estavam ali porque, se ficassem nas ruas, o tal de O Alma pegaria eles, e só Deus sabia a consequência deste reencontro?

Olharam-se novamente; o bandido que já havia falado deu um leve cutucão no outro, como se dissesse. "Se vira, explique a ele, diga a ele por que você está cheirando a urina!".

– Estou esperando – disse Jarbas, impaciente.

O rapaz, ainda de cabeça baixa, já havia desistido do amigo que cheirava a urina. Portanto, quase que sem medo – pois nada se comparava ao desespero das horas anteriores –, disse:

– Como já disse ao senhor, somos assaltantes...

– Isso eu já sei! – Jarbas o interrompeu. Ele odiava quem ficava dando voltas para chegar a um objetivo. – Nos diga logo por que estão se entregado, merda! – berrou. O outro quase se mijou novamente.

– Então – o rapaz em desespero desembuchou –, íamos roubar um homem; estávamos armados, como sempre, ia ser tudo muito rápido. De repente, surgiu um monstro. Sei lá que coisa era aquela, só via que era enorme e muito forte. Uma sombra, com luzes azuis saindo dos olhos. Aquilo quase que nos estrangulou com aquelas mãos frias. Espancou-nos, não tínhamos como reagir, quase borramos as calças; ele nos poupou, mas disse que só foi desta vez e, se não nos entregássemos à polícia, quando nos visse novamente as coisas seriam bem piores. Digo uma coisa, seu Jarbas: não queremos reencontrar aquela coisa. Por favor, nos prenda.

O rapaz agora chorava. Jarbas estava pensativo, bem como seus homens: já ouvira aquela história do segurança da joalheria, agora aqueles dois pedindo para serem presos... Pedindo não, implorando. Trocavam a liberdade pelo medo da estranha figura, que havia agido em alguns pontos da cidade.

– Acho que temos um justiceiro nas ruas de Curruta. Podem me dizer qual é o nome dele? Ele disse isso a vocês?

– Sim. Ele disse, seu Jarbas – disse o mijão, quebrando o silêncio. – Ele disse que é tão impiedoso quanto a morte. Disse que é... – o rapaz engoliu a saliva – O Alma.

Todos viram os pelos dos braços dos jovens se arrepiarem.

Os olhos de Jarbas brilhavam. Ele coçava o queixo; ainda suspeitava desta história, porém bem pouco, pois os relatos sobre o tal O Alma estavam ficando muito parecidos.

– Pode nos levar para uma cela?

Jarbas estava espantado com tamanha determinação.

– Um minuto.

Então, na sala, entraram três homens algemados. Eram os assaltantes da joalheria. Jarbas queria saber o que eles tinham a dizer; dependendo do que dissessem, tudo se confirmaria.

* * *

Todos na sala viam que os três homens se sentiam aliviados por estarem ali. Um deles parecia hipnotizado: a face vazia, totalmente sem expressão; poucas vezes os olhos piscavam. Parecia que havia estado frente a frente com próprio demo. A testa do pobre brilhava com seu suor; a boca, num meio sorriso fixo, causava arrepios; ao mesmo tempo em que despertava pena, despertava medo. Era bizarro. O que seria aquilo?

Jarbas sabia que com aquele não poderia contar: se um dos rapazes havia urinado na calça, aquele então... Era melhor nem pensar. De repente, o homem começou a tremer como se tivesse um ataque de epilepsia, e caiu no chão. Balbuciava algumas palavras, tremendo e rolando no chão. Os punhos começaram a sangrar com o atrito das algemas.

– Eu vi, eu vi, eu vi o diabo, eu vi... Se ele não for o próprio demônio, é um dos seus subordinados... Proteja-me, não me deixe sair daqui, não deixe... O diabo está lá fora, ele quer me pegar, ele aterroriza as mentes, ele é repugnante...

Com muito custo, os homens de Jarbas conseguiram neutralizar o homem; os outros apenas observavam.

– Levem-no de volta para cela – ordenou Jarbas. – E vocês, o que me contam? O que viram enquanto tentavam assaltar a joalheria? Podem me explicar por que seu amigo está assim?

Diferente dos outros rapazes, um dos assaltantes da joalheria foi direto ao assunto. Jarbas sabia que ele queria acabar logo com aquilo; pressentia também que o jovem queria voltar, o mais breve possível, para a cela.

– Foi aquele homem de olhos azuis. Aquilo não era um homem, era um monstro. Na minha opinião, aquilo era o próprio diabo, frio como um morto.

O homem juntou suas mãos e começou a olhar para o céu.

– Perdão, Jesus. Perdão, Deus, me perdoe. Prometo que nunca mais vou cometer nenhum crime... Prometo, Senhor.

A devoção, de certa forma, era comovente. Jarbas, pela primeira vez em toda a sua vida, começava a acreditar em algo que não via: naquela ocasião, diante dos fatos, começou a acreditar na existência de O Alma.

Sem pronunciar uma única palavra, e com um gesto desmantelado, fez menção para que retirassem todos aqueles bandidos de sua sala, pois o cheiro de urina estava insuportável. O que vira e ouvira já lhe era suficiente.

Jarbas continuou a massagear o queixo, em seu ar pensativo. Não sabia o que dizer ou fazer. Seus homens, ao redor, faziam menção de dizer algo, mas optaram por ficar em silêncio. Porém, minutos depois, um deles quebrou o silêncio constrangedor:

– Senhor, o que pensa em fazer? Qual é sua conclusão a respeito desse tal O Alma?

– Não sei, Robinson, confesso que não sei. Só posso dizer que a história parece verdadeira, não precisamos mais ficar de olho nos passos do segurança. Ele não mentiu.

– O Alma. Será que é nosso aliado? Vai nos ajudar a pegar bandidos? Pode nos ajudar a deter o Honório Gordo? Será que ele está do nosso lado, senhor? – perguntou outro policial.

– Isso nunca! – bufou Jarbas socando a mesa, quase que ofendido com aquelas palavras. – Nenhum homem que não tenha rosto pode ser aliado da justiça, muito menos da polícia! Mesmo que seja, ele que se mantenha bem longe do meu caminho e jamais queira me destronar! Ele que fique bem longe do Honório, o Honório *é meu*! Estão me entendendo? *É meu*! O Alma que não se atreva...

Jarbas interrompeu-se bruscamente; ficou em pé, apoiando as mãos na mesa, de cabeça baixa. Respirava ofegante. Seria uma humilhação saber que algum maluco aparecera do nada e destruíra seu maior inimigo, detendo o homem que, há anos, ele procurava; seria uma afronta saber que Honório fora derrotado por qualquer outro que não fosse *ele*. Aquilo já era uma questão de honra.

– Me desculpe, senhor.

– Tudo bem. Jamais admitiria que ele fizesse uma coisa dessas impunemente – respondeu Jarbas, mais pensativo que nunca, acomodando-se em sua cadeira novamente.

Seus subordinados se retiraram e o deixaram sozinho.

– Senhor, se precisar de algo, estaremos no corredor.

Ele apenas assentiu, enquanto pensava no que poderia ou deveria fazer. Não havia mais dúvidas quanto à existência de O Alma.

Capítulo 9

Na noite seguinte, Jefferson sobrevoava a cidade. Melhor dizendo, o seu corpo, escondido em uma sombra de luminosos olhos azuis, é que sobrevoava. O jovem permanecia inconsciente; seu corpo e seu espírito eram dominados e conduzidos por aquele ser que se apossou de sua mente naquela mesma tarde, no rio entre as montanhas. Ali nasceu o herói: naquele instante, nasceu O Alma. A brisa fria cortava a face da sombra, que voava a mais de 500 metros de altura. Ele vagava pelo espaço vazio entre um prédio e outro, e muitas vezes os via bem de longe, quando subia a 2 mil metros de altura.

Via os faróis dos carros, as luzes das cidades e dos estabelecimentos comerciais; observava pessoas circulando pelas ruas, tornando-se pequenos pontos que se moviam pelas calçadas. Muitas dessas pessoas poderiam estar sob os seus cuidados; outras, porém, em sua mira. Tudo era uma questão de comportamento e atitudes de cada habitante da tumultuada Curruta. O Alma era sinônimo de proteção para alguns, e de punição para outros.

O espírito que se apossou de Jefferson deixa que a consciência daquele frágil ser humano volte aos poucos.

Quer que ele conduza aquela montanha poderosa de músculos e agilidade, pois ele, o espírito, está ali por acaso. Já Jefferson está ali por um objetivo, por assim dizer, muito nobre.

O Alma paira no céu. A poucos metros, passa um avião comercial, que vai em direção ao aeroporto internacional da cidade. O ronco ensurdecedor das turbinas traz Jefferson à realidade. Ali terminam seus sonhos, e ele se vê muito distante do solo.

– **Meu Deus! O que estou fazendo aqui?!** – pergunta-se num sobressalto, vendo a cidade lá embaixo.

Esfrega os olhos, dá um meio sorriso, tem a esperança de que esteja sonhando. Fecha os olhos; sabe que, quando abri-los novamente, verá

Manu ao seu lado. Lentamente recobra os pensamentos, sentindo o frio cortante; inconscientemente tenta tatear algo: o cobertor, colchão, ou mesmo as curvas da russa. Abre os olhos: nada. Para seu desespero, ela não está ali; e, para sua grande surpresa, deve estar algumas centenas de metros mais alto que antes de fechar os olhos. Vindo com muita velocidade, mas desta vez em sua direção, outra aeronave. Antes mesmo que assimilasse tudo aquilo, salta com precisão, subindo mais 50 metros. Está ficando cada vez mais frio, e a cidade cada vez mais distante.

Jefferson não acredita no que está acontecendo. "Que brincadeira é esta?", ele pensa aturdido. Gira em torno de si mesmo, mas começa a perder altitude; quando se dá conta, já está em queda livre.

Jefferson rodopia no ar; em meio a toda aquela loucura, olha para seu corpo e não consegue acreditar no que seus olhos lhe mostram: ali não há roupa, aqueles braços não são seus; mas aquela sensação de medo, de que iria se esbagaçar no chão, é só *sua*. Tenta, com muito esforço, evitar a queda: gira para um lado, gira para o outro, mas a velocidade só aumenta. Jefferson está perdido. **"*Como vim parar aqui?!*"**, grita o jovem. Mas o som de sua voz é abafado pelos roncos das turbinas de um terceiro avião. Jefferson percebe que aquela voz, mesmo abafada e quase inaudível, também não lhe pertencia.

– *Você pode voar* – ouve alguém dizer.

– Quem... *Quem* está aí? – pergunta Jefferson, quase sem fôlego, tentando ver alguma coisa, enquanto continua a cair; consegue ver apenas relances de luzes, mas nenhuma imagem concreta.

– Quem é você? Onde está? Ajude-me, estou caindo!

Ele ouve alguém rindo.

– Você acha isso *engraçado*? Socorro!

O chão está cada vez mais próximo.

"Vou morrer na queda" – diz Jefferson a si mesmo, receando alguma possível desgraça.

– *Não, não vai. Você suporta a queda, embora ela vá doer demasiadamente, ou quebrar-lhe alguns ossos. Mas morrer, não: ainda não é chegada a sua hora, mortal.*

– Quem é você? Onde está? Como leu meus pensamentos?

Jefferson fecha e abre os olhos novamente. Onde estava Manu? Ele não se lembrava de ter saído de casa, muito menos de que tinha o poder de voar. Ou será que tinha? Lembrou-se de seus sonhos: eram mesmo *apenas sonhos*, ou teria vivido tudo aquilo em seus momentos de vigília? Mais uma questão elaborada pelo jovem "escritor".

– *Eu sou Ezojy* – responde alguém –. *Sou um amigo que veio de outro mundo. Você tem duas escolhas, Jefferson: pode voar, ou pode se esborrachar no chão. A escolha é sua.*

– Se você é um amigo, então **me salva**, pois eu **não consigo voar!**
– *Consegue sim, e como! Já está desistindo antes mesmo de tentar? Caso não consiga, o asfalto, a calçada ou algum telhado o seguram!*

A voz emitiu mais uma risada, como se estivesse se divertindo com o desespero do rapaz.

Jefferson arregalou os olhos: via que o chão estava cada vez mais próximo. A velocidade em que ia de encontro ao chão fazia com que sentisse mais frio. Sabia que não havia nada a ser feito para amortecer aquela queda: estava à mercê do destino. Fechou os olhos novamente, como se o gesto lhe salvasse a vida.

De repente, como num passe de mágica, como se estivesse vivendo aqueles sonhos que narrava para Manu, concentrou-se e procurou o domínio de seu corpo. Queria ter o controle de tudo naquele momento. Parou de rodopiar e começou a ver nitidamente os prédios e as luzes. Viu também um avião ao longe, com o trem de pouso pronto para aterrissar. A velocidade do seu corpo foi diminuindo; ficando de pé, ele abriu os olhos, olhou para baixo e viu algumas pessoas se amontoando. Como mágica, fechou os olhos outra vez e rasgou a escuridão céu acima. Já dominava todos os seus sentidos e pensamentos, além de dominar os poderes que lhe valiam a dádiva de voar, como se fosse um pássaro. Ezojy riu alto e, por fim, completou:

– *Muito bom, garoto! Muito bom!*

Agora, já sobrevoando a cidade, O Alma era controlado por Ezojy. Jefferson, completamente perdido, volta e meia se desconcentrava e começava a perder altitude, mas em fração de segundos começava a dominar novamente seus movimentos. Sem estar muito seguro do que fazia, às vezes voava somente para cima, numa velocidade impressionante; nessas ocasiões sentia muito frio, pois a altitude chegava a quase 10 mil metros. Curruta, vista daquela altura, se assemelhava a uma linda árvore de Natal.

Ezojy ficou em silêncio. Jefferson começava a gostar da ideia, pois descia com o corpo na horizontal. Nesta posição, controlava melhor a velocidade. Algumas vezes, pairava no ar; outras vezes, voava na vertical, em alta e baixa velocidade. Estava dominando aquilo em que havia se transformado, e vivia com intensidade a surpreendente experiência.

Como uma criança que começa a descobrir o mundo, ele se empolga com a descoberta; sempre olha para o seu corpo, mas sabe que não se trata de seu *verdadeiro* corpo. Não sabe como, mas sabia que tudo aquilo, por mais inacreditável que fosse, era real.

Sobe nos ares quanto pode. O oxigênio quase não existe, aquele ambiente é extremamente gelado. Jefferson para, mergulha em céu aberto num rasante; o vento corta o seu rosto e quase que lhe arranca a alma. Fecha os olhos e, pela primeira vez na vida, sente a verdadeira sensação de liberdade. Começa a rodopiar como um pião, aumenta a velocidade e forma, mesmo sem querer; um redemoinho em pleno céu acinzentado e noturno de Curruta. Tudo muito prazeroso.

– Minha nossa!

Jefferson fora jogado pra longe: uma aeronave tinha acabado de decolar e quase o atingiu.

Começou a voar atrás do avião. Atento, evidentemente, pois sabia que os mesmos cuidados que tinha em terra, como pedestre, teria de tomar quando estivesse à paisana no céu. O avião era muito rápido: ao mesmo tempo em que ganhava altitude, aumentava a velocidade. Aquilo era o máximo, pois se tornou um grande desafio para Jefferson. E lá foi ele atrás da aeronave.

Foi no encalço da invenção de Santos Dumont; ria para si mesmo ao ver aquela máquina enorme sustentada no ar. Era quase inacreditável. Ele, que nunca havia entrado em um avião, agora ali, ao lado de um, a milhares de metros do chão. Aproximou-se da máquina, ficou bem próximo da asa, até que tocou o *flap*. Deu a volta, queria subir no avião: tarefa simples para ele. Já sobre a aeronave, sentou-se, enquanto aquela maravilhosa invenção seguia sua estrada imaginária. Tão logo ficou em pé, abriu os braços e ficou a curtir aquela sensação única e inexplicável.

Segundos depois, O Alma deu um salto mortal para trás, passou sobre o leme e se soltou a céu aberto. Deixou-se cair, vendo a aeronave desaparecer de vista. E ele, controlando seu voo em sentido contrário à aeronave, retornou a Curruta.

– Tudo isso parece um sonho. Sempre sonhei com isso! – gritou ele. Agora, sem a intervenção de nenhuma turbina.

– *Os sonhos não existem para serem sonhados, eles existem para serem realizados!* – respondeu Ezojy.

* * *

Mesmo vivendo aquela realidade, no dia seguinte Jefferson teria aquelas inacreditáveis imagens em sua memória, como se fossem apenas parte de seus sonhos. Suas ações e transformação eram involuntárias, e se resumiam ao pequeno distúrbio no quase perfeito e delicado funcionamento da metamorfose entre ele e Ezojy. Para o ser do outro mundo, estar ali era uma questão de justiça e sobrevivência.

Entretanto, a essa altura, já havia a integração das duas pessoas em um só personagem.

Capítulo 10

Cuido de vocês como se fossem meus filhos. Pago em dia pelo trabalho que fazem. Se estão aqui, foi por mérito de vocês. Quantos não queriam ser os homens respeitados e temidos que são?

Os homens de Honório controlavam o som da respiração. Sabiam que, quando o chefe se zangava, como consequência um pescoço rolava. Todos tinham o Nestor na mira, o encolhido e encurralado Nestor.

Honório dava voltas, a arma em mãos. Nas pausas de seu discurso, via-se nitidamente que arquitetava algo para um dos seus. Todos baixaram obstinadamente os olhos.

– Eu sei quem ajudou o fotógrafo! – berrava Honório, andando em círculos com gestos impacientes. – Eu sei quem, dentre vocês, foi o informante. Trocou-me por dinheiro; vocês sabem que minha foto, minha imagem, não pode ser de forma alguma exposta ao público. Principalmente ao maldito Jarbas!

Ele socou uma mesa.

Honório respirava fundo; sacou outra arma da cintura e começou a dar voltas novamente, bem devagar. Olhava nos olhos de cada homem que estava naquela sala. Havia por volta de 30. Todos eles engoliam a seco; tinham a inexata desconfiança que o traidor era Nestor.

– Eu preciso que o traidor se manifeste. Sei quem me traiu, sei quem você é. Portanto, eu lhe dou a chance de se redimir do erro. Espero que não desperdice esta chance! Em troca, dou-lhe a vida de volta, traidor! Esqueceu-se de que sou como Deus, que odeio qualquer tipo de iniquidade?

Ninguém se manifestava. Honório, com um sinal, gesticulou como se pedisse algo. Um de seus seguranças saiu e, em segundos, retornou à sala com um facão bem ornamentado em mãos. Entregou ao chefe e se afastou, andando de costas. Honório levantou as armas. Dando voltas novamente, começou a falar, uma mão no facão e a outra na arma.

– Alguém busque água e pano.
Vários de seus homens iam saindo ao mesmo tempo. Ele interveio:
– Opa!
Eles pararam, olhando o gordo que lhes falava.
– Quando digo alguém, digo *Nestor*. Busque água e pano, sabe onde encontrar.
– Sim, Honório. Estou indo.
Nestor saiu tropeçando em si mesmo.
– Enquanto Nestor não volta, permaneço na minha remota esperança de que o traidor se manifeste. Preciso que ele me explique por qual razão me traiu.
Outro soco na mesa. Os homens sentiam-se encurralados: todos estavam crentes que Nestor era o traidor. Tudo indicava que fosse ele: Nestor era a ovelha negra do grupo. Cada um dali começou a pedir, em suas silenciosas preces, que o maldito traidor se manifestasse, antes que Honório arrancasse a cabeça de algum inocente.
Nestor retornou com um enorme balde d'água e panos.
– Obrigado – disse Honório. Nestor se afastou: estava suado, e não havia como afirmar se fora a correria para atender as solicitações de seu chefe ou se havia algo mais.
– Mudo o meu discurso – continuou Honório. – Quem tiver certeza, quem daqui me informar... Preciso apenas de uma confirmação. Quem me der a confirmação de quem é o maldito traidor receberá um prêmio, e me ajudará a dar cabo da vida do miserável.
– Foi ele, Honório! Foi ele – apontou Nestor ao segurança Pablo. – Ele é muito próximo de você, mas anda estranho, e fazendo ligações misteriosas pelos corredores. Pablo é o traidor!
Aquela acusação pegou todos de surpresa – inclusive o próprio Honório, que suspeitava de outro. Pablo simplesmente se encolheu. Honório apontou a arma para ele e, com um gesto, ordenou para que os outros seguranças o desarmassem.
– Honório, pelo amor de Deus, eu não o traí, chefe. Sabe que não fui eu. Tem minha confiança e respeito há muito tempo, sabe que eu não faria isso. Tenho o meu filho, tenho a minha família. Honório, por favor, o que esse desgraçado lhe fala é a mais pura mentira.
– Todos são inocentes, Pablo, todos são. Principalmente quando estão à beira da morte. Eu sempre dou ouvido ao desespero – Honório começou a gargalhar, arma e facão em mãos.
– Muito bem, Nestor. É esperto, é um dos meus preferidos. Tragam essa imundície pra cá.

Pablo relutava; os outros seguranças, a contragosto, o imobilizavam e o arrastavam para perto do impiedoso Honório.

Formou-se um círculo em volta deles. Pablo chorava, olhava para Nestor como se o fuzilasse com os olhos. Como gostaria de colocar suas mãos sobre aquele maldito caluniador!

Aos pés de Honório, Pablo caiu de joelhos. Um inesperado golpe na panturrilha o fez prostrar-se. Pablo viu aquela figura aterradora, que o mirava bem nos olhos; com a arma, Honório fazia movimentos circulares em seu rosto, enquanto a ponta do facão deslizava suavemente pelas artérias. Os seguranças ainda o imobilizavam. Ele já não tinha mais palavras; seu rosto, numa expressão contrariada e voltada para Nestor, mostrava todo o seu terror por estar naquela delicada situação.

– Saibam que não tolero nenhuma traição. Isto é um grave inconveniente. Quem comigo trabalha, morre aqui; é um caminho sem volta, mas o caminho que lhes garante uma excelente vida. Não somos bandidos: os bandidos estão nas ruas, trabalhando pra nós. Somos fiscais, donos de um dos maiores negócios do mundo. Reconheço o esforço de cada um de vocês, recompenso todos aqueles que me ajudam. Este discurso é velho, mas pelo visto de nada adiantou. Nestor, aproxime-se: segure os cabelos de Pablo e deixe sua garganta pronta para o abate.

Nestor, em segundos, segurava Pablo com uma força brutal.

Honório olhava bem nos olhos de Pablo, enquanto a lâmina perfurava lentamente sua garganta. Jatos de sangue esguichavam sobre o fino blazer branco do gordo. Com o corte profundo no pescoço, Pablo buscava pelo ar, ofegante; dois seguranças, que antes eram seus subordinados, o imobilizavam, e Nestor o segurava firmemente pelos cabelos. No momento seguinte, Honório colocou a ponta do facão na boca de Pablo, enterrando-a com precisão. A ponta do facão atravessou a nuca do pobre Pablo, fazendo um pequeno corte numa das pernas de Nestor. Pablo desfaleceu. Honório pediu que o soltassem e deu três tiros contra o corpo, que sangrava inerte sobre o piso.

– Pegue a água e os panos, e limpe esta sujeira, Nestor.

– Sim, senhor.

Honório olhava o corpo de Pablo: aquele homem, que há tanto tempo lhe prestara bons serviços, se fora. Nestor chegou com o balde e os panos; ao colocar o balde no piso, todos viram a cabeça de Nestor cair na água, e o corpo pender sobre o de Pablo. Sem misericórdia, Honório arrancou-lhe a cabeça. Todos deram passos para trás.

– Morra, traidor de uma figa!

No horror da situação, todos ficaram sem entender: afinal, quem era o traidor?

– Um morreu por me trair; o outro, por não lutar pela vida. Pablo morreu de medo, não foi homem o suficiente para provar que Nestor o caluniava. Tive pena dele e, quando tenho pena de alguém, mato, porque não gosto de ver pessoas sofrendo. Honório saiu como um rei, garbosamente.

– Limpem esta sujeira. Deem o corpo de Nestor aos cães, ou queimem esta praga. Quanto ao corpo de Pablo, levem para o porão: ele é perfeito para o Projeto Diamante – ordenou Honório, por fim, indignado e com veemência.

Isto ocorreu há seis anos.

Capítulo 11

Rakysu e Oygaty, de dentro da prisão, conseguiam admirar a beleza do Universo. Mesmo sendo maus e estando sedentos por vingança, a bela vista conseguia comover os frios corações daquelas criaturas. Viam alguns satélites que os homens lançaram no Universo, na intenção de registrar aquilo que só poderia ser visto através de lentes tecnológicas. Os dois riam por ver algo tão primitivo de um povo tão arrogante. Como queriam se livrar daquela prisão e demolir os aparelhos que passavam a centenas de metros deles. Mas não era possível: só cem anos depois é que conseguiriam concretizar a vingança tão esperada sobre a raça humana. Estavam aprisionados.

Esqueceram-se do aparelho e continuaram a vislumbrar a paisagem ao redor. Viam de perto algumas estrelas, as órbitas dos planetas, um meteoro ou outro que passava ao longe, numa velocidade assustadora.

Definitivamente, o rei de Acuylaran era muito inteligente, pois os lançou ao espaço em uma rota na qual nada poderia atingir a bolha que os aprisionava. A barreira da cápsula não poderia ser destruída de dentro pra fora; porém, de fora pra dentro, qualquer objeto, por mais leve que fosse, destruiria a redoma que aprisionava os seres. Segundo o rei de Acuylaran, somente cem anos depois passaria por ali um meteoro, que os libertaria, caso não os matasse primeiro. A questão da liberdade estava ligada a uma questão de sorte também.

O rei, temendo que os humanos traidores e ambiciosos descobrissem ou vissem, com seus aparelhos primitivos, as cápsulas carcerárias, deixou ambos dentro de uma poeira cósmica, que nenhum olho humano ou aparelho primitivo poderiam localizar. Mesmo morto, ele planejara evitar outra possível intervenção humana. E essa precaução seria para o bem deles, pois qualquer ser humano que ousasse libertar Rakysu ou Oygaty não teria ideia do perigo que todos do planeta Terra estariam correndo.

Capítulo 11

Mas, obviamente, a dupla não estava ali esperando cem anos pela liberdade. Estavam impacientes, à espera da passagem do centenário, para colocar as garras com toda força e ódio sobre a raça humana. E, se tivessem sorte, colocariam também as mãos no filho do rei: Ezojy.

Perdidos na paisagem que estava diante deles, Rakysu e Oygaty despertaram do transe em que estavam, pois tiveram a impressão de ouvir vozes. Eram vozes conhecidas: uma voz muito forte e grave vindo de um, e outra, mais suave, vindo de outro. A cada segundo, aquelas vozes eram mais nítidas e familiares.

– *Será que estão chegando mais prisioneiros, Rakysu?* – perguntou Oygaty, tentando se virar, com muito esforço, dentro da minúscula cápsula.

– *Pode ser. Ainda estão muito longe. E não acredito que ouviríamos com tanta precisão se fosse alguém que também estivesse dentro de uma cápsula* – respondeu Rakysu, os olhos em chamas. Ele tinha muito ódio. Deu a volta na cápsula, quase que se arrebentando; não queria ficar de costas para aquelas vozes.

Oygaty tentou fazer o mesmo, mas não tinha forças suficientes. Na terceira tentativa, desistiu. Iria acompanhar aquelas vozes apenas com os ouvidos.

– *Essas vozes não são estranhas. São acuylaranas, Rakysu, e elas vêm em altíssima velocidade.*

Rakysu não respondeu. Estava apurando seus olhos poderosos, na tentativa de ver alguma coisa através daquela poeira que jazia ao redor de sua prisão. Apurar a visão para ver a paisagem no espaço era algo até que simples de se fazer para um acuylarano tão poderoso como ele; mas localizar seres na imensidão do Universo exigia muito de seu poder ocular.

– *Está vendo alguma coisa? As vozes estão se aproximando muito rápido, mas eles não vão nos ver! É a nossa chance de transformarmos, em poucas semanas, o que esperaríamos por um século, Rakysu!*

Aquele diálogo estava a menos de 3 mil metros dali. Ambos falavam muito alto: eram dois acuylaranos em liberdade. Rakysu via nitidamente a ambos, mas não informou nada a Oygaty.

– *Não desviem a rota em razão da poeira. Estamos aqui! Continuem na direção em que estão! Sigam a minha voz!* – começou a gritar Rakysu, em tom autoritário. Aquilo chamou a atenção do outro prisioneiro.

– *Quem são? São dos nossos, Rakysu?*

Ele se virou com dificuldade novamente, olhou para Oygaty com os olhos em chamas e respondeu:

– *Sim, são dos nossos.*

Rakysu, então, virou-se novamente na direção dos seres que estavam se aproximando.

Os dois estranhos aproximavam-se em silêncio. Haviam diminuído a velocidade, pois acreditavam ter ouvido algo, uma voz até que familiar.

– *Venham!* – continuou Rakysu, os olhos brilhando mais que nunca. – *Não mudem a rota. Podem vir! Mantenham os olhos apurados e nos verão em meio à poeira, dentro das cápsulas prisionais!*

Oygaty começou a rebobinar a fita de seus pensamentos e a se lembrar do que cada ser humano havia feito a eles, cada traição, cada palavra mentirosa. Já começava a planejar sua vingança: espalharia terror em cada canto da Terra. Desejava, em especial, que Ezojy não estivesse morto.

A cápsula ao lado tornara-se uma bola vermelha, por causa das luzes emitidas pelos olhos do irmão, Rakysu. Oygaty, em sua ansiedade e sede por vingança, vendo a possibilidade de estar liberto, emitia luzes na cor laranja com seus temíveis olhos. Rakysu possuía os mesmos sentimentos, embora fosse com um ódio muito mais intenso.

– *Quem está aí?* – perguntou um dos seres que se aproximava, em meio à poeira. Com os olhos iluminados, viram os dois prisioneiros, antes mesmo que qualquer um respondesse à pergunta.

Havia duas cápsulas, a poucos metros: uma deixando de possuir o brilho vermelho tão intenso, e a outra lentamente perdendo o tom forte da cor laranja. Rakysu possuía o corpo amarelo e os olhos vermelhos. Quanto a Oygaty, seus olhos eram laranja e seu corpo, azul-marinho.

– *Oygaty? Rakysu?* – perguntou um deles. – *Pensávamos que estavam mortos!*

Rakysu virou-se, dentro da cápsula. As outras duas criaturas, Érdynan Xan e Ayzully – que também eram do planeta Acuylaran –, deram a volta e ficaram a dois metros dos prisioneiros. Agora se encontravam os quatro comparsas, frente a frente, perdidos no espaço, em meio à poeira cósmica. Os visitantes Érdynan Xan e Ayzully agora viam claramente os olhos dos dois irmãos, brilhando intensamente dentro das cápsulas. Os prisioneiros lançavam olhares rápidos, que faiscavam.

Fora das cápsulas, flutuando no vazio do espaço, permaneciam Érdynan Xan, com seu corpo vermelho e os olhos amarelos, e Ayzully, a estranha figura de olhos verdes e corpo branco. Naquele reencontro, todos tinham dois propósitos em comum: destruir a humanidade e Ezojy. Não necessariamente nesta ordem.

Capítulo 12

Há dias, Jasmim, a silenciosa filha de Jarbas, dizia à mãe que apresentaria o namorado à família. A mãe, surpreendida pela confissão da filha, nada disse: a garota já tinha 17 anos. O tempo passou sem que ela percebesse que a menina já era uma moça, e que o inevitável assunto de namorar ou "ficar" viria cedo ou tarde.

– Mãe, sei que gostará dele. Estou perdidamente apaixonada. Não sei se meu pai vai aprovar ou não, mas pouco me importa o que ele vai achar. Ele nunca está em casa mesmo. Não me importa a opinião dele.

Sofia apenas assentiu. Sabia que a filha estava coberta de razão; porém, fazendo valer seu papel de mãe, jamais jogaria a filha contra o pai, ou vice-versa.

– Seu pai, filha, é um homem muito ocupado; você sabe que ele quer consertar o mundo usando as próprias mãos. Ele não se faz presente porque trabalha muito.

– Acho que ele usa o trabalho como pretexto para se ver longe de nós. Nunca esteve presente em nada: meus aniversários, minhas duas formaturas... Nunca. Sempre falando em trabalho, trabalho e mais trabalho! Só quero ver a reação dele quando souber que estou namorando, mãe.

– Eu me encarrego de informá-lo sobre isto, filha.

– Espero que ele não seja contra, porque, se for, eu sumo de casa e ele nunca mais terá notícias minhas!

Sofia recebeu aquelas palavras como um soco no estômago.

– Não vai precisar ser tão radical, querida. Isso irá se resolver pacificamente. Esqueça de julgar o seu pai e tente compreendê-lo mais, é só o que te peço.

– Eu até tento, mas não consigo chegar à conclusão de que ele é inocente. Ele nunca está em casa e, quando está, permanece longe em seus pensamentos. Fica o tempo todo à espera de algum telefonema, um motivo que o afaste de nós.

Sofia sentiu seus olhos encherem-se de lágrimas. As verdades doíam-lhe no peito. Nunca imaginou que sua filha sofresse tanto com a ausência de Jarbas. Não sabia da grande revolta que ela sentia contra ele. E o pior: não imaginava que a filha fizesse questão de um amor paternal.

– Bom – disse Sofia, livrando-se das lágrimas. – Quando o seu namorado vem aqui em casa nos visitar? Estou ansiosa para conhecê-lo, filha.

A campainha tocou.

Jasmim deu um salto para a frente do espelho, dando rápidos retoques no rosto.

– É ele! Posso apostar!

Sofia apenas arregalou os olhos.

* * *

Duas horas depois...

Sofia está encantada com o jovem que a filha lhe apresentou, porém achou o rapaz um pouco triste. O jovem casal parecia decepcionado com os pais que tinham: ausentes, distantes. O jovem pouco falou de seu pai, não revelou sequer o nome. A mãe havia morrido em um acidente de carro quando ele tinha apenas 10 anos. Desde então vive com o pai.

Na frente de casa, Jasmim estava de mãos dadas com o namorado. Sofia era uma mulher sorridente e acolhedora. Estava bem por ver sua filha bem: definitivamente, o rapaz dava uma nova forma de vida à Jasmim, uma vida *feliz*.

– Volte mais vezes, Saulo. Venha almoçar conosco qualquer dia desses, para conhecer o Jarbas!

O rapaz ficou corado. Jasmim repreendeu Sofia com o olhar, para depois dar um beijo em Saulo. Piorando a situação do rapaz, um carro encostou naquele exato momento em frente à casa. Jarbas flagrou a filha beijando o jovem. As pernas de Saulo estremeceram, dominadas por uma terrível sensação de impotência.

Jarbas estava sozinho. Havia passado a noite fora e resolvera ir para casa naquela tarde. Não esperava ver o que viu.

Sofia, lendo a expressão de Jarbas, antecipou-se a qualquer possível grosseria por parte do marido.

– Jarbas, depois eu tiro suas coisas do carro. Venha conhecer o Saulo.

Como que em câmera lenta, Jarbas saiu do carro, deixando os objetos de trabalho ali. Bateu a porta e veio em direção ao rapaz e à filha. Saulo tremia. Jasmim apertou a mão dele e ficou na defensiva.

– Saulo! Quem é Saulo? – perguntou Jarbas, a um metro de distância do casal.

– É o meu namorado, pai. Saulo, este é o meu pai.
Saulo soltou a mão de Jasmim e a estendeu para Jarbas:
– Muito prazer – disse o rapaz, gaguejando.
Jarbas pegou na mão do rapaz. Sofia valia-se de suas orações para que aquele encontro não piorasse a relação entre pai e filha. A mão de Saulo estalava. O jovem detectou alguma hostilidade naquele cumprimento.

– O prazer é meu, *é todo meu* – disse Jarbas, olhando no fundo dos olhos do jovem. – Com sua licença, Saulo, tenho pressa. Preciso voltar imediatamente ao trabalho.

O rapaz assentiu, massageando a mão dolorida. Jarbas entrou ferozmente na casa. Os dois filhos pequenos ainda estavam na escola. Sofia foi ao seu encalço.

– Namorado?! Que palhaçada é essa, Sofia? Como deixa sua filha namorar, sendo ela tão nova?

– Ela cresceu Jarbas. Só você não viu.

– Cresceu? É só uma menina! Quem é este Saulo? O que sabe sobre ele? Como pôde deixá-lo vir aqui, sem meu conhecimento ou autorização? Pode ser um bandido!

– Para você, todos são bandidos! Ele é um bom rapaz. Também não podemos combinar nada que inclua você: nem nas formaturas de sua filha você esteve! Como pode querer presença quando sua filha resolve apresentar um namorado? Desde quando preciso de sua autorização, uma vez que sou eu que cuido de todos nesta casa?

– Namorado?! Jasmim ainda é uma criança! No meu tempo não existiam essas coisas. Como uma menina de 14 anos pode namorar? Ou ainda, trazer o namorado para a casa dos pais? É o fim do mundo, Sofia, é o fim do mundo!

Sofia se aproximou dele. Encarava o marido como se quisesse estrangulá-lo. Jarbas bufava.

– Nossa filha, Jarbas, fez 14 anos há mais de três anos, numa festa à qual você também não compareceu. Dentro de poucos meses, ela fará 18. Ela cresceu, a menina virou mulher. E você, o pai, não percebeu ou presenciou esta evolução.

Jarbas calou-se, nocauteado. Ficou envergonhado por não saber a idade da própria filha.

Alheios ao desentendimento, Jasmim e Saulo se despediam fora da casa. Não ouviram a discussão entre Sofia e Jarbas.

Quando Jasmin entrou, viu sua mãe sentada, o pai cabisbaixo. Sofia apenas fez um sinal para que a filha subisse para o quarto em silêncio.

Capítulo 13

A notícia de que havia um justiceiro em Curruta começou a se espalhar por todos os cantos da cidade. Muitos duvidavam, pois eram poucos os que já haviam testemunhado a figura estranha que lutava pela paz local. Jarbas, a esta altura, acreditava sem ter visto, pois a cada noite chegavam mais e mais bandidos de meia-tigela na delegacia, entregando-se. Tão logo contavam suas hitórias, eram levados às celas, e com isso as cadeias de Curruta estavam ficando abarrotadas de bandidos. Jarbas queria vê-lo; a impossibilidade de estar frente a frente com O Alma exasperava-o.

– Temos de encontrar O Alma, Robinson – sugeriu Jarbas.

– Nossos homens que fazem o turno da noite nunca o viram, senhor.

– Nesta noite iremos fazer uma ronda. Temos de encontrar esse cara. Já passou da hora de nos certificarmos se ele realmente está do nosso lado. Ele prende os bandidos com muita facilidade; pode soltá-los também.

Robinson pensou um pouco antes de responder:

– O que pretende dizer a ele, senhor? Em minha opinião, esse cara age sozinho e não quer conversa com ninguém. Infelizmente, não sabemos nada sobre ele.

– Por isso mesmo. Já está na hora de investigarmos esse cidadão, e descobrirmos o que de fato pretende por aqui. Ele ainda não me convenceu.

– Acredita mesmo que ele possa ser um farsante, Jarbas?

– Existem possibilidades. Sei que O Alma deu uma contribuição até que generosa, mas até este momento não prendeu nenhum bandido perigoso. Só os meia-tigelas.

– O que quer dizer com isso, delegado? Os bandidos perigosos não estão nas ruas, só os paus-mandados. Acredito que O Alma não tenha colocado as garras nesses criminosos por esta razão.

Jarbas coçou o cavanhaque.

– Talvez tenha razão, Robinson. É melhor nos prevenirmos. Será que ele não pegou esses bandidos por não estarem nas ruas? Ou por que são amigos dele?

– Acho isso improvável. Ninguém se camuflaria numa máscara para pegar pequenos bandidos sendo aliado de poderosos criminosos. Os pequenos são empregados dos grandes; portanto, tenho plena convicção de que O Alma está do nosso lado.

Jarbas deu um sorriso irônico.

– Pelo visto, Robinson, você já se encantou com o tal herói mascarado.

– São as evidências que me levam a crer que ele é nosso aliado; nada mais, senhor.

– Essas evidências me levam a crer que ele deve ser investigado. Vamos descobrir quem ele é, antes que a imprensa faça isso por nós. Melhor evitarmos uma situação constrangedora, em que algum repórter nos pergunte algo sobre o mascarado e não saibamos o que dizer.

Robinson assentiu ao seu superior.

Jarbas pegou o telefone e ligou para sua casa. Avisou Sofia de que trabalharia durante a noite também. Ela disse um "OK" murcho e desligou o telefone em sua cara. Ele pensou em retornar a ligação – detestava quando alguém batia o telefone em sua cara –, mas procurou poupar suas energias para encontrar o mascarado.

Durante três noites a busca foi um fracasso, mesmo sendo duas delas com O Alma em ação. O justiceiro estava sempre em lugares opostos ao local em que Jarbas e sua turma estavam. O rádio de comunicação informava os delitos e imediatamente os policiais corriam para o local; porém, quando lá chegavam, encontravam apenas os bandidos, imobilizados por cordas. Muitos deles também eram deixados nas proximidades da delegacia. Alguns de seus homens testemunharam o ser, de olhos luminosos, entregando as presas. Assim como já acontecera com os demais, os bandidos davam graças a Deus por estarem presos.

Jarbas se irritava: não via o maldito O Alma em canto algum. Seus homens tiveram o privilégio de ver o ser tão comentado, mas ele...

O delegado era, sobretudo, impaciente. Imaginava que alguém havia informado ao mascarado que a polícia estava em seu encalço, e que os desencontros eram propositais.

– Se essa porra existe, eu quero vê-lo! – bufou Jarbas, após uma noite inteira de buscas.

Ninguém disse nada a respeito do comentário de Jarbas; no entanto, mesmo com tantas testemunhas, concluíram que ele ainda não acreditava totalmente na existência do justiceiro.

* * *

Jarbas já estava tomado pelo desânimo. A esta altura do campeonato, nem se falava mais em O Alma – o delegado não comentava por irritação, e seus homens calavam-se para não deixá-lo ainda mais ranzinza. Disfarçadamente, todos vasculhavam os cantos escuros, desejando que de lá brotassem pontos luminosos. De preferência, azuis.

Em mais uma ronda noturna, por volta das 23 horas, Jarbas, Robinson e mais dois de seus homens andavam à paisana por um dos bairros mais perigosos de Curruta. Estavam armados; o carro, embora fosse de modelo popular, era blindado. Fácil trabalhar disfarçado e com segurança usando estes artifícios. Sem fardas e evitando ao máximo levantar suspeitas, o quarteto entrava por uma rua e saía por outra. Os dois policiais que estavam no banco traseiro do carro voltavam suas ações aos movimentos nas ruas, enquanto Jarbas e Robinson vasculhavam o céu da cidade, à procura dos pontos azuis que já eram famosos entre seus prisioneiros.

– Aqui está calmo demais! – disse Jarbas, ao volante.

– O que estamos procurando, senhor? – perguntou um dos policiais de trás.

– Logo descobrirá. Por enquanto, fique alerta e informe caso veja algo ou alguém suspeito.

– Sim, senhor.

Os homens observavam atentos os molambos, que faziam rodas queimando um fuminho. Estes disfarçavam, mas não interrompiam a brasa, que ia de mão em mão até a última ponta.

– Bandinho de safados – disse Jarbas.

– Poderíamos dar um susto nessa trupe, senhor – sugeriu um policial, que estava acomodado no banco de trás.

– Não vamos perder tempo assustando ninguém. Não podemos sequer prender esses vagabundos. Neste lugar, é melhor que não saiamos do carro.

– O senhor tem razão.

De repente, surgiram gritos e pessoas correndo: eram vários rapazes, que saíam de um beco escuro. Tiros. Um deles apontava a arma para o beco e disparava. Os quatro policiais ficaram em alerta total, fazendo uso do rádio de comunicação para chamar reforços. Antes de dar a localização, porém, Robinson deixou cair o transmissor. Os quatro, inclusive Jarbas, ficaram boquiabertos com o que viam.

Surgiu daquele beco uma figura enorme, com olhos azuis cintilantes. Desviava das balas, vinha a passos rápidos de encontro a seus oponentes. Mais três bandidos se juntaram ao que disparava contra a escuridão. Agora tinham aquela coisa na mira: o difícil era atingi-lo. Mais difícil seria escapar das garras dele.

Jarbas, involuntariamente, segurou no braço de Robinson. Os dois homens que estavam atrás no carro queriam pedir para deixar o lugar, mas o medo anulava suas vozes.

A rua, que estava pouco iluminada, ficou em plena escuridão. O Alma, em três impressionantes saltos, destruiu cada lâmpada dos postes. Breu total.

– Apague os faróis, senhor.

No automático, Jarbas obedeceu a Robinson.

O ambiente permanecia em silêncio. Via-se apenas o vulto dos quatro homens, um de costas para o outro, as armas reluzindo nas mãos trêmulas de cada um deles.

– Venha aqui, desgraçado! Covarde!

– Aqui, bicha-louca de olhos azuis! Venha, estamos te esperando!

Do carro, todos concluíram que os bandidos estavam chapados.

– Venha com o papai, venha!

Os quatro gargalharam e deram disparos para o alto.

No carro:

– O que faremos, senhor? – perguntou Robinson. – O Alma foi embora!

– Duvido – disse um dos homens, no banco de trás.

– O que ele está tramando? – perguntou-se Jarbas, vasculhando o céu através do para-brisa.

Robinson nada respondeu: também procurava pelo O Alma no céu. A poucos metros dali, os rapazes faziam a festa, com gritos e tiros.

A alegria dos bandidos não durou muito.

De trás do carro blindado, surgiram dois focos de luz azul, que saíram do chão e subiram dez metros acima. De repente, uma rajada de vento, de cima para baixo. Os braços dos bandidos sentiam agora uma enorme mão fria, que envolvia a todos. Os pulsos estalavam. Era mais conveniente soltar as armas do que apertar o gatilho. Gemidos de dor.

Os homens do carro não faziam ideia do que estava acontecendo.

– Peguem a lanterna! – ordenou Jarbas.

Antes, porém, que a ordem fosse obedecida, todo o ambiente se iluminou com fachos azuis. De camarote, Jarbas e seus homens testemunhavam a cena.

Em cada uma das mãos de O Alma, havia dois bandidos imobilizados. Seus punhos não paravam de estalar. Os bandidos tentavam se soltar – em vão. Desviavam os olhos dos malditos fachos de luz, vindos do ser desconhecido. Aquelas luzes cegavam, tamanha a intensidade delas.

As armas caíram ao chão. Usando os pés, O Alma esfarelou cada uma delas, como se fossem de brinquedo.

– Solte-me, desgraçado! – gritava o menos medroso.

O Alma os soltou. Os bandidos então formaram um círculo em volta dele. Começaram a realizar gingados, gestos intimidantes.

A sombra fechou os olhos. Escuridão total novamente. Em seguida, uma tenebrosa risada. Os cabelos de todos ficaram arrepiados, incluindo os dos homens de dentro do carro.

– *Querem lutar?* – perguntou O Alma.

Um deles tinha um pedaço de madeira na mão.

O Alma, então, abriu os olhos. No clarão azul, golpeou o bandido que fazia gestos com as mãos. O bandido foi lançado a uma distância de dez metros. Com a ponta dos pés, o justiceiro atingiu outro bandido com tanta força e precisão que a madeira foi lançada ao longe. O marginal, claro, tentou fugir, mas O Alma pegou-o pelo pescoço. O bandido desfaleceu com a força do brutamonte.

Os outros dois bandidos fugiam, mas O Alma foi atrás. Poupando-se de maiores esforços, saltou, indo com os pés diretamente aos ombros dos bandidos, que caíram com o peso de cara no chão, ralados e desacordados. A figura agia como se fosse um exército glorioso, trucidando os inimigos.

O Alma foi ao beco e trouxe consigo várias armas. O armamento era pesado. Destruiu-as como se fossem gravetos. De dentro do carro, os homens o espreitavam. Em seguida, abaixou-se e pegou uma corda. Em segundos envolveu os bandidos desacordados e saiu voando, com os marginais presos na corda.

Jarbas estava petrificado. Nem a sua inigualável ousadia o fez descer do carro, ao ver aquele ser sobrenatural.

– Que coisa é aquilo?!

– Eu não faço ideia, senhor – respondeu Robinson.

– É O Alma. Esse cara é foda! Está ao mesmo tempo entre o maravilhoso e o estranho! – disse um dos rapazes.

– Foda sou eu, ele é fodão! – respondeu o outro.

Jarbas ligou o motor do carro e saiu, fritando pneus.

Capítulo 14

Horas depois, na sacada de uma bela cobertura...
– Como é idiota este povo. Eles têm mais fé em mim do que no próprio Senhor.

– Pudera, João. Você é muito convincente. Estudou mais que eles e está acima nos aspectos financeiro e cultural. Todos, sem exceção, lhe devem obediência.

– Que seja, mulher. É muito fácil convencê-los. Possuem uma fé devoradora. É só usar o nome de Deus, e eles são capazes de tirar da boca dos próprios filhos para dar a mim o suado dinheiro que ganham. A doce pobreza de Cristo nos traz a suave riqueza.

– Está reclamando? Não acredito!

– Não, não estou reclamando, Simone. Estou zombando mesmo. Olha aqui.

Ele mostrou à mulher uma pasta e o que continha dentro dela. Simone era uma mulher abominável, um verdadeiro demônio.

– Minha nossa! Quanto dinheiro!

– Isto foi arrecadado esta semana. É dinheiro suficiente para comprar uma casa!

– É a décima parte do que ganhou cada membro da nossa igreja?

– Não, não é. Eu dei uma prensa neles, dizendo que Deus não os ajudaria, pois eles não estavam ajudando a igreja. E quem não ajuda a igreja, não recebe a ajuda de Deus. Portanto, ficaram aflitos, pois me veem com representante de Deus. Deram seus pulos e tiraram os escorpiões dos bolsos, obedecendo a este servo do Senhor.

O casal ria da inocência dos fiéis.

– João, só você mesmo. Ninguém reclamou?

– Ninguém. Não se reclama das necessidades de um homem de Deus. No caso, o homem de Deus sou eu.

Mais gargalhadas. Mais vinho.

– Temos de fundar outra igreja, em outra cidade. Este negócio está ficando bom, João. Nós, que trabalhamos a vida inteira para os outros, nunca sonhávamos que, um dia, poderíamos montar uma empresa que desse tanto retorno.

– Empresa não, Simone. Montamos a Casa de Deus, onde Deus reina, onde Ele é soberano. Lá é apenas o Templo Sagrado. Eles estão certos de que Deus é o caminho, só não sabem que nós somos o pedágio!

Trocaram maliciosos olhares e dispararam a rir, como se assistissem a um programa ou filme de comédia.

– É verdade, João. É o Templo do Senhor, a Casa de Deus, onde reina o seu filho mais sábio e persuasivo: o filho João.

João, ao ouvir aquilo, percebeu que sua esposa estava saindo pior que a encomenda.

– Lá eu reino, lá eu mando. Você não vai acreditar: meses atrás, eu pedi algumas "ofertas" às minhas ovelhas, porque precisávamos pintar o Templo de Deus. Fiz aquele comentário: façam o que vossos corações mandarem; aquilo que seu coração julgar ser uma ajuda que agradará ao Senhor, baseada naquilo que Ele já deu a cada um de vós. Alguns deles pegaram o salário inteiro e doaram; outro deu a metade do dinheiro do carro que havia acabado de vender. Outros tiraram as reservas do banco para pintar a nossa empresa...

Ele deu uma piscadela a Simone.

– Empresa não... A Casa de Deus – corrigiu-se, maliciosamente.

– E quanto foi a arrecadação?

– O valor certo eu não sei, mas foi alto. Sei que pintamos a Casa de Deus, pintamos a nossa casa da praia, compramos uma TV nova, e outra parte está na garagem. Tudo isso além da pequena quantia que sobrou, que está na conta do Servo de Deus!

O casal entrou na sala e fechou a porta que dava acesso à sacada.

O Alma, como um espectro, estava grudado na parede, a poucos metros, ouvindo cada palavra daquela conversa. Pobre do rico casal, não imaginava o que estava por vir.

– *Acredito que está na hora de você pagar por alguns pecados. Não acha, João?*

As luzes do amplo apartamento se apagaram. João e Simone se assustaram com o tom daquela voz ameaçadora.

– Quem, quem está aí? – perguntou João. – Que tipo de brincadeira é esta?

– O que está havendo, João? – disse Simone, sem ver graça alguma naquela brincadeira.

– Não sei, não faço a mínima ideia.
– *Estão assustados agora? Não acreditam no sobrenatural, acreditam? O dinheiro que vocês roubaram daqueles inocentes não os protegerá de nada neste momento. Eu vim aqui para condená-los, vim fazer o merecido julgamento!*
– Quem é você? Onde está? Apareça em nome de Deus, eu ordeno!
A risada que ecoou ao fundo das palavras de João era algo assustador. Simone arrepiava até a alma. João tentava se esconder, mas temia aquela voz, aquela risada que parecia vir de um filme de terror.
– *Em nome de Deus, João? Usando este nome você me obriga a aparecer. Mas você não tem fé, não é mesmo?*
A voz mudava de direção a cada segundo. João e Simone davam voltas em torno de si mesmos, ambos se arrependendo por cada segundo de safadeza, ambos se perguntando o que ou quem poderia ser aquilo.
– Apareça! Que inferno! Apareça desgraçado!
A risada ecoou novamente por todo o apartamento. João e Simone sentiam os pelos do corpo eriçar. Estavam empalidecidos de terror.
O casal então viu, a poucos metros, duas luzes azuis surgirem na escuridão. Davam passos à direita, um de costas para o outro, e às vezes para a esquerda. Aquele olhar diabólico os acompanhava, onde quer que fossem. Simone estava a ponto de desmaiar. A mulher irônica havia desaparecido, o homem gozador não existia mais.
– *Então, vamos logo acertar as contas, João e Simone? Suas atitudes profanam o bom nome de Deus.*
– Pelo amor de Deus, nos deixe em paz! O que você quer? Não temos nada que seja seu. Saia da nossa casa! – disse Simone, aos prantos.
– *Têm sim: as almas de vocês. Elas me pertencem. A partir do momento em que eu estava próximo à sacada, ouvindo a conversa de vocês, o Senhor, o Deus que aquelas pobres criaturas tanto cultuam, deu a mim vocês dois. E eu* – agora o casal já via aquela sombra escura se aproximando, em um tom de voz muito ameaçador, os olhos cada vez mais brilhantes, naquele tom azul – *só tenho a agradecer a Ele por me conceber tamanha honra.*
O casal sentia a baixa temperatura que vinha daquele ser estranho. Seria o diabo?
João fechava os olhos à medida que sentia o frio daquela voz. Simone tremia de medo e tocou a mão de João, na esperança de que ele pudesse protegê-la. Sentiu a mão dele gelada, como se estivesse morto. Ambos viam o contorno do corpo daquela coisa e sentiam o ódio que exalava daqueles olhos aterradores. Estavam petrificados. Naquele momento, só Deus mesmo para poupá-los do pior.

O Alma a fim de acabar com aquilo de uma vez por todas, jogou-se contra os dois abruptamente, agarrou-os por entre os braços e as vítimas foram ao chão. Algumas costelas estralavam. De fora do prédio, era possível ver a claridade azul que vinha através da janela. A paisagem poderia até ser bela, mas ninguém imaginava o que estava acontecendo lá dentro. Muito menos iria querer estar na pele de Simone ou de João.

* * *

Depois de ter agarrado, com muita força, o casal de líderes religiosos, que usava o nome de Deus e a fé dos homens para enriquecer, O Alma, pela primeira vez, pensou em tirar a vida de alguém. Mas se segurou. Nunca antes o ódio havia se apossado tanto dele quanto ao ver a covardia daqueles dois sujos miseráveis.

Ele girava numa velocidade absurda, ainda agarrado aos dois corpos. Simone sentia enjoos, e João, pela primeira vez em toda sua vida, começou a rezar. Ele, que nunca tivera fé alguma, agora entregava aquela causa nas mãos de Deus.

Os três, como se fossem um só, esbarravam na parede, derrubavam quadros, viravam sofás e mesas. Era como se um redemoinho houvesse invadido a sala do apartamento. Para O Alma, tudo aquilo era indiferente: estava possuído, era sujeira demais vinda dos humanos. Em tudo e em todos havia sujeira. Ele sentia as costelas de seus prisioneiros estalarem a cada giro que dava.

Numa das voltas, O Alma deu com o corpo contra o interruptor e as luzes se acenderam. Então João e Simone sentiram-se ainda mais perdidos: que bicho diabólico era aquele? Que coisa seria aquela, dizendo que Deus havia entregado suas almas a ele? Vendo o que viam, ambos pensaram que suas almas teriam destino certo: o inferno. Aquela coisa não poderia ser um enviado de Deus.

Vendo que a morte estava próxima, e que aquele insano estava longe de ter qualquer tipo de piedade, no desespero comum de quem sabe que só restam promessas para salvar a pele, disseram ao Alma que fariam qualquer coisa caso ele os poupasse. Fizeram juras de que jamais brincariam com a palavra do Senhor, para acumular riquezas à custa de pobres ou ricos que realmente tinham fé. Os dois, passando por aquela situação, começaram a crer na existência de Deus.

A sombra lentamente deixou de fazer os rodopios no ar. Num estalar de dedos, abriu os braços, soltando os dois. Simone deu com a cabeça contra a parede; João voou, como um pássaro desgovernado, sobre o que sobrara da mesa de centro, batendo fortemente suas costas. A dor que ambos sentiam era terrível.

A dupla começou a refletir sobre tudo o que havia feito até então. Mais que nunca, eles começaram a fazer suas preces e a pedir perdão a Deus, de quem tanto zombaram. Ainda doloridos, observavam aquela criatura andando de um lado para o outro na sala. Os olhos eram horripilantes. Os donos da igreja sabiam que não poderiam deixá-lo sem uma resposta, pois estavam certos de que, se ele tivesse, novamente, um ataque de loucura, seria pior. *Bem pior.*

– O que quer de nós? – disse João, enquanto tentava se levantar, massageando as costas.

O Alma parou de andar de um lado para o outro e seguiu em direção ao homem.

– Pare! Não o machuque, por favor!

Era Simone, ainda no chão, sem forças para se levantar. O Alma interrompeu os passos.

Simone começou a chorar:

– Eu imploro, não nos machuque!

– *Por que não?* – perguntou O Alma.

Simone e João perceberam que estavam encrencados. Sabiam que aquela coisa estava ali para se vingar, e não estava nem um pouco disposta a poupá-los. O casal tremia, arrependido por ter negligenciado as verdades da fé.

João foi em direção à esposa e, com muito esforço, conseguiu levantá-la. O Alma observava os dois. Ambos com medo, e com cara de tacho. Os olhos da figura começaram a brilhar mais do que o normal. Em um golpe preciso, e quase que imperceptível aos olhos de suas vítimas, quebrou o lustre. Cacos para todos os lados, inclusive neles, que sentiram alguns cravarem na face ou nos braços. Mais dor. Tudo ficou escuro novamente. João e Simone procuravam um ao outro em desespero, deixando os corpos escorregarem lentamente pela parede. A esperança dos dois estava acabando, seus corações saltavam pela boca.

O Alma propositalmente fechou os olhos. A sala tornou-se novamente um breu. O casal, abraçado no chão, tentava olhar ao redor, e se assustou quando os olhos da sombra se abriram diante deles, a menos de 30 centímetros.

– *Estão muito assustados!*

A voz rasgava os tímpanos de quem a ouvia. Os olhos de O Alma cegavam os seus. João tentava proteger seus olhos com a mão.

– *Quero que me digam quando irão à igreja novamente, e em qual horário.*

– No final da semana, às 19 horas. Nesse horário estaremos lá. Por quê? – perguntou João.

– *Será o momento de se redimirem. Pagarão tudo o que já fizeram àquelas pessoas. Se vocês ministram tudo, quero que digam a todos eles o que sempre fizeram. Prometam a todos que irão se desfazer dos bens que têm, pois sentiram que Deus quer isso. Darão tudo o que têm a cada membro daquela igreja. Vou fiscalizar os passos de vocês até o inferno. Farão o que estou mandando! Depois disso, se entregarão à polícia. Caso não o façam, será melhor a vocês que me peçam para acabar com sua raça agora mesmo.*

Os olhos brilhavam ainda mais.

– *Se não fizerem o que eu mando ou pensarem em me enganar, haverá muito mais dor!*

– Pode deixar. Faremos o que nos pede – disse Simone, tremendo nos braços do marido.

– *Eu sei que farão. Quando menos esperarem, estarei lá, assistindo a tudo com muita atenção. Se eu não vir o que quero, ou não ouvir o que desejo, apagarei as luzes daquele local e destruirei os dois, lá mesmo!*

Se tivessem saliva, certamente João e Simone já a teriam engolido. Sentiram o hálito frio da coisa, de tão perto que chegou; aqueles olhos demoníacos os cegavam.

O Alma deixou então o casal em provisória paz. Para não fazer o pior aos dois, preferiu dar uma chance humilhante a eles. Desde que fizessem o que mandara, não se machucariam futuramente.

A sombra da justiça deixou o recinto numa velocidade tão intensa quanto a fúria que sentia. Saiu pela porta de vidro, que dava para a sacada do apartamento. Estilhaços voaram, e barras de ferro foram estraçalhadas.

* * *

O casal permaneceu em silêncio. O Alma despertara a vergonha neles, mediante a situação. Estavam arrependidos do que fizeram por tanto tempo.

Não acreditavam em nada que não pudessem ver, mas daquele momento em diante as coisas mudariam. Algo maior que o homem realmente existia, e o fato vivido há pouco pelo casal só comprovava esta teoria. Aquilo não era algo do nosso mundo. Aquela coisa só poderia ser algum enviado, aquele ser horripilante só poderia pertencer a outra dimensão. Nada ou ninguém que habitasse a Terra teria uma força tão descomunal, nem sequer voaria contando apenas com sua força e agilidade. Nenhum ser vivo poderia ter a temperatura do corpo tão baixa.

João e Simone estavam abandonados à sorte, no meio da sala. Os dias durariam horas, e as horas passariam devagar. Na noite de sábado, teriam de dizer àquelas centenas de pessoas quem de fato eram. Seria vergonhoso e humilhante demais. Ainda mais doloroso seria desgarrar-se de todos os bens conquistados com o dinheiro sujo. Ainda em silêncio, com dores por todo o corpo, nenhum deles tinha a coragem de dizer uma só palavra. Mas mesmo contrariados passaram a crer em Deus. Começaram a pensar que esta chance, dada por aquele monstro, seria para que ainda tivessem tempo de se redimir por tudo o que haviam feito, em nome d'Ele.

Simone chorava baixinho. João sentia um imenso ódio daquela coisa, que não tinha nem se dado ao luxo de se apresentar. Ficava a imaginar qual seria o nome daquilo, se é que tinha nome. Aquela sombra poderia ser um anjo, não se sabe por quem poderia ter sido enviado. Por Deus? A causa, de fato, era divina; mas a aparência, pelo contrário, era satânica. Deus não enviaria um mensageiro com uma aparência tão horripilante quanto aquela. Fosse de onde fosse, era ousado, poderoso, determinado e objetivo, resolvia tudo sem rodeios ou alarde.

O homem sabia que jamais conseguiria escapar dali. E, mesmo que conseguisse, temia dar de cara com aqueles olhos novamente. "Quem poderia garantir que ele havia mesmo sumido?", perguntava-se João, confuso. Sabia o que fazer, mas não *queria* fazer o que deveria ser feito.

Tentava encontrar alguma saída. Mesmo que fosse uma tentativa frustrada, não poderia deixar de pensar na hipótese de que aquela coisa poderia ser comprada. Não, aí já seria ultrapassar a barreira do desespero, chegando às raias da burrice.

A mulher estava entregue. Já o marido não se conformava com a intromissão daquela coisa em sua vida. *Aquilo* não tinha o menor direito de interferir na vida deles. Foram muitos anos de esforço e dedicação, até conseguirem ludibriar os membros da igreja. Agora vinha aquela coisa horrenda atrapalhar todos os seus planos, colocando tudo a perder.

O ódio que nascia dentro daquele homem anulava o medo e o susto que tivera horas antes. Logo chegaria o momento do reencontro, e certamente o monstro retornaria para colocá-los à disposição da humilhação. Como se isso já não bastasse, logo depois o casal caminharia rumo à pobreza total.

João estava a ponto de morrer. Eram tantas hipóteses negativas que poderiam se realizar em questão de horas, dias, semanas.

Capítulo 15

No dia seguinte, numa tarde agitada do centro de Curruta, bandidos que não pertenciam ao grupo de Honório assaltavam um banco. A operação foi um desastre, e a quadrilha fez vários reféns, na tentativa de se safar da polícia. Jarbas e seus homens tentavam negociar, pegá-los sem deixar nenhum ferido. Os reféns tinham os rostos perturbados, sabiam que estavam nas mãos de bandidos perigosos, e o desespero assolava seus corações.

Antes que pudessem formular um plano, Jarbas e seus homens não viram o que os reféns viam: surgiu, de forma inesperada, uma figura negra dentro do banco. Mesmo à luz do dia, os olhos daquela criatura se sobressaíam. Aquele ser sobrenatural livrou os reféns, desarmou os bandidos e os jogou aos pés de Jarbas, que rabiscava algo em sua prancheta, traçando um plano. Os homens de Jarbas, no entanto, se deram conta de que tudo estava terminado, e de que aquela prancheta poderia ser descartada. Depois de sua missão cumprida, O Alma saltou para cem metros de distância dos policiais. No instante seguinte, quando o justiceiro fazia menção de levantar voo, uma voz o impediu:

– Ei! Espere, Alma! Preciso lhe falar!

Era um jovem, que chegava ofegante. Chamava-se Fábio, e era um grande colaborador da imprensa de Curruta.

– *O que você quer?* – perguntou O Alma, distante de qualquer simpatia, ainda de costas.

– Gostaria de lhe fazer algumas perguntas, posso? Trabalho em um jornal, e a cidade inteira quer saber sobre você. Você me daria o privilégio de uma entrevista?

O Alma não gostava daquela ideia; por outro lado, sentia que o jovem era um homem do bem, que queria apenas fazer o seu trabalho. Mesmo assim, relutou:

— *Lhe dou poucos segundos. Seja breve* — disse, virando-se para o rapaz.

Fábio via encantado aquela figura à sua frente, que atraía todas as atenções. Seria a reportagem do século! Uma sombra de olhos azuis... Era como um homem, mas sem traços. Os músculos da face se moviam enquanto falava, embora houvesse a ausência de uma boca. Os olhos piscavam normalmente, o peito inflava conforme respirava. Era um corpo muito forte, braços e pernas muito bem definidos. Anos e anos de academia não seriam suficientes para que alguém chegasse perto daquela perfeição, e poucos tinham o privilégio de ter aquela altura.

Fábio se aproximou. Queria tocá-lo. O Alma se afastou assim que percebeu a proximidade. O fotógrafo sentiu o frio que vinha daquele corpo.

— Me desculpe — disse Fábio. — Gostaria de saber se é deste mundo, se é um humano.

— *Não.*

Até sua voz era muito forte para os ouvidos de Fábio.

— *Tenho de ir.*

— Espere!

Na segunda tentativa de alçar voo, Fábio o fez parar a três metros do chão.

— Por favor, me diga só mais uma coisa: do que gosta em nosso mundo? Gostaria de tirar uma foto sua. Posso?

O Alma ficou a um metro do solo, com os braços cruzados. Fábio o via como se estivesse diante de um deus. A figura era encantadora, os olhos eram fascinantes. Para aquele ser, a gravidade era zero.

— *Deste mundo, eu gosto da banda Skank e do livro "Olhos para o Futuro". Quanto à foto...*

Ele desceu, e seus pés tocaram o chão. Fábio notou que, ao contrário das mãos, nos pés não havia dedos. Meio sem jeito, o herói posou para as lentes de Fábio. O repórter se passava por fotógrafo também. Estava nervoso, perdido, nem se parecia com o bom profissional que era.

— *Tente a sorte* — completou, por fim, O Alma. Após um único *flash*, o justiceiro desapareceu em direção às nuvens.

"Minha nossa, eu não acredito! Conversei com O Alma! Melhor ainda: tenho uma foto dele! Posso vender a quem pagar mais. É inacreditável! Que surpresa, ele é roqueiro! Gosta do Skank... só me resta saber que livro é este: *Olhos para o Futuro*.

Fábio não se continha.

— Falei com O Alma, puta merda! — gritou.

O grande profissional mais parecia um garotinho. Já estava bolando a manchete para o jornal.

Colocaria a foto de O Alma na primeira página, com a seguinte manchete:

"O Alma revela não ser deste mundo!
O justiceiro ainda nos conta do que mais gosta
em nosso planeta..."

Fábio entra no carro e vai para casa. Chegando ao seu apartamento, após realizar inúmeras ligações enquanto dirigia, abre a porta, a câmera fotográfica em mãos. Já havia fechado um grande negócio com um dos jornais que mantivera contato: a primeira foto de O Alma seria enviada por *e-mail* à redação. Além da foto, seria feita uma elaborada reportagem sobre aquela figura, que muitos amavam, diversos detestavam, e outros pouco se importavam se existia ou não. Seria o assunto do dia seguinte! O repórter dirige-se ao computador.

Liga a câmera fotográfica. Precisa ver aquela foto: a imagem que quitaria suas contas atrasadas. Mas Fábio leva um susto. Acessa os arquivos da máquina: há uma foto, mas O Alma não aparece. Onde estaria ele?!

Desliga e liga a câmera. Novamente aparece a foto. Uma paisagem simples: grama, muros, um carro, prédios e transeuntes ao longe, mas O Alma, que deveria aparecer bem no centro daquele cenário, não está ali. O espaço que deveria ocupar é substituído por um carro ao longe. Era como se o herói houvesse ficado invisível bem no momento do único *click*. Acabou entendendo o porquê de O Alma dizer: "Tente a sorte": ele *sabia* que não sairia na foto. Mas, mesmo desapontado, o fotógrafo riu.

Fábio se põe de joelhos e olha novamente a câmera. Confere: é o mesmo cenário, é tudo exatamente como viu minutos antes, com exceção da sombra de olhos azuis, que não aparecia naquela foto. Seus planos foram por água abaixo, embora nem tudo estivesse perdido: daria para faturar um pouco com a minientrevista.

Com o computador ligado, Fábio navega pela internet. Nos *sites* de busca, digita *Olhos para o Futuro*. Não aparece nada. Nenhum resultado se associa àquele título. Não sabe quem é o autor, não sabe do que se trata e muito menos qual editora o publicou.

Fabio então faz inúmeras ligações: para jornalistas, amigos da imprensa, amigos de baladas, ex-namoradas, parentes, irmãos. Ninguém nunca ouvira falar no livro *Olhos para o Futuro*. Naquele instante, Fábio imaginava-se como vítima de uma peça pregada pelo herói. Quanto à foto, tudo bem, não ficou ofendido com aquilo. Mas O Alma falar de um livro que não existia? Era o fim da picada.

Já não podia mais dar tanto crédito ao herói. A matéria seria muito simples: diria apenas que ele era de outro mundo e que gostava do Skank. Mas não seria o suficiente, até porque era muito comum as pessoas gostarem da banda. Não seria nenhuma novidade que até O Alma apreciasse o som da banda mineira.

Fábio, já cansado de tanto procurar, pega um café e desce até o térreo do prédio de onde mora, usando as escadas. Já desistindo de ir adiante com aquela matéria, vai a uma banca de jornal, a banca do "seu" Juarez, que fica logo na esquina. Fábio cumprimenta o senhor e vasculha entre as revistas: quer comprar uma coisa qualquer para passar o tempo. Está cansado de internet, além de frustrado com O Alma. Dentre tantas opções escolhe uma publicação semanal, uma revista séria, com notícias confiáveis. Evidentemente, e para a decepção do repórter, Curruta preenche várias páginas da revista que tem em mãos. Fábio paga pela revista, para logo depois olhar alguns livros que estão na prateleira ao lado. Muitos títulos famosos, porém caros. Ele desiste de apreciar os livros, tem de voltar para o seu apartamento.

– Fábio – é o seu Juarez. – Olha, pra você que gosta de ler, tenho aqui um livro bom e barato. É de um rapaz aqui de Curruta. Não quer dar uma olhada?

– Obrigado, seu Juarez, a revista é suficiente.

Quando Fábio viu o livro que seu Juarez já estava engavetando, porém, engoliu a seco.

– Um momento, seu Juarez, me deixa ver esse livro.

O homem nada entendeu; apenas entregou o exemplar.

Fábio começou a rir. Com a revista embaixo do braço, olhava aquele livro de 150 páginas em suas mãos, balançando a cabeça positivamente. Era o destino, eram os passos conspirando a seu favor! Há semanas não descia até a banca do seu Juarez. E justo naquele dia, naquele momento, pressentiu que precisava ler alguma revista, quando na verdade aquele pressentimento só tinha uma causa: levá-lo ao encontro do que mais precisava: o livro *Olhos para o Futuro*. A matéria estava salva, O Alma merecia todo o crédito do mundo. Afinal, o livro existia, e era de um professor currutense. O livro de Jefferson seria matéria de jornal sem que o jovem escritor movesse uma única palha.

Capítulo 16

Honório estava em seu luxuoso apartamento rodeado por seguranças, atentos a qualquer movimento suspeito. O bandido acompanhava os noticiários da TV e nos jornais, estando sempre informado sobre os passos dos policiais. Ninguém poderia interferir em seu trabalho, e qualquer deslize poderia resultar em grandes prejuízos.

Não perdia tempo com coisas pequenas; seu *status* de bandido não fora construído por acaso: fazia jus à fama que conseguira ao longo do tempo. Era procurado, detestado e prometido. Além de Jarbas, muitos outros bandidos queriam sua cabeça gorda. Honório mandava, desmandava e outros bandidos tinham de trabalhar para ele. Toda a droga e armas compradas para abastecer Curruta tinham de passar primeiramente por Honório, e depois ele as revendia. Se soubesse que os traficantes da baixa ou da alta classe estivessem adquirindo armamento ou drogas direto com fornecedores externos, tal burrice acabaria em morte. Isto ocorreu com vários que tentaram a sorte, e terminaram num tremendo azar. Repentinamente, Honório começa a gargalhar, o inseparável charuto em mãos. Uma reportagem foi responsável pela alegria do homem.

– O Alma?! O que é isso aqui?!

Mostrou o desenho da figura estampada no jornal aos seus seguranças, que se aproximaram e olharam.

Honório voltou a se concentrar na leitura. Certificou-se de que aquilo não era obra de um cartunista: aquele desenho e a reportagem eram de um ser real. Se aquilo fosse verdade, era o cara que se meteu naquele assalto ao banco. Por sorte, seus homens não estavam envolvidos naquela ação frustrada. Certamente o herói era aliado de Jarbas.

– Isso deve ser obra do Jarbas. Aquele desgraçado inventou esta história de mascarado. Sabe que ele e seus homens não conseguem nos deter, e inventou isso para nos assombrar. Jarbas está cada vez mais idiota.

– O Alma é real, pai. Ele afirma não ser deste planeta.

Era o filho de Honório, um adolescente que tinha por obrigação apresentar o pai com o nome de Paulo Seixas. Além disso, dizia também que o pai era empresário.

– Leia a reportagem completa, pai.

– Estou lendo. Você já ouviu falar deste Alma?

– É o assunto da semana. Dizem que é um justiceiro. Ele não usa máscara; sua forma física é quase igual à que está desenhada no jornal. Alguns de meus amigos disseram que já o viram durante a noite; afirmam que os olhos dele são duas luzes azuis, que iluminam qualquer canto escuro. Os bandidos estão fugindo dele como ratos.

– Os *metidos a bandido*, você quer dizer? Não precisamos temer O Alma, certo?

Honório lançou um olhar de reprovação ao filho. Embora não revelasse nada do que fazia, sabia que o adolescente estava convicto de *quem* o pai era, e *do que* fazia. Era mistério demais dentro daquele lar. O adolescente se retirou. Honório ficou acompanhando seus passos com os olhos. O afeto dele para com o filho traduzia-se na gorda mesada que o entregava. Aquilo era o suficiente, ao menos na cabeça de Honório.

– De forma alguma, meu pai – disse o adolescente, já em outro cômodo. Os seguranças se entreolharam, enquanto Honório separava a página em que aparecia o ser estranho.

* * *

Assim que Saulo se retirou, um dos homens de Honório lhe avisou que tudo estava pronto: ele poderia descer ao porão, pois o Projeto Diamante estava acabado. O gordo deu um largo sorriso, pegou o elevador e desceu. Os cabos de aço tremiam com os passageiros: embora estivessem em quatro pessoas, um deles equivalia a quase três, e a capacidade de peso do transporte estava comprometida.

Quando enfim chegaram ao porão, que na verdade era um laboratório, Honório foi o primeiro a sair do elevador. Sua barriga enorme obstruía a passagem, impedindo que os demais avançassem. Os capangas respiraram aliviados por mais uma vez o elevador ter aguentado todo aquele peso; Honório, por sua vez, estava sereno, tranquilo, embora um tanto ansioso. Nem se deu conta do ranger nos cabos do elevador. Assim que os passos da trupe foram ouvidos, Markus apareceu para encontrá-los.

Markus era um cientista austríaco que trabalhava para Honório. Vivia em Curruta há mais de dez anos, e veio à cidade em busca de quem pudesse financiar seu ambicioso projeto. Recebeu diversas batidas de porta na cara, até o dia em que conheceu um homem gordo, muito ambicioso e rico, que se apresentava como Paulo Seixas. Tão logo recebeu a confiança do gordo, soube que o tal Paulo Seixas não existia. O estrangeiro então sorriu de orelha a orelha: sabia que aquele homem era a pessoa certa para financiar seu projeto, que estava totalmente voltado para o crime. E ninguém em Curruta era maior sinônimo da palavra *crime* do que Honório.

— Terminei, Honório, terminei! O Diamante está pronto, finalizado. Podemos acioná-lo, ele estará em pé após seis anos. É muito gratificante! A fórmula pode ser testada. Pablo já está na maca. Podemos dar vida a ele novamente, e ele fará o que o senhor mandar — dizia o austríaco, esfregando as mãos, perdido em sua empolgação.

— É bom que seja, Markus. Foi muito dinheiro e um excelente funcionário neste projeto. Embora sempre duvidasse de sua eficácia, é melhor que, para o seu próprio bem, isto funcione.

— Funcionará, pode acreditar. A fórmula é real, o resultado será formidável. Tome, este é o dispositivo de que lhe falei. Qualquer coisa, aperte o botão vermelho.

Markus entregou a Honório um aparelho que se parecia com um pequeno celular.

— Onde ele está? — perguntou Honório.

— Vamos, sigam-me.

O cientista foi à frente com Honório, enquanto seus homens o seguiam, confiantes, mesmo sem saber do se tratava o tal Projeto Diamante.

Aquele ambiente era um verdadeiro mundo tecnológico, um invejável laboratório: computadores avançados, muitos equipamentos, agulhas, ampolas, tudo se misturava. O local abrangia a tecnologia e a indústria farmacêutica. O cenário causava certo desconforto e calafrios aos destemidos homens de Honório. Estavam próximos de uma maca. Dali exalava um cheiro insuportável, de embrulhar o estômago. O cientista providenciou máscaras a todos, mas permaneceu sem nenhuma. Certamente seu olfato já estava habituado àquele fedor insuportável. Apressadamente, todos colocaram as providenciais máscaras, e o odor foi aliviado. Honório tinha a cara gorda amassada, e os dois elásticos envoltos à cabeça faziam um baixo-relevo em suas bochechas.

Daquela maca vinha o horrível odor: havia ali um corpo, coberto por um manto negro. Viam-se nitidamente os contornos.

— Ele está aqui — disse o cientista. — Vou descobri-lo — continuou, com um sorriso inigualável. Honório e os demais se aproximaram; as máscaras já não tinham tanto poder diante daquele cadáver. O homem que ali estava era o segurança Pablo, o mesmo que fora acusado de traição por Nestor. Pablo estava pálido e, mesmo com o passar dos anos, ainda mantinha o corpo forte e atlético.

– Ele está horrível! – disse um dos homens de Honório. Os demais assentiram, em tom de concordância.

– Quando saberemos se irá funcionar ou não? – perguntou Honório ao austríaco, que conferiu o relógio e respondeu:

– Em 30 segundos.

De imediato puxou uma alavanca, e sobre a maca começou a descer uma grade, uma verdadeira prisão feita em aço, que foi ao chão. No piso havia encaixes, junto a uma grossa corrente; as engrenagens faziam daquela corrente no piso, que estava ligada à base da grade, uma verdadeira fortaleza.

– Agora! – gritou Markus.

Com exceção de Honório, que estava com os olhos fixos em seu ex--capanga, todos se entreolharam. Então, o inacreditável aconteceu.

Na maca, Pablo moveu os músculos da perna. O cientista olhou para seu chefe, com ar de satisfação. Honório vincou a testa. Os olhos do homem se abriram: havia ali um olhar bobo, perdido, desorientado. Com muita dificuldade, sentou-se, colocando a mão na cabeça, abrindo e fechando os olhos.

– Onde estou?! – perguntou-se Pablo.

Honório tinha Pablo na mira. Ao seu lado o cientista, encantado com o resultado, esfregava as mãos sem cessar. Os seguranças estavam penalizados e horrorizados com o ex-companheiro. Que diabo – no sentido literal da palavra – era aquilo?

Pablo olhou para os homens que estavam fora da grade, mas sua fraca memória não distinguia quem era quem. Menos um: o cientista. Ele se levantou e foi na direção dele. Todos se afastaram; Pablo então pulou na grade, e houve um terrível barulho.

– Eu te mato desgraçado! Venha covarde!

Ele babava agarrado às grades; havia um desejo evidente de apertar-lhe o pescoço. Em seu estado de cólera, o fedor triplicava: o furo na garganta estava em evidência, era uma incurável ferida aberta.

– Maldito, vai pagar pela dor que causou em mim por todos estes anos! Vou matar você!

Markus sorria:

– Não vai, não!

Pegou da mão de Honório o aparelho e, como recomendado ao chefe, apertou o botão vermelho.

No mesmo instante, Pablo largou a grade e caiu. No chão, contorcia-se de dor, gritava, berrava, babava como um cão raivoso.

– O que está fazendo? – perguntou Honório.

– Impondo respeito, chefe.

O homem no chão começou a ficar desfigurado; seus ossos começaram a sair de dentro do corpo; os ombros incharam; os dedos perdiam as unhas; o crânio aumentava de maneira sinistra.

– Parem, parem com isso! – implorava Pablo.

– Você vai matá-lo! – disse um dos seguranças, arma em mãos. O cientista deu uma gargalhada, enquanto exercia uma forte pressão com o polegar sobre o botão.

– Ele já está morto! – continuou sua sinistra risada. Honório nada dizia, vendo Pablo cada vez mais desfigurado.

– Pelo amor de Deus, parem com isso! Faço o que quiserem, mas parem!

O estrangeiro então soltou o botão e devolveu o aparelho a Honório. O fedor estava mais insuportável que nunca.

– Assim está melhor – disse o cientista olhando para Pablo, que estava de quatro no chão.

– O que isso significa? – perguntou Honório.

– Ele está morto, chefe. Mas dei um jeito para que, mesmo neste estado, não esteja isento de dor, uma *dilacerante* dor. Há dispositivos nos ossos dele: uma fórmula que criei. Os dispositivos acionados por este controle – ele apontou para a mão de Honório – fazem com que os ossos inflem e a pele comece a esticar. Se apertado por muito tempo, o botão explode o morto, mas antes ele morrerá, pela segunda vez, de tanta dor. A fórmula tem também o resultado oposto: com os dispositivos acionados, elas retraem a pele. Os ossos vão, e a fétida pele volta. Esse estado de um contra o outro só resulta numa dor que é capaz de matar. Até mesmo um morto.

Houve uma diabólica risada por parte do criador de tudo aquilo. Honório assentiu, ainda que desconfiado.

– Pablo, preciso de um favor seu – disse Honório.

Aquele ser, agora em posição fetal, levantou a cabeça e mirou o gordo que lhe falava.

– Quero que saia pelas ruas e me traga a quantidade de dinheiro que puder. Tudo de maneira discreta: saia e entre sem que ninguém perceba.

A criatura levantou-se, aproximou-se das grades novamente e respondeu:

– Posso fazer isso. Mas, em troca, quero a cabeça *dele*.

Pablo apontou na direção do cientista.

– Terá. Dá-lo-ei a você. Mas ele ainda me é útil; e, neste momento, Pablo, o que mais preciso é que faça o que estou mandando. Se recusar, aperto isto aqui. Se demorar em voltar, aperto isto aqui. Se voltar sem o que te peço... – ameaçava Honório, mostrando ao homem o pequeno aparelho que tinha em uma das mãos.

– *Aperto isto aqui* – completou o morto.

– Bom que tenha aprendido, Pablo.

– Meu nome não é Pablo. De agora em diante, me chame de Diamante, gordo de uma figa. O Pablo, você e ele mataram – colocou o indicador na direção do gringo, que por sua vez apenas mostrou à fera um aparelho igual ao de Honório. Diamante afastou-se.

Capítulo 17

Na tarde do dia seguinte...
Jasmim e Saulo passeavam pelo famoso parque da cidade. Naquele ambiente onde o verde e o ar fresco predominavam, um homem que gostava de estar na companhia das mais belas mulheres desfrutava da paz local. Ele evitava, quanto podia, aparecer em público – não poderia permitir que descobrissem sua verdadeira identidade. Nos arredores, muitos homens faziam a segurança do indivíduo; atiradores de elite ficavam atentos aos menores movimentos suspeitos, pois a vida daquele homem resumia-se a riquezas e prestígios. Um boné enterrado na cabeça, camiseta cavada e bermuda *jeans* formavam o disfarce perfeito.

Os jovens caminhavam sorridentes e de mãos dadas pelos caminhos curvilíneos, feitos com pedras alinhadas de forma impecável. Jasmim escondeu de Sofia onde estava, pois se dissesse à mãe que estava com Saulo, provavelmente seria advertida por ela. Não que Sofia implicasse com isso, mas o casal deveria ter muito cuidado com as perseguições do ausente Jarbas.

Saulo não tinha o hábito de dar satisfações a seu pai. Era ausente; tentava mostrar ser uma boa pessoa, quando na verdade aquela imagem era apenas camuflagem para o verdadeiro monstro que era. Assim o jovem pensava: à medida que Saulo crescia, cresciam também as suspeitas sobre seu genitor.

Saulo saiu do caminho de pedras, e lá deixou Jasmim. Ignorando o aviso de que era proibido pisar na grama, foi rapidamente até o jardim; na volta, trouxe uma flor em suas mãos. Jasmim estava incrédula com a cena. Numa reverência, o adolescente entregou a planta de pétalas vermelhas à sua amada. Entre sorrisos e lágrimas de alegria, ela o beijou nos lábios.

A cena não passou despercebida pelo homem à paisana, que contemplava aquela imagem. Livrou-se dos óculos escuros, que mais pareciam uma TV de plasma, certificando-se de que o rapaz era mesmo quem imaginava. Após a comprovação, abriu seu sorriso ranzinza. Os homens que faziam sua segurança, cumprindo com fanatismo todas as suas ordens, assentiram – o gesto confirmava que todos haviam visto a cena romântica, além de comprovarem a identidade do jovem.

O homem então deixou a mulher com quem caminhava, entregando-lhe antes um pacote, certamente cheio de dinheiro. Começou a trilhar o caminho oposto do casal; se apertasse os passos, certamente conseguiria dar a volta e segui-los sem ser notado.

A poucos e a muitos metros, um total de oito homens fortemente armados vasculhavam os espaços, na prazerosa tarefa de garantir a integridade física do estranho, que agora estava próximo ao jovem casal. Em sua frente, via Saulo com o braço envolvendo o pescoço da garota; ela, por sua vez, o envolvia pela cintura, e com a outra mão segurava cuidadosamente a flor que ganhara. Sussurravam palavras um no ouvido do outro, e depois abriam um largo sorriso.

O estranho estava bem próximo, divertindo-se com aquilo. Fora surpreendido pela cena: queria aproveitá-la ao máximo, para tão logo se apresentar. Após minutos perseguindo o casal, olhou para seus homens, recebeu o sinal de que a barra estava limpa e então chamou o garoto:

– Saulo.

Jasmim se virou; espantou-se ao ver aquele ser estranho, enorme, com lentes escuras sobre os olhos, vestindo camiseta da banda Ramones e um boné do AC/DC.

Saulo ficou imóvel. Sua pele corou: aquela voz lhe causava náuseas. Aquele não era o momento, aquilo não poderia estar acontecendo – não ao lado de Jasmim. O que aquele homem estava fazendo ali, justamente ali, e naquela hora? Ele se virou para o homem e o olhou sem graça.

– Pois não – respondeu desajeitado.

– Tudo bem, filho? – disse o homem, mostrando-se muito orgulhoso.

– Ele é seu pai? – perguntou Jasmim.

O homem tirou os óculos escuros.

– Sim, ele é meu pai. O que está fazendo aqui? – perguntou Saulo.

– Caminhando, Saulo!

Jasmim, tímida e constrangida, abriu meio sorriso. Definitivamente, aquele peixinho não tinha nada a ver com o peixe grande que estava à sua frente.

– Não vai me apresentar sua amiga, filho?

– Ah, claro. Pai, esta é Jasmim. Jasmim, este é meu pai, Ho...

– Muito prazer, Jasmim. Paulo Seixas – interveio o homem, estendendo a mão antes que Saulo dissesse seu verdadeiro nome.

* * *

Os homens de Honório aguardavam a hora certa. Os informantes lhe deram mais um motivo de alegria: após testemunhar seu filho com uma namorada, Diamante lhe trouxera dois carros-fortes.

* * *

Uma hora antes, um homem em roupas finas dirigia um carro importado, em plena luz do dia. Sua missão deveria ser cumprida no prazo de duas horas. Pensamentos confusos lhe assolavam a cabeça, mas ele deveria manter o foco: estava determinado a cumprir a tarefa que lhe fora designada.

Diamante seguia um carro-forte. Para sua sorte, um dos esconderijos de Honório estava logo adiante. Ele teria de agir. Estava longe de ser suspeito: um carro zero em mãos e roupas finas lhe garantiam a imagem de homem bem-sucedido.

Acelerou; o movimento de carros à frente não estava tão intenso. Sabia que a poucos quilômetros dali estaria o destino do carro-forte: precisaria ser rápido e preciso. As mãos no volante eram firmes, embora precisasse limpá-lo incessantemente: suas mãos deixavam parte da pele no comando do carro. Em segundos ultrapassou o carro blindado, carregado de dinheiro. Fez uma manobra brusca; o fim da avenida desembocava em uma rua estreita. Aquele caminho era obrigatório: ele, o carro-forte e mais meia dúzia de veículos seguiram naquela direção. Diamante então deu uma freada brusca e fechou a entrada. Os seguranças do carro-forte ficaram mais atentos que o comum, prontos para a guerra.

Diamante saltou do carro. Atrapalhado, sem armas, sem nada. Indefeso. Os homens o tinham na mira.

– Perdi a direção! Perdi a direção! – gritava, com as mãos sobre a cabeça.

O motorista e os demais seguranças do carro-forte liam os lábios daquele homem bem vestido, que atrapalhava a passagem. Não havia como dar ré: pelo retrovisor, o motorista viu que uma bela fila se formava atrás do carro-forte.

Como num passe de mágica, Diamante sumiu na frente deles. Um barulho se ouviu no teto do carro: pisadas fortes, brutas. Ódio.

Os veículos que faziam fila atrás do carro-forte foram deixados por seus passageiros. Estavam certos de que se tratava de um assalto, admirados com a ousadia daquele homem solitário. Os mais próximos protegiam o nariz: o ar estava fétido.

Diamante saltou: pulou alto, deixando seu peso cair sobre a carroceria do carro-forte, que não resistiu ao impacto. O homem de terno e gravata entrou no veículo. Havia vários seguranças, homens armados, treinados para proteger o que carregava o veículo.

Mas Diamante, que era ágil como um leopardo, atacava sem pudor, sem piedade: lançava-se contra as balas e contra os homens. Suas maiores armas eram suas mãos: lançava-se, mesmo no pequeno espaço, com as mãos na garganta dos seguranças, frágeis gargantas que se despedaçavam nas mãos do homem que exercia sua descomunal força.

O interior do carro estava com um cheiro insuportável de putrefação. O cheiro se espalhou, dilatando as narinas. Ninguém resistia àquilo; ninguém imaginava que fosse aquele homem, de poderes sobrenaturais, exalando tal fedor.

– Se reagirem, morrem! – gritava Diamante, enquanto cumpria sua missão numa fração de segundos.

Logo Diamante viu que não havia mais ninguém para combater: todos estavam mortos, inclusive o motorista, que fora atingido na testa por uma bala da arma de um dos companheiros.

Diamante conferiu o relógio: ainda havia bastante tempo. Saiu da carroceria. Na cabine, arrastou os dois corpos para fora do carro. Sábio que só, desligou a parte elétrica do carro, para depois anular o rastreador. Tudo o que pudesse levar alguém a encontrar o objeto de seu delito estava aniquilado. Ao longe, as testemunhas protegiam suas narinas e olhavam, admiradas e aterrorizadas, aquele homem. A cena a seguir seria inacreditável.

Diamante arrastou-se para debaixo do veículo, que pesava toneladas. Sem o menor esforço, ergueu-o garbosamente sobre as costas. Em seu rosto, pequenas moscas passeavam; algumas varejeiras lhe atazanavam a podre ferida da garganta. Deu um salto, jogando-se sobre o carro importado que dirigira minutos antes. Mais três saltos consecutivos, e o veículo estava destruído. No quarto salto, Diamante foi longe; no quinto salto, ninguém que estava ali o via mais. Desapareceu com o veículo sobre as costas.

Chegou com o veículo em um galpão escuro, que pertencia a Honório. Deixou lá a *encomenda* e partiu para o segundo delito.

Desta vez, Diamante andava pelas ruas, volta e meia dando inacreditáveis saltos de 30 metros de altura e cem metros de extensão. Numa rodovia, viu ao longe outro carro-forte, que vinha ao seu encontro. Diamante ficou em posição de ataque: sentia-se forte o bastante para derrubar uma montanha. De maneira precisa, começou a correr de encontro ao veículo. Quem estava no interior do carro-forte imaginou que fosse um louco: o homem vinha em alta velocidade. Saltava por sobre os carros para não ser atingido, enquanto se desviava de outros.

– Que diabos ele está fazendo?! – perguntou um dos seguranças.

– Vamos ver se ele salta sobre nós! Ou quem sabe ele não se joga, para ver o que é bom. Cada uma que acontece! – respondeu, em tom de desafio, o outro segurança.

Diamante parou no meio da pista. Ficou à espera do impacto com o carro.

– Atropela ele! – sugeriu outro segurança. O motorista assentiu indubitavelmente e, em seguida, enterrou o pé na tábua.

No momento do impacto, Diamante deu com o ombro no carro-forte, que se transformou em um "V" com o choque. O motorista e um segurança, que estavam na frente, morreram instantaneamente. Diamante, porém, não se deslocou um centímetro do lugar onde estava com o impacto. Entrou, então, no carro-forte: lá dentro, jaziam mortos e um ferido. Diamante pegou todos e os jogou no acostamento. O ferido sentiu no hálito de Diamante o sopro – e o fedor – da podridão humana.

– Muito prazer, meu nome é Diamante.

O homem, com os olhos entreabertos, viu aquela ferida horrível na garganta do estranho. Ali havia dezenas de moscas.

Com o mesmo procedimento de antes, dirigiu-se ao galpão de Honório. Estava entregue a segunda encomenda. Deixou o lugar e voltou ao laboratório, antes que começassem as terríveis dores novamente.

Capítulo 18

Érdynan Xan e Ayzully vinham em enorme velocidade rumo à Terra. Buscavam a tão sonhada vingança: destruir o máximo de humanos que encontrassem pela frente. Como se fossem duas rochas circulares de cores distintas – uma vermelha com dois pontos amarelos, e outra branca com pontos verdes –, seguiam na direção do nosso planeta, cada um traçando mentalmente planos de como acabar com os humanos no único dia em que sobreviveriam em nosso planeta. Isto, claro, caso não encontrassem suas almas gêmeas aqui.

Sem pronunciar uma única palavra, ambos foram diminuindo a velocidade. Rapidamente, jogaram-se para o lado, quando um meteoro passou em uma velocidade incalculável na mesma rota em que estavam. Viram que aquela coisa perdida no espaço rumava impiedosamente à Terra. Já recuperados do pequeno susto, os dois se olharam. Sem emitirem uma única palavra, viram diante deles a imensa esfera azul. Era uma visão deslumbrante, capaz de encantar até mesmo eles, dois seres carregados de ódio.

Não tiravam os olhos daquele planeta. Realmente, era um lugar muito belo visto de longe. O que viam comprovava a fala de Jota, quando estava em Acuylaran. "Aquele maldito traidor!" Ao lembrarem-se da traição dos humanos, a beleza da Terra foi anulada pela sede de vingança dos dois seres. Eles custavam a acreditar que, lá ao longe, caminhavam num lugar tão belo seres de natureza tão primitiva, ignorante, ambiciosa e violenta.

Os humanos foram ao planeta deles numa missão em que, além de fracassarem, destruíram o mundo ao qual os acuylaranos pertenciam e onde viviam pacificamente. Agora era a hora de irem ao planeta dos humanos, em uma grande e sangrenta missão, retribuir o favor. Além dos humanos, ali poderia estar o quinto sobrevivente do planeta natal, Ezojy. Este também tinha débitos a acertar, cujo pagamento, assim como qualquer humano, seria com a vida.

Os dois seres andavam em círculos pelo espaço, ainda absorvidos pela paisagem. Olhavam a Terra de forma cativa: nenhum conseguia esconder a admiração que brotava no íntimo deles. Mas sabiam que aquilo não os faria abandonar a missão: o que os humanos fizeram com eles e com seu povo era imperdoável. Nunca seriam comovidos pela vista maravilhosa e longínqua: sabiam que, atrás daquela cortina que se assimilava ao céu, escondia-se um verdadeiro inferno, cheio de diabinhos bem cruéis que andavam sobre duas pernas.

Continuaram a rota pelo espaço. A princípio, cada um em sua forma natural. Voavam lentamente e, à medida que iam aumentando a velocidade de seus corpos, mudavam de forma. Enfim, transformaram-se em esferas rochosas. Estando na segunda forma, conseguiam proteger-se de possíveis corpos celestes e eram mais velozes.

Minutos depois, depararam-se com a Lua. Aquele era o satélite natural do planeta dos humanos, e tinha grande influência no clima e nas plantações dos seres terrestres. Se resolvessem, poderiam destruir aquele lugar em poucas horas. Mas isso não era o que os dois desejavam. Estavam ansiosos em derramar aquilo que os homens chamavam de sangue. Na guerra que travaram em Acuylaran, já haviam feito muito disso: despedaçaram inúmeros seres "inteligentes" da Terra.

Pena que, no fim daquela guerra, todos perderam. Os humanos, a vida; os acuylaranos, além da vida, a casa que lhes pertencia há milhares de anos, o lugar onde viviam em paz. Gerações e gerações se formaram lá, e mais gerações se formariam, se não fossem interrompidas pelos desgraçados que foram recebidos com um "Bem-vindos a Acuylaran!". Aqueles ingratos, selvagens e gananciosos, liderados pelo tal coronel Jota, não mereciam nada mais nada menos que dor e morte.

Ayzully interrompeu o seu voo; fora atraído por uma visão. Não acreditava no que via sobre o solo lunar: aquilo seria um grande aperitivo. Ayzully voltou à sua forma original, e segundos depois Érdynan Xan fez o mesmo, voltando os olhos à direção em que o amigo olhava. Trocaram olhares: não acreditavam quão generoso o destino estava sendo com eles. Ali, a milhares de quilômetros da Terra, já se viam alguns dos insetos que tanto procuravam: humanos.

Desviaram o olhar quando uma grande brasa atingiu a atmosfera da Terra: era o meteoro de minutos antes, que se esfarelava diante de seus olhos. Ele era muito fraco para o poderoso planeta. Chegaria, com muita sorte, ao solo terrestre como uma pequena e insignificante pedrinha.

– *Nossa missão começa aqui!* – disse Érdynan Xan, os olhos amarelos brilhando com muita intensidade.

– Então não percamos tempo com bobagens. Vamos à destruição!

O intenso brilho verde tomava conta do rosto de Ayzully.

Os dois percorreram em cinco segundos os 10 mil metros que os separavam da Lua. Como aves de rapina, estudavam o ambiente. Viam os inimigos com as mesmas vestes e armas com que destruíram Acuylaran. Os pontos amarelos e verdes eram assustadores. Pararam a centenas de metros da construção que os homens fizeram ali.

– *Esta deve ser a Base que eles disseram ter construído aqui na Lua, Érdynan Xan!*

O outro assentiu:

– *Tem razão, Ayzully. Quase nos esquecemos disso. Os humanos realmente disseram, certa vez, que já haviam conquistado a Lua; aqui, porém, não havia nada que fosse de seus interesses. Este lugar foi apenas uma parada, um atalho para a conquista de outros planetas.*

– *Agora entendo.*

Ayzully baixou a cabeça, os olhos brilhando com horror. Érdynan Xan esperava que ele concluísse.

– *Como fomos ingênuos! Eles diziam que aqui não tinha nada do interesse deles. Por quê? Olhe à sua volta, Érdynan Xan! Este solo é pobre, aqui não há nada. Este lugar não possui riquezas que eles tanto almejavam! Se este satélite fosse um solo cravejado de diamantes, ou se aqui houvesse ouro, certamente a Lua nem existiria mais: eles teriam acabado com tudo, Érdynan Xan. Já teriam feito o que fizeram com o nosso planeta. Os humanos possuem tudo o que precisam, até um satélite natural que sofre bombardeios para proteger o lar deles. Aqui, não há erosão: esta superfície mantém-se intacta há milhões de anos. O que vemos, Érdynan Xan, não é um solo compacto como em Acuylaran: o solo lunar é formado por pedras e coberto por uma camada de vários milímetros de poeira, resultante de fragmentos rochosos reduzidos a pó, que fora formada com o passar dos milhões de anos. Também não há vento, chuva ou gravidade aqui. Portanto, neste solo, uma vez cravado o pé, esta marca ficará intacta por muito, muito tempo.*

Érdynan Xan se levantou e não fez nenhum comentário sobre o discurso de Ayzully. Olhou para cima e viu a Terra ao longe. Seus olhos emitiam uma luz amarela tão intensa, que alcançou quilômetros de distância. Aquele ponto amarelo chamou a atenção de dois homens, que estavam a caminhar pelas redondezas.

– Você viu aquilo?! – perguntou um deles.

– Viu o quê? Eu não vi absolutamente nada.

– Ali, mais adiante! Venha comigo – respondeu o que deu início ao diálogo, já saltando para o lugar onde supostamente teria visto a luz.

– Passa um rádio para o pessoal da base! – pediu o outro, ofegante atrás do primeiro.

– Que rádio! Não acredito que você está cansado. Aqui na Lua não se cansa. Aqui a gravidade é quase zero e seus equipamentos não exigem de você nenhum esforço. Tenha dó!

O outro envergonhou-se; seu cansaço, de fato, era psicológico.

– Encontrou algo?

– Não. Mas pode acreditar, vi luzes amarelas que vinham exatamente daqui!

O outro riu:

– Foi uma miragem! As únicas luzes daqui são as de nossos aparelhos. Você deve estar delirando!

O outro não gostou do comentário que ouviu.

– Não durmo, muito menos deliro em serviço.

– Me desculpe, foi apenas um comentário – respondeu o companheiro, na defensiva.

– Esquece. Vamos ficar de olho. Sei que não foi uma miragem, havia algo aqui. Tenho certeza.

– Ok. Agora vamos voltar para a base. Eles não estão respondendo aos nossos contatos. Por que será? Acha que aconteceu alguma coisa com eles?

– *Ainda não, mas acontecerão coisas terríveis com eles.*

Os homens se viraram. Mesmo treinados, capacitados, e com aquelas poderosas armas em mãos, não conseguiam se mover. Havia dois seres inimagináveis diante deles, um com os olhos mais assustadores que os do outro. Aquilo antecipava a certeza de que algo muito ruim e doloroso estava prestes a acontecer.

Os homens não acreditavam no que viam. Cada um disse algo de maneira exclamativa em seu idioma, ao verem Érdynan Xan e Ayzully. As criaturas eram assustadoras fisicamente, e aqueles olhos estranhos transbordavam o ódio. Os homens, com armas úteis em mãos, ficaram inúteis numa fração de segundos.

Estavam na Lua há meses, e estava mais que comprovado: aquele lugar não era povoado. Ninguém sobreviveria numa atmosfera como aquela.

Pelo visto, as informações estavam erradas, porque naquele instante apareceram aquelas coisas, respirando normalmente sem a ajuda de aparelhos, nem sequer usando trajes especiais. Eles jamais imaginariam o motivo que trouxe aquelas criaturas ali.

O homem que foi atraído pelas luzes amarelas, provenientes dos olhos de Érdynan Xan, começou a recuperar os sentidos lentamente. Firmou nas mãos sua arma: tinha de disparar urgentemente contra aquelas coisas, pois sabia que não estavam ali para fazer amizades. E morrer na Lua, definitivamente, não estava em seus planos. O segundo recobrou os sentidos rapidamente, junto ao transe e ao medo, à vontade de viver e fugir, de atacar e defender-se. Ele apontou a arma rapidamente contra as aberrações e começou a disparar.

O amigo fez a mesma coisa. Atiravam com os olhos fechados, compulsivamente e para a frente; não viram que, já no primeiro disparo, as duas figuras saltaram numa velocidade tão rápida que alcançaram, sem o menor esforço, a altura de 30 metros. Os acuylaranos pararam no ar e ficaram a ver aqueles dois seres "inteligentes" disparando como insanos, sem nada atingir. A invenção era surpreendente: um poder de fogo daqueles, em solo lunar, significava que os humanos haviam progredido muito. Os acuylaranos se entreolharam e riram da inocência dos oponentes; viam aquelas rajadas a todo vapor, lembrando-se de que armas como aquelas eram poderosas, que haviam destruído muitas daquelas em sua terra natal.

Era hora de reagir.

As figuras se esticaram, como se estivessem tomando posição, e se lançaram contra os homens que estavam logo abaixo. Um deles viu uma sombra crescendo sobre ele; antes de mudar o rumo dos projéteis de sua arma, cada um deles sentiu um leve toque nos antebraços. Viram suas armas caírem ao chão. Eram pesadas e, mesmo sem gravidade, foram atraídas ao solo. Junto delas, dois braços que sangravam. Os monstros haviam decepado seus membros. No instante seguinte, a dor se sobressaía ao medo. As figuras, então, ficaram frente a frente com os humanos, que pensavam em fugir, em dialogar. Aquelas criaturas poderiam ser pacíficas, e estar tão assustadas quanto eles. Mas já era tarde para isso. Como tentar fazer amizade com alguém que acabava de ser atacado por suas rajadas de metralhadoras?

Os olhares das figuras ficaram mais intensos. Como se tivessem todo o tempo do mundo, ficaram a olhar aquelas frágeis vítimas, saboreando aquela cena: os pequeninos e sanguinários homens da Terra seriam as primeiras vítimas da grande vingança.

Os terrestres em desespero, com a pele queimando e já quase sem respirar, esqueceram-se da dor, e tentavam inutilmente afastá-los com os braços. Como não tinham mais os braços, nada faziam. Começaram a rezar, cada um no seu idioma. As figuras, sérias e determinadas, como numa dança rítmica atravessaram o tórax de cada um dos humanos com o braço.

Abriam e fechavam a mão, do outro lado do corpo de cada humano. Emitiram sorrisos ao ver mais sangue formando-se e jorrando desvairadamente, sem destino. A fraca gravidade não deixava formar correntes contínuas ou poças. Os pingos lentamente formavam bolhas flutuantes.

No instante seguinte, e com as duas mãos, abriram as vestes dos terrestres, deixando-os sem a proteção que precisavam para sobreviver ali. Agora eram apenas corpos nus, à mercê das vontades dos dois acuylaranos. Fazendo deles bonecos, pegaram os corpos pela cabeça e pelas pernas, apoiaram um dos joelhos no solo da Lua e esticaram a outra perna, cada um apoiando sua vítima sobre a perna estendida. Olharam um para o outro e começaram a torcer os corpos, como se fossem uma veste molhada prestes a ser estendida no varal. O estalar de ossos era emocionante; o sangue sujava as mãos das criaturas, cujos olhos eram como faróis nas cores amarela e verde. Haviam dado cabo à vida de dois dos tantos que deveriam morrer por aquelas mãos.

Era hora de sair dali e buscar mais humanos na base. Certamente havia outros espalhados por aquele território neutro. Tinham muito tempo: os humanos da Terra ficariam para depois. Ezojy também.

– *Érdynan Xan, eles são violentos! Precisamos extinguir essa raça, assim como eles fizeram com o nosso povo: foram corajosos e audaciosos, em nome da ambição.*

– *Estou com você, Ayzully. Os humanos são assim: quando a vontade quer, todos os perigos são desprezados.*

Interromperam os passos. Logo à frente, mais de dez humanos jogavam conversa fora, enquanto outros trabalhavam. Os olhos começaram a brilhar de maneira intensa novamente.

Pularam e sobrevoaram a cem metros de altura; eram guiados pelas vozes dos homens lá embaixo. Não conseguiriam controlar o ódio. Portanto, se abrissem os olhos, seriam facilmente detectados naquele cenário de meia-luz.

Capítulo 19

Ele estava poderoso, destemido, determinado e tinha uma inquietante sede de justiça. Seus ouvidos apurados ouviam os gritos de socorro, que vinham de toda parte. Fossem gritos ou os sussurros de terror, O Alma ajudaria, a população agradecia, os traficantes e bandidos temiam. Sabiam que, com aquela criatura fazendo justiça com as próprias mãos, os dias de criminalidade poderiam estar contados.

Sobrevoar a cidade já não era nenhum desafio: às vezes Jefferson tinha o domínio, enquanto Ezojy ficava apenas em sua mente. A união dos dois era sinônimo de muito poder, uma união implacável.

– *Acho que você está se saindo bem, rapaz. Estou começando a gostar de você.* – As palavras de Ezojy ecoavam na mente de Jefferson.

– Ezojy, onde está você? Não gosto de falar com quem eu não vejo!

– *Quer que eu saia? Acredito que não será uma boa ideia. Estamos a 800 metros de altura. Consegue voar sozinho, escritor?*

– Eu não, Ezojy. Quanto a você, se eu lhe dissesse para sair, se viraria sozinho?

Os dois riram alto, tão alto que alguns transeuntes lá embaixo poderiam jurar que ouviam algumas gargalhadas vindas do céu. Um ou outro apertou os passos, enquanto vasculhava o céu com os cantos dos olhos, assombrados, ouvindo bem ao longe gargalhadas estridentes.

Lá no céu, a conversa e os risos iam se dissipando no ar. Isto significava, portanto, que algo sério estava por acontecer. A criatura negra cintila os olhos; ambos se tornam pontos azuis naquela forma de homem em sombra. Jefferson começa a ficar inconsciente; Ezojy adormece, deixando toda a sua força descomunal ao seu hospedeiro. É hora de agir, é hora de O Alma fazer justiça.

Ele voa em direção a uma voz de criança, que implora por socorro. "É uma menina", distingue sem maiores esforços. O Alma desce sem fazer o menor barulho na rua. A voz da guria começa a desaparecer, fica abafada; era como se alguém a estivesse sufocando, impedindo de solicitar ajuda.

A sombra cintila suas pérolas azuis: seus dois metros são imperceptíveis em meio às sombras. Só se veem os olhos, como faróis de carro em luz alta. Ao mesmo tempo em que causam admiração, em razão de tanta beleza, causam medo para quem tem a sorte – ou azar – de cruzar com aquele olhar.

Já no chão, algo bate na perna do herói. Ele arma o punho, pronto para o combate: não quer perder a concentração na menina que está em apuros.

– Você é O Alma, não é mesmo? Era um menino. O Alma não sabia o que dizer e pede silêncio. A criança nada ouve: está encantada com os olhos daquele justiceiro.

– Me dá um autógrafo, Alma!

Com o gesto anterior, ele repete o pedido, desta vez apurando ainda mais os ouvidos. Bem ao longe, ouve a palavra "socorro", abafada, misturada a lamúrias.

O garoto ficou pasmo: estava diante do seu grande herói. O Alma, entretanto, estava planejando atacar. Antes, precisava localizar onde estava a vítima, que implorava por ajuda. Temia ser tarde demais.

– Você autografa aqui pra mim? – insistiu o pequenino, estendendo um papel e uma caneta. O gesto e as palavras não tiraram a concentração de O Alma, que com muita eficiência saiu a uma velocidade inacreditável, deixando para trás apenas um pequeno rastro azul na escuridão, causado pelo intenso brilho de seus olhos. Sua figura se assemelhava a um cometa.

– João Vitor, o que você está fazendo aí, menino?

Era a mãe do garoto.

– O Alma... Não me deu um autógrafo... – respondeu o menino, chorando compulsivamente enquanto buscava consolo nos ombros da mãe. Ela, por sua vez, lamentou: sabia quanto João Vitor era fascinado pelo herói que estava trazendo paz e sossego à população da cidade. O autógrafo seria tudo na vida daquele garoto. Infelizmente, o seu herói estava ocupado demais, fato que o menino desconhecia.

O Alma localizou o lugar: ficava entre os corredores daquele bairro. Ele sabia, sentia o cheiro do mal que exalava de um indivíduo. Sentia também o cheiro do medo, que vinha de outra pessoa. Certamente a garotinha estava muito apavorada, enquanto o outro mantinha planos maléficos, prestes a serem colocados em prática.

A sombra se aproximou como um raio e entrou em uma casinha inacabada. A porta estava apenas encostada; a luz era escassa, mas o herói, com olhos apurados, via tudo e todos, como se o sol estivesse a pino. Escondeu-se atrás de um armário que ocupava espaço na cozinha estreita. Tropeçou em algo: viu que era uma boneca velha, sem um dos olhos.

Ouvia os soluços que vinham do cômodo seguinte. Apurou ainda mais os olhos, sem que emitissem o azul luminoso. Através de uma cortina encardida e decorada com flores roxas viu uma menina de aproximadamente 10 anos, em lágrimas. Estava desesperada e soluçava num ritmo contínuo sobre uma cama. Ao lado da criança, um homem de cerca de 40 anos a tocava, usando um minúsculo shorts. Todas as vezes em que ele ensaiava um toque, a pobre menina soluçava, encolhendo-se ainda mais. O toque daquele homem causava horrores à pequena.

A cena misturou-se à ansiedade e necessidade de justiça que O Alma carregava no peito e na *alma*. Os olhos azuis iluminaram toda a extensão da casa de dois cômodos. A garotinha, mesmo desconhecendo de onde vinha aquela estranha luz, sentiu alívio. Seus soluços começaram a se dissipar. Um leve sorriso fez-se naqueles lábios encharcados por lágrimas, quando enfim O Alma rasgou a cortina roxa com uma de suas mãos.

– O Alma! – gritou a pequena, toda sorridente. Levantou-se e correu ao encontro do herói. O homem ignorou o comentário da menina, ignorou a presença daquela figura estranha. Cerrou os dentes e, de costas, abaixou-se, pegando uma arma.

– *Vá para o outro cômodo* – ordenou O Alma à garotinha, depois de receber um caloroso abraço dela.

– Ele é mau, Alma!

O herói assentiu.

Os dois ficaram em silêncio por alguns segundos.

– *Temos contas a serem acertadas.*

O homem, com a arma em punhos e ainda de costas, respondeu:

– O que veio fazer aqui? Não se intrometa na minha vida! O que acontece aqui não lhe diz respeito. Portanto, caia fora!

O homem alisava o gatilho com o dedo indicador.

O cômodo clareou-se. A luz que se irradiou pelo local seria facilmente interpretada como a luz do sol, caso não fosse tão azul.

– *Tudo o que é injusto me diz respeito. Todos os criminosos devem pagar pelo que fazem. Onde está a sua esposa? Qual a sua ligação com esta menina?*

Antes que o homem respondesse, O Alma ouviu uma voz angelical, porém aflita, sanar suas dúvidas:

– Minha mãe está na igreja, Alma. Ele é casado com ela. Não é o meu pai. Ele sempre pede para minha mãe ir à igreja, diz a ela que cuidará de mim. Mas, quando ela sai, ele fica fazendo coisas estranhas comigo. Fala que está brincando e depois me bate até eu prometer que não vou contar nada à mamãe. A menina disparou a chorar compulsivamente, sem saber que a providência divina havia chegado.

Enquanto os olhos azuis fumegavam, o homem permanecia alheio à situação. Virou-se rapidamente, puxando o gatilho. O Alma não se defendeu: duas balas atingiram o seu corpo. Na verdade, o herói se lançou contra elas, pois temia que atingissem a menina, que começou a gritar. As luzes azuis se apagaram.

– Eu lhe avisei, coisa estranha! – ralhou o homem, sorrindo.

– Alma! Você está bem? – perguntou a menina aos prantos, tremendo de medo.

– Ele já era. Volta aqui, menina! – ordenou o homem, friamente. Devia correr sangue de gelo nas veias daquele indivíduo.

– *Estou bem, criança. Fique aí. As coisas por aqui vão esquentar.*

Os olhos do Alma cintilaram. O oponente do herói ficou quase cego, a boca seca: estava pasmo diante daquela coisa, que recebera tiros e estava intacto.

– Mas que diabos é você? – perguntou o homem, enquanto começava a correr. Quebrou a janela do quarto com o próprio corpo. Corria sem olhar para trás, e entre um corredor estreito ou outro acabava tropeçando. Mesmo sendo extremamente frio, sentiu medo, pavor. Que coisa seria aquela, que não caía mesmo sendo atingido por tiros à queima-roupa?

Ele não queria descobrir.

Continuou sua maratona. Não olhava para trás, e pouco se importava com o que estava adiante. Volta e meia tropeçava em algo ou derrubava alguma coisa. Fazia um ziguezague para despistar aquele intrometido, caso ele o estivesse seguindo. Ali era o seu território: ele conhecia cada palmo, cada centímetro daquele lugar. Iria despistar aquela coisa estranha. "Que olhos eram aqueles?" Perguntas involuntariamente se formavam na cabeça daquele sacana. Como queria atirar naquela coisa novamente! Deveria ter dado uma lição nele. "Mas como?"

O homem interrompe sua maratona. Fecha o semblante. De repente, o medo se foi. Por pouco tempo.

Um pequeno arrepio percorreu sua espinha, quando viu aqueles olhos surgirem no céu. Não se deu conta de que estava sendo perseguido pelo alto.

O Alma pousou praticamente sobre ele, sem dar tempo de o homem pensar em algo, muito menos de se defender.

– *Eu havia dito a você que tínhamos contas a serem acertadas!*

O homem não se movia. Mal conseguia encarar aquela figura, que não lhe soltava os punhos.

– Me solta! – implorava o homem, tentando inutilmente se libertar. Espantou-se: estava neutralizado por apenas uma das mãos geladas daquela criatura. O medo o dominava.

– *Ainda não. Você não dita as regras por aqui!*

Olhos violentos. O homem fechou os seus, por não suportar a claridade daqueles olhos diante de si.

– Quem é você? – perguntou em desespero. Sentiu a mão fria e desocupada agasalhar-lhe os colhões.

– Não, eu lhe imploro, não!

– *Eu sou O Alma, tão impiedoso quanto a morte.*

A voz ecoava nos ouvidos daquele safado. Seus gritos foram ouvidos ao longe quando O Alma, numa força inigualável, estourou suas bolas como se fossem cascas de ovos.

– *De hoje em diante, nem com a mãe da menina você vai fazer brincadeiras!* – completou o herói, deixando os olhos perderem o brilho. O homem caiu de joelhos mediante a dor insuportável.

A figura negra se foi.

* * *

O Alma rasgou o céu novamente. Os ouvidos não paravam de ouvir vozes, diálogos inaudíveis, risadas, choros, gritos, músicas, motores, buzinas. O Alma absorvia tudo, e intimidades involuntariamente eram invadidas.

– *Você deve se concentrar apenas em sons que lhe dizem respeito. Pense no que lhe convém!* – disse Ezojy.

Jefferson acordou. Naquele momento, cada um voltou à sua individualidade. Só o corpo era do Alma.

– Como? Como faço isso?

– *Mesmo sem pensar, você ouviu o pedido de socorro da garota, minutos atrás. Estávamos a muitos metros de altura, o barulho lá embaixo era ensurdecedor.*

– Mas quando nos tornamos aquela coisa...

– *O Alma, você quer dizer?*

– Sim, isso mesmo; quando nos tornamos O Alma, eu não tenho controle algum. Não me lembro que existo, e penso realmente que sou ele; penso que o Jefferson não existe.

– Isto se dá por causa da falta de concentração. Ele também me anula, anula a nós dois. Eu nunca terei o controle sobre ele, você é quem deve sobressair-se à nossa união. O controle deve vir de sua alma, Jefferson. Esta missão você deverá executar sozinho. Todas as vezes que me convocar, temos de ser só dois. Nossa união nos dá um enorme poder: somos quase indestrutíveis, e este poder lhe dá coragem, conforto; desperta em você a necessidade de justiça, de defender a todo custo pessoas inocentes, pessoas que se encontram em perigo.

Jefferson ficou a pensar no *"somos **quase** indestrutíveis"*. Isto significava que ele poderia morrer enquanto tentasse salvar alguém; significava que O Alma não era invencível ou imbatível como ele suspeitava. Pelo contrário: estava sujeito a morrer a qualquer momento. Mesmo pensando naquilo, não quis se manifestar; simplesmente deu continuidade àquele diálogo.

– Farei o possível para que isto aconteça, Ezojy. Agora temos de ir. Preciso chegar em casa antes de Manu.

– *Vamos nessa!*

Houve uma fusão espírita e mental.

O Alma então reapareceu, mas os pontos azuis de seus olhos não se destacavam tanto. Jefferson se concentrava; queria exercer domínio sobre aquilo em que se transformava quando fundia seu corpo e mente ao espírito e mente de Ezojy. De certa forma, ele tinha o domínio quando estava em ação.

Estava longe do prédio onde vivia com Manu. Ele, controlando O Alma, dominava com muito custo o subir e descer, enquanto sobrevoava o céu noturno da cidade.

Mesmo nos momentos de ódio e de agilidade, queria se lembrar de cada ação executada, pois naquele momento ele tentava, mas não conseguia se lembrar com precisão de como salvou a garota das mãos sujas do padrasto. Se ele dominasse a tudo, certamente saberia o que de fato acontecera minutos atrás. As imagens vinham, mas instantaneamente sumiam de sua mente; eram como *flashes*. Lembrava-se vagamente do abraço recebido da garotinha, das balas atingindo o seu corpo... Não demorou muito a se lembrar do momento em que estava esmagando os testículos do cafajeste.

* * *

No caso da pobre menina, enquanto o homem fugia pelas ruas e becos do bairro, O Alma perdera preciosos segundos vendo os buracos em seu corpo, causados pelas balas, fecharem-se como num passe de mágica. Ele apreciava o momento, enquanto observava o tórax e uma das pernas cicatrizando-se instantaneamente.

– Alma? Você está bem, Alma? Ele vai fugir, saiu pela janela! – dizia a menina, desesperada, atravessando a cortina.

– *Não vai não, querida.*

Ele saiu, atravessando a janela arrombada pelo homem.

Sentia o cheiro dele no ar, o cheiro podre de quem sente prazer em causar o mal. Então o herói percebeu quanto estava se expondo; subiu vários metros e apagou as chamas dos olhos. Apurava de um lado, apurava do outro, olhos e ouvidos atentos. Até que, enfim, avistou sua presa lá embaixo, correndo, esbarrando nas pessoas. O Alma começou a rir do desespero alheio. Viu que o homem parou, depois de uma longa maratona. A figura voadora, naquele momento, sabia que era hora de agir. Os olhos resplandeceram, ele voou sobre a presa... E, do resto, você já sabe. Apenas Jefferson não se lembrava de mais nada.

Capítulo 20

O "escritor" chegou ao seu apartamento. Entrou pela janela, tão rápido que, mesmo que se estivesse sob o olhar de um curioso com uma luneta ou câmera, jamais seria visto como de fato é. Nada seria registrado, além de cortinas esvoaçantes.

Antes de o transe ser desfeito, uma luz acendeu-se em sua memória: a tarefa não estava cumprida. Sabia que, provavelmente, aquela noite traria muitos problemas à cidade, o que o incomodou e o fez voltar no mesmo rastro. Um fato lhe veio à memória: uma pendência superimportante deveria ser resolvida.

Jefferson sorriu, pois sua memória estava resgatando cada detalhe de seu ato de bravura diante do abusador de criança. Lembrou-se também do menino João Vitor lhe pedindo autógrafo.

Minutos depois, O Alma sobrevoava o bairro sombrio novamente, concentrando-se. Ezojy permanecia em silêncio: queria que Jefferson começasse a controlar seus poderes e aguçar seus sentidos. O herói começou a ouvir buzinas, possíveis tiros, gemidos, mas não conseguia ouvir a voz de João Vitor, nem de sua mãe. Desceu alguns metros; começou a sobrevoar as pequenas casas e barracos. Fechava os olhos, concentrando-se, as têmporas quase explodindo. Não havia mais buzinas; no segundo seguinte, também não havia gemidos, nem tiros. Enfim, o nada, o silêncio total. Nos ouvidos do Alma, só entraria, com sua permissão, algum sussurro de João Vitor ou da mãe.

O Alma dava voltas e mais voltas, com o cuidado de não ser visto. Nem a brisa fazia mais som em seus ouvidos. Era como se fosse o único habitante da Terra. Baixou mais meio metro, parando no ar. A figura fechou os olhos. Era uma sombra que flutuava, uma negritude parada no ar, como uma imagem congelada.

– Por que ele não me deu um autógrafo, mamãe? Eu gosto tanto dele! Será que ele não gostou de mim? Queria tanto levar o autógrafo na escola amanhã!

A mãe não sabia o que dizer. Alguns metros acima estava o herói, que lentamente se aproximou.

– Claro que ele gosta de você! Ele devia estar muito ocupado.

João Vitor lacrimejava os olhos; aquela resposta não era convincente. O Alma estava na janela, observando.

– Mamãe, eu queria tanto um autógrafo dele!

A mãe deu de ombros. Já havia um bom tempo em que estava sob os interrogatórios do filho.

– *Oi!*

Mãe e filho se assustaram. O Alma estava na janela, flutuando, os olhos acesos. A mãe colocou automaticamente a mão sobre o peito, como se o gesto desacelerasse o coração. João Vitor se livrou das cobertas.

– Alma?! Você veio me dar o seu autógrafo?! Entre!

O menino, eufórico, buscava desesperado por folhas e papel em sua bolsa. A mãe, entre o susto e o alívio, com um gesto pediu que a figura de dois metros se acomodasse no quarto do garoto.

– Obrigada por ter vindo. Você é muito importante na vida dele.

O Alma apenas assentiu.

– Assina aqui! – disse João Vitor, estendendo-lhe uma folha de caderno e uma caneta.

O Alma devolveu o papel assinado, com uma dedicatória:

"Para o meu amiguinho João Vitor, um abraço do Alma."

– Meu Deus, você é demais, Alma!

A mãe, de braços cruzados, observava encantada a cena.

– Autografa essas folhas aqui também!

Havia umas 20 folhas nas mãos do menino, e para cada uma delas João Vitor pediu dedicatória. Seria para os amiguinhos da sala, e para alguns professores também. A mulher pensou em intervir, julgando que aquilo fosse abuso por parte do filho, mas com um gesto O Alma a impediu de fazer qualquer objeção.

– *Bom, agora tenho de ir* – disse O Alma, indo em direção à janela.

– Vamos tirar uma foto, Alma? O celular da mamãe tem câmera.

João Vitor se lançou sobre o ídolo, fazendo poses. A mãe, um tanto atrapalhada, buscava a câmera no menu do acessório.

– *Não posso, amiguinho, as câmeras fotográficas não me localizam.*

– Mas tira assim mesmo, mamãe!

A mãe atendeu ao pedido do filho.

– Deixa eu ver, deixa eu ver! – disse João Vitor.

O sorriso da mãe e do filho se desfizeram. No visor do celular havia apenas João Vitor, suspenso no ar transparente, como se estivesse sobre uma mesa invisível abraçando um ser imaginário.

– Mas, por quê...? – a mãe parou de falar. A figura negra não estava mais lá.

– Nossa, ele é gelado! Pelo menos tenho o autógrafo, né, mamãe?

A mãe assentiu, toda arrepiada, deletando embaraçada a imagem do filho.

* * *

O Alma voltava para o apartamento do 15º andar. O retorno era tranquilo. Contemplava a cidade abaixo: luzes, poucos carros nas ruas.

Ezojy desconhecia o fato de não conseguir se conectar em longo prazo com o humano que era sua alma na Terra, embora estivesse se familiarizando com o nosso mundo e esquecendo-se cada vez mais das desgraças ocorridas em seu planeta, que tanto amava. E que fora destruído pelos humanos, quando viajaram para o espaço em sua missão secreta. Em Acuylaran, nada mais restava: a explosão havia dado um triste fim ao planeta e aos habitantes, que não tiveram como escapar da sangrenta guerra travada entre os cruéis humanos liderados por Jota.

Seu pai, o rei Otyzuqua, já em leito de morte, orientou-o como agir na Terra: teria de ser, sobretudo, um implacável guerreiro. Seria o juiz, o advogado e o júri entre os bons e os maus.

A janela estava a poucos metros, pouco iluminada como sempre. A figura negra atravessou-a como um fantasma. Já dentro do apartamento, estava Jefferson. De maneira involuntária, foi ao banheiro. Minutos depois, dormia profundamente ao lado da esposa.

Capítulo 21

Era sábado. Antes que Jefferson fosse para a sua tradicional pescaria...
— Sim, é ele – disse, atendendo o celular.
Manu, pronta para ir ao trabalho, fez uma careta. Apostava a própria vida que aquela ligação seria mais uma das inúmeras cobranças que recebiam.
— Claro. Como assim – continuou Jefferson –, vendeu todos? Está bem, eu levo mais aí pra você. Quantos você quer?
Manu já desfazia a careta, que se transformava em um olhar de esperança. Embora ainda não entendesse do que se tratava, Jefferson a olhava com ar de satisfação; não via a hora em que o marido desligasse para contar o que estava acontecendo.
Ao desligar, Jefferson se preparava para contar a novidade, quando o aparelho tocou novamente.
— Um momento – disse ele, aguçando ainda mais a curiosidade da esposa.
— Jefferson. Quem gostaria? Ah, sim?... Quantos?... Ainda hoje?... Claro, pode deixar... Obrigado.
Manu já estava impaciente. Queria entender o que estava acontecendo, pois aquelas ligações, embora fossem de pessoas distintas, pareciam tratar-se do mesmo assunto.
— Me diga, Jefferson, o que foi?
Ela estava aflita, porém sorridente. Quando Jefferson fez menção em lhe dizer do que se tratava, teve de atender novamente o celular, e depois de novo, outra vez e a última. Até que, por fim, cessaram as ligações.
— Vamos, Jefferson, desembucha! – Manu já não aguentava mais.
— Querida, são os donos das bancas de jornal onde deixei meu livro para venda.

Ele então tomou ar praticamente incrédulo.
– Eles pediram mais exemplares, Manu. Pediram porque todos eles se esgotaram! Não há mais estoques! O meu livro está vendendo, Manu, está vendendo!

Manu abriu um largo sorriso e, sem que Jefferson esperasse, voou sobre o marido. Os dois se abraçavam na sala, comemorando como fanáticos torcedores a hora do gol. Não ficaram livres de uma queda, claro. Jefferson não aguentava o peso da esposa, embora ela fosse magrinha.

Os dois colocaram então no Corcel, além dos acessórios de pesca e do CD do AC/DC, vários exemplares de *Olhos para o Futuro*.

O casal foi de banca em banca fazer a distribuição. E, evidentemente, pegar parte do pagamento que tinham por direito.

Voltando para casa, Jefferson e Manu deram meia-volta, pois outros jornaleiros e até uma livraria, que antes havia recusado o livro, ligaram pedindo alguns exemplares. De uma hora pra outra, todo currutense, culto ou não, queria ler o livro do rapaz.

Manu e Jefferson apenas trocavam olhares exclamativos, com uma bela pitada de interrogação. Aquele sábado foi uma correria: Jefferson deixou a esposa no trabalho, depois foi para casa e voltou às bancas diversas vezes. Já tarde, Jefferson, cansado, retornou para casa. Olhou o que restara no estoque: apenas dez exemplares.

Jefferson, na segunda-feira, teria de pedir a impressão de mais mil exemplares, e desta vez com o total apoio de sua amada esposa. Mesmo cansado, não perdeu tempo e conferiu a bolada que recebera pelos 500 exemplares, distribuídos e vendidos em um só dia.

– O que houve, Jefferson? Todo mundo resolveu adquirir o livro de uma hora pra outra, meses após ser distribuído? – perguntou a russa, ao chegar do trabalho.

Ele sorriu antes de responder, colocando aquelas notas em ordem crescente:

– Eu nem acredito, querida, nem acredito! Vamos pagar as contas que estão atrasadas! E o melhor: agora o custo para a impressão de mais cópias do livro será bem mais barato, pois todo o trabalho de *design* já está pronto! É só imprimir.

Ela deu um beijo em Jefferson, como se pedisse desculpas por não tê-lo apoiado com tanta fé desde o início.

– Eu te amo, Manu. Te amo muito. Minha vida não seria nada sem você. Tenho em meu espírito um único pensamento, em meu coração um único desejo e em minha boca um único nome: o seu.

Manu não sabia o que dizer. Via aquele homem franzino em sua frente, revelando com toda sinceridade o amor que sentia por ela, como se dissesse: "Mesmo que eu faça um grande sucesso com o meu livro, de nada adiantaria se não a tivesse ao meu lado". Os olhos dela marejaram. Ela se levantou, foi para perto dele.

– Eu também te amo, querido. Estou muito orgulhosa de você, acredite. Eu seria uma mulher incompleta se não tivesse um homem como você em minha vida. Você será o meu eterno amante, o pai de meus filhos.

Trocaram um olhar terno e apaixonado, que terminou em um beijo caloroso, de olhos bem fechados.

* * *

No meio da madrugada, aquele mendigo esperava sentado, olhando para o prédio de Jefferson, que o surpreendera dias antes. Desde aquela noite, não bebera mais. O pobre dirigia-se todas as noites ao prédio, na esperança de ver aquele fantástico ser novamente; como não o via, passou a acreditar que fora realmente uma miragem causada pelo excesso de álcool em seu organismo. Aquela seria a última vez em que iria ficar de plantão durante a noite. Caso não visse a figura, teria certeza de que tudo tinha sido uma miragem, e abriria o litro que carregava consigo. Estava com os olhos atentos.

Jefferson e Manu, depois do exaustivo e alegre dia, dormiam. O som de um tiro, vindo a quilômetros de distância, desperta o inconsciente de Jefferson, que se levanta. Mesmo no escuro, enxerga os móveis pelo espaço de seu minúsculo apartamento. Vai até o banheiro, joga água fria no rosto, fecha os olhos e se limita a olhar-se no espelho. Anda atento pela sala: não é mais dono de seus movimentos. Não sabe o que está fazendo, muito menos aonde irá.

O mendigo percebe os movimentos na parte interna daquela janela e fica alerta. Seus olhos observam um franzino homem separando as folhas da veneziana. O mendigo abre um sorrisão: não estava ficando louco, muito menos tendo miragens: está há dias sem beber. Testemunha, mais uma vez, o mesmo homem, na mesma janela, se lançar no espaço. Mas, desta vez, antes de o corpo despencar por três metros no vazio, fica maior e mais forte, como num passe de mágica. Os olhos se acendem e ele desaparece no céu, numa velocidade que impressiona.

O homem, sentado ao lado do carrinho, está crente como nunca: aquela coisa não foi miragem, de fato existe. Mais uma certeza lhe vale a razão: cachaça não faz mal e não causa miragem. Ele então saca o litro que estava guardando há dias e o abre, bebendo com satisfação. Sóbrio ou bêbado, sempre verá aquele monstro alçar voo. Que seja bêbado, então.

O Alma, como um animal, é levado pelo instinto, que o conduz somente aonde acontece alguma atrocidade. Seus instintos jamais o guiarão para o paraíso; ele será levado apenas para o inferno, onde os demônios são os homens de Deus.

* * *

Curruta não se assemelha a nenhum paraíso. É o inferno disfarçado de cidade. Além de Honório Gordo, muitos jovens estão na onda do crime. Ser criminoso na cidade é moda, como alguma roupa ou acessório que os artistas usam na novela das nove: muitos adotam como se aquilo fosse impressionar, ou como se fosse a única saída.

Jarbas estava cansado de correr atrás de bandidinhos que se achavam perigosos e nada sabiam do submundo, enquanto poderia estar focado apenas em Honório. Esquecera-se da potencial chance que Curruta dava à formação de novos criminosos. Estava tão obcecado por Honório que não conseguia enxergar o crime acontecendo ao seu lado.

* * *

"Eu estava sobrevoando a cidade e ouvia inúmeros pedidos de ajuda. Eu era um só, mas, como se eu fosse vários, conseguia impedir todos os crimes. As vítimas me agradeciam, mesmo com medo de me olhar, mesmo não querendo acreditar no que viam, mas agradeciam. Fossem as mulheres vítimas de algum canalha, fosse o usuário de drogas que não pagava a conta, fosse quem fosse, qualquer uma das vítimas, todos ficavam gratos por minha singela ajuda.

Quanto aos bandidos, estes me odiavam. Cada um deles era meu inimigo mortal. Juravam vingança. Agindo sempre longe de qualquer policial, sabiam que fariam o que quisessem, sem serem perturbados. Não contavam com a minha intervenção. Eu era impiedoso com eles, lançava-os com força brutal contra a parede, pegava-os pelo pescoço com facilidade. Era inútil eles correrem: eu os pegaria, seguindo apenas as batidas desesperadas do coração de cada um. Os tiros não me atingiam, eu era capaz de me desviar dos projéteis; tinha de me desviar, pois sabia que, se as balas me atingissem, fariam um enorme estrago. Não me matariam, mas me deixariam impotente, em virtude da dor causada pelo ferimento aberto.

Assim, os bandidos se aproveitariam de meu momento de fraqueza para acabar comigo. Pois, na verdade, o que interessaria a eles seria ver-me destruído, acabado, vencido. Eu via, em seus olhos perturbados, que era um grande desafio a ser vencido. Eu era uma incógnita para as interrogações de quem fosse um fora da lei.

Vagamente me lembro de um casal. Um casal bem safado, que gostava de roubar pobres em nome de Deus. Eu sei que dei uma lição neles, e sei que a missão ficou a ser cumprida num outro dia, ou outra hora, sei lá. Desta parte me lembro vagamente. Na verdade, não me lembro de quase nada.

Por outro lado, recordo-me que pessoas me aplaudiam, pelo simples fato de estar ao lado delas. As crianças em especial gostavam de mim: era como se eu fosse o grande herói delas. Eu pressentia que elas, quando estavam ao meu lado ou apenas me observando, sentiam-se protegidas, esqueciam-se da pobreza, esqueciam-se da miséria e, sobretudo, do perigo e da violência que as cercavam. Eu guiava os bandidos até os carros de polícia mais próximos; outras vezes, levava-os à própria delegacia. Os bandidos não reagiam, pois sentiam medo. Eu era uma figura assustadora, tão assustadora e impiedosa quanto a própria e inevitável morte."

* * *

Ezojy chegou à conclusão de que os contatos que ele tivera com Jefferson, na fusão que formava O Alma, foram desperdiçados. No dia seguinte, o humano não se recordava de nada. As lembranças que Jefferson tinha pareciam apenas sonhos. Nada mais.

* * *

– Nossa! Que sonho, Jefferson! – disse Manu, a voz suave e humilde, desta vez sem ironia alguma.

– Aquilo me parecia tão real... Sei que foi tudo um sonho, Manu. Mas, como disse antes, era *muito* real.

– Eu sei, querido. Às vezes, a autenticidade de nossos sonhos nos faz pensar que tudo realmente aconteceu. O que me espanta é saber que já é a segunda vez que você tem um sonho como esse.

Jefferson estava de cabeça baixa. Aquelas imagens eram muito nítidas e perturbavam seu cérebro.

– É verdade. É a segunda vez que isso acontece. Eu sempre gostei destes assuntos de superpoderes, ser alguém que poderia resolver os crimes de nossa cidade. Um justiceiro que resolveria tudo com as próprias mãos.

Manu se levantou, deu a volta na mesa. Já havia terminado o desjejum. Abraçou Jefferson por trás, dizendo-lhe ao pé do ouvido:

– Mas você é, meu amor, o "grande justiceiro". Você é meu grande herói. Não só meu, pois não existe herói maior que um professor. E você é um grande profissional. Seus alunos te adoram. E eu, amor – ela sentou-se no colo dele –, simplesmente te amo. Ah! E não posso me esquecer de mencionar que também é um fantástico escritor.

Jefferson esboçou um grande sorriso, retribuindo as palavras carinhosas de Manu. Ficaram os dois abraçados, um sentindo o perfume e o corpo do outro, em silêncio, até que o celular de Jefferson tocou novamente. Ele carinhosamente afastou Manu, vendo um número estranho no visor do aparelho.

– Alô... Jefferson... Prazer. Tudo, e você? Claro, me dá um minuto que vou anotar o endereço.

Ele pedia desesperadamente que Manu providenciasse papel e caneta.

– Sim, pode falar, estou anotando. Está bem, ótimo, passo aí na parte da tarde, pois de manhã vou dar aulas. Até, obrigado eu.

– Quem era, quem era? – Manu estava eufórica, associava aquela ligação a algum dono de banca, ou à própria livraria.

Jefferson ajeitou os óculos: estava visivelmente ansioso, procurando palavras para começar. Era o sonho que se tornava realidade.

– Era um tal de Eduardo Pétris.

Manu não acreditava no que acabara de ouvir.

– O quê... O que ele disse? O que queria, Jefferson?

O jovem escritor fez suspense antes de responder.

– Ele... Ele quer publicar meu livro. Ele, o dono da editora Pétris, quer assinar um contrato comigo amanhã! Quer publicar *Olhos para o Futuro*!

– Meu Deus! – gritou Manu. Pétris era uma das maiores editoras do país, mantendo contratos com grandes escritores nacionais e internacionais.

A editora em questão foi uma das primeiras para onde Jefferson enviou os originais de seu livro. Porém, 20 dias depois, o escritor recebeu o material de volta, além de uma carta, dizendo que a obra não se enquadrava na linha editorial da empresa. A grande decepção de Jefferson não fora a recusa, mas descobrir, ao conferir o material que recebera de volta, que eles não haviam sequer se dado ao trabalho de ler a obra. Recusaram sem ler.

Jefferson havia colocado um pingo de cola no rodapé do livro, a cada dez páginas, e todas elas ainda estavam intactas. Seria impossível alguém ler a obra sem destacar a cola. Então partiu para outras editoras. Nenhuma se interessou por seu trabalho, mesmo as que leram a obra. Por fim, desistiu e fez uma produção independente de mil cópias.

– Manu, o livro sendo publicado pela editora Pétris será o começo de uma longa viagem de sucesso.

Ela, de testa vincada, ainda não tinha deixado a ficha cair por definitivo. Mas estava orgulhosa de seu marido como jamais estivera.

– Com certeza, amor, com certeza! Me carrega no colo?

Jefferson fez cara de aleluia, e depois os dois se abraçaram, Manu soltou o peso, e ambos foram ao chão. Definitivamente, Jefferson não podia com os 60 quilos dela. A queda foi só mais um motivo para sorrir; nada mais, nada menos.

Capítulo 22

A dupla acuylarana estudava o território cuidadosamente. Viram algumas das armas dos terrestres que eram os responsáveis pela segurança local: sabiam que elas machucavam e matavam. Não entendiam o porquê de, mesmo na Lua, aqueles seres andarem armados. *"Será que gostavam tanto assim de homicídios?"*, perguntavam-se as criaturas. Aqueles seres de Acuylaran não sabiam que a Lua estava muito acessível aos homens da Terra, e que, portanto, os homens precisavam proteger sua base permanente de possíveis intrusos, vindos de outras nações que não fossem as três que trabalhavam ali, juntas, realizando a grande missão de descobrir o que poderia ser encontrado depois de Marte: Acuylaran.

Os três países estavam bem avançados no quesito ambição, se comparados aos demais que trabalhavam em operações pela conquista do espaço. Enquanto o resto do mundo se interessava em conquistar o planeta vermelho, eles já estavam indo além, pois sabiam o que se escondia atrás dele.

Jota foi o responsável por informar a todos, garantindo que algo bem mais valioso estava ali, alguns milhares de quilômetros depois de Marte. Sabendo que o planeta vermelho nada tinha a oferecer, pisar nele seria mais por uma questão de vaidade, uma simples demonstração de poder; uma maneira de dizer ao mundo que eram poderosos, que eram uma grande potência espacial. E só.

Sem dúvidas, a conquista de Marte traria respeito, mas não mais poder ou riquezas. Ao contrário do pequeno e oculto planeta que vivia às escondidas em sua sombra, este, sim, garantiria respeito, poder e muitas riquezas. Na Base Lunar seriam instalados grandes armamentos nucleares, tudo oculto ao resto do mundo. Não haveria fiscalização de nenhuma organização, isto era certo: o mundo não sabia da Base Lunar, muito menos do planeta invisível depois de Marte – esta era uma informação restrita às três potências envolvidas naquela missão.

* * *

Em solo lunar, havia dezenas de homens e uma dúzia de mulheres trabalhando. Pouquíssimos deles estavam armados; o restante do armamento estava dentro de uma sala de acesso a apenas alguns militares, menos que dez. O armamento tinha alto poder de destruição, mesmo onde a gravidade era quase zero.

– Vocês não vão acreditar!

A frase vinha de um homem que estava quase flutuando, como se fosse uma pluma voando em direção aos homens que estavam na entrada da base.

– Encontrei dois dos nossos homens mortos, despedaçados.

Os outros membros da equipe ficaram em estado de alerta. Vasculhavam até onde a visão lhes dava campo. Armas prontas para serem usadas.

– Impossível! – disse um dos homens. – Não nos alertaram de nada! Nossos radares captariam qualquer sinal, caso algum objeto se aproximasse.

Ayzully e Érdynan Xan emitiam risinhos sarcásticos. Com os olhos ainda fechados, desciam discretamente rumo aos homens abaixo, guiando-se apenas pelos batimentos do coração daquele que veio dar o aviso. O pobre estava com o coração a milhão, fato que facilitava, e muito, o serviço da dupla.

Os terrestres se preparavam para entrar em ação: precisavam urgentemente de mais armas, embora ainda suspeitassem da morte de seus amigos; queriam testemunhar a cena.

Um deles se preparava para chamar pelo transmissor os demais militares para reforço, mas não houve tempo. Dois pares de luzes surgiram sobre suas cabeças, a luz amarela se misturando à verde, numa intensidade inacreditável. Aquelas luzes confundiam o cérebro e congelavam a alma.

Aproximaram-se rapidamente. Quando as luzes coloridas finalmente se apagaram, os olhos de cada um daqueles homens fecharam-se para sempre. Sem saber o que lhes atingia, não viram nem as faces de seus algozes, o que foi melhor para todos eles. Se encontrassem algo no inferno, certamente seria melhor do que ver Ayzully e Érdynan Xan rasgando o espaço, saltando sobre cada um deles, decepando suas cabeças e atravessando o couro de seus corpos; quebrando suas costelas, arrancando antebraços, desarmando-os, usando suas armas como alfinetes para atravessar gargantas, até se transformarem em pedaços soltos que flutuavam pela superfície lunar.

Depois da fácil e parcial tarefa, as criaturas trocaram cúmplices olhares na porta de um *trailer*, que abrigava os demais militares e astronautas. Aquilo era *muito* prazeroso. Pena que havia poucos homens e mulheres ali, prontos para perderem suas vidas nas mãos daqueles que buscavam vingança.

Ambos, num mesmo movimento, olharam ao redor. Conferiram tudo, com os olhos brilhantes e apurados, certificando-se de que não havia mais humanos por ali. Não havia nenhum mesmo, pois os que estavam distribuídos pelo solo lunar se encontravam em pedaços. Não eram ameaças, muito menos ofereceriam qualquer tipo de perigo. Apenas flutuavam.

Ayzully tentou abrir a porta daquilo que seria o *trailer*. Como não usou toda a sua força, ela não se moveu, tornando-se uma barreira. Ele ia destruí-la com um potente soco, mas foi detido por Érdynan Xan.

– *Não, Ayzully! Se entrarmos assim, vamos chamar a atenção deles. Certamente nos recepcionarão com aquelas malditas armas. Lembre-se do que aquele coronel traidor disse: elas funcionam tão bem aqui quanto na Terra, ou mesmo em Acuylaran. Temos de esperar que um deles abra a porta.*

Meio que a contragosto, Ayzully assentiu.

Alguns minutos se passaram. Os dois estavam sobre o abrigo, vasculhando o espaço com os olhos eficientes que tinham. Abaixo deles, a porta. Nenhum movimento.

– *Não aguento mais esperar, Érdynan Xan! Temos de acabar logo com estes humanos daqui e irmos para a Terra!*

– *Vamos dar mais alguns minutos, Ayzully. Caso não saiam, entraremos e acabaremos com esses malditos, que ajudaram a destruir o nosso mundo.*

A lembrança de Acuylaran destruída fez os olhos daquelas criaturas brilharem tanto, que, se naquele exato momento alguém estivesse observando o satélite natural da Terra, certamente acreditaria estar testemunhando uma chuva de meteoros contra o solo lunar.

– *Em breve eles sentirão falta dos outros e sairão. Aí faremos sem piedade o que é preciso* – concluiu Érdynan Xan.

Ayzully assentiu novamente, dando um potente soco com mão direita na mão esquerda. Érdynan Xan ouviu o estalar dos dedos.

Lá dentro alguns homens faziam piadinhas para as mulheres, que riam por qualquer motivo. Outros tomavam café. Um lia, solitário. Estavam familiarizados, tornaram-se grandes amigos. O único fato preocupante era a perda de contato com a aeronave que havia deixado aquele lugar meses antes: ainda acreditavam que eles dariam sinal de vida. Acreditavam que o lugar para onde foi a aeronave não captasse os sinais de comunicação, nem os transmitisse.

— Pessoal! Alguém falou com um dos militares que estão lá fora? — Perguntou um rapaz, levantando-se de seu assento.

Todos, com descaso, fizeram sinal negativo com a cabeça.

— Estranho. Já fiz várias tentativas de contato, mas ninguém responde. Sei que estão no canal 1, mas ninguém responde aos meus chamados.

As piadinhas continuaram, bem como as risadas, os cafezinhos e a leitura. O comentário do rapaz era indiferente aos ouvidos dos demais. Ele vasculhou o rosto de cada um, na esperança de alguma atenção ou alerta: ninguém se manifestou. Parecia que o rapaz não existia. O jovem então suspirou, pegou seu traje especial e, bem próximo à saída do *trailer*, o vestiu. Não pediu ajuda a ninguém; estava irritado com a indiferença dos amigos de trabalho. Um pouco acima dele, impiedosas criaturas se preparavam para o ataque. A espera estava a segundos de chegar ao fim.

Após conferir se todos os botões estavam acionados, os zíperes bem fechados e o ar circulando normalmente dentro da roupa espacial, o rapaz digitou a senha no painel ao lado da porta, que começou a se abrir lentamente.

Vendo pacientemente a porta se deslocar, o rapaz notou que vinham do céu algumas luzes. Nunca havia visto nada igual: eram quatro fachos que iluminavam o solo prateado da Lua, dois amarelos e dois verdes. Achou aquilo estranho. Deixou a porta se abrir por completo.

Quando fez menção de colocar os pés para fora do lugar, não pôde acreditar no que seus olhos viam: os militares do lado de fora estavam em pedaços. Além das poderosas vestes espaciais estarem em trapos e manchadas de sangue, havia braços, pernas, órgãos internos, sangue e cabeças espalhados por todos os lados. Aquela era uma cena chocante, e ele quase vomitou.

Rapidamente digitou a senha para que a porta se fechasse. Quando as engrenagens começaram a rodar ao contrário, as quatro luzes desapareceram instantaneamente, aparecendo meio segundo depois, bem em sua frente. O rapaz protegeu os olhos com o antebraço, mas, antes mesmo de respirar novamente, sentiu uma dor cortante: algo como uma espada muito afiada atravessou seu corpo na altura do estômago.

À medida que a mão, usada como espada, era enterrada, atravessando seu corpo, dois olhos amarelos e demoníacos iam de encontro ao seu rosto. O pobre rapaz permaneceu boquiaberto; o ar começou a faltar; a dor era insuportável. Sua visão lentamente escurecia; melhor seria que elas se apagassem por completo. A proteção transparente de seu capacete jogou estilhaços contra seu rosto, e então duas enormes mãos frias e vermelhas pegaram sua cabeça, pelas laterais. Com o susto, e usando o resto das forças que ainda lhe restavam, abriu os olhos para ver o que estava acontecendo; queria acreditar que aquilo era apenas um sonho, ou melhor, um terrível pesadelo. Sentiu as luzes amarelas se afastarem lentamente, com aquela coisa que lhe havia atravessado o corpo. O jovem viu o brilho dos olhos diminuírem; ficou observando, naquele rápido instante, aquele ser limpar o braço sujo de sangue, aquele sangue que lhe pertencia até poucos instantes atrás.

A figura vermelha desapareceu, dando lugar a luzes fortes e verdes que surgiram como num passe de mágica. A dor pungente voltava, agora na cabeça. A outra criatura, em sua frente, envolveu sua cabeça com as mãos frias e brancas. O crânio do jovem foi esmagado lentamente.

Ayzully ficava a observar o horror naquela face, que foi desaparecendo entre as palmas de suas mãos. Possuído pelo ódio daquele pequeno ser desfalecido, esfregava uma mão na outra. O couro cabeludo e os ossos da cabeça, unidos ao cérebro, eram esfarelados entre os dedos do impiedoso acuylarano.

* * *

Érdynan Xan apontou para o interior do lugar: havia um corredor de quatro metros à frente. No final, uma porta metálica com visor de acrílico. Para sorte dos dois, o teto era alto o suficiente para que não ficassem encurvados. Concluíram que os humanos tinham mania de grandeza em tudo. Queriam ver como seria na Terra.

A porta se fechou atrás deles. O barulho do impacto do aço não chamou a atenção de ninguém: estavam habituados com o fechar e abrir daquela porta.

Ayzully abaixou-se e viu os outros humanos, que não usavam os trajes dos homens destruídos instantes atrás. Certamente aquela moradia tinha tecnologia suficiente para produzir o ar da Terra. Ele vasculhou em fração de segundos toda a extensão do lugar: havia 15 deles espalhados pelo interior da sala. Uns formavam uma rodinha na frente do computador, outros conversavam; um cochilava com um livro sobre o peito, enquanto os demais jogavam cartas e tinham xícaras de café ao lado. Em suma, ninguém se dera conta da presença deles, ou da ausência repentina dos outros.

Ayzully olhou para Érdynan Xan e fez sinal para que atacassem. Lentamente colocou a mão na porta, que se movimentou sem que ele fizesse o menor esforço. Os olhares se cruzaram e houve novamente a mistura de cores. Ayzully tomou a frente: desfez a roda de homens em volta do computador, agarrando quatro deles de uma só vez. Levantou-os do chão e, com toda a sua força, comprimiu-os contra seu corpo. Ouviam-se o estalar de ossos e gemidos de dor. Ayzully estava enfurecido, matando os quatro homens em meio segundo.

Ao seu lado estava Érdynan Xan, atravessando corpos com o braço. Desesperados, os humanos que ainda estavam vivos tentavam correr ou fazer alguma coisa para salvar suas vidas, o que era impossível. Aquelas criaturas eram rápidas demais, além de grandes, poderosas e, pelo que estavam testemunhando, violentas além da imaginação. "De onde teriam vindo?", perguntavam-se ao ver os amigos sendo esmagados e perfurados com tanta facilidade. "Que coisas abomináveis eram aquelas? Por que estavam matando a cada um com tanta fúria e ódio? Nunca haviam feito nada a eles!" Bem, era o que imaginavam. Com os dois monstros, não haveria tempo para interrogatórios ou súplicas.

Uma das mulheres que se refugiou chorava embaixo de uma mesa. Ela tremia, o rosto encharcado, abraçando os joelhos e respirando cuidadosamente, na esperança de que aquelas coisas fossem embora sem que a vissem.

O coração da jovem estava a ponto de saltar pela boca. Levantou a cabeça lentamente, e viu uma de suas amigas subindo sobre um dos painéis de controle do lugar, implorando para que a criatura se afastasse. Mas a desobediente criatura ia determinada em sua direção.

– Não! Se afaste de mim, por favor! Me deixa! – gritava, implorando por clemência.

Ayzully, entretanto, a olhava silenciosamente. Os olhos da criatura deixavam sua face verde, um verde muito vivo para quem estava prestes a morrer.

– Não, não, não... – falava baixinho a mulher que estava embaixo da mesa.

Ayzully pegou a jovem pelos cabelos, levantando-a do painel. A dor que ela sentia a fazia estremecer. Ele então a levantou ainda mais alto, com uma só mão, sem que ela caísse. Soltou seus cabelos e a pegou pela cabeça, como fazem os jogadores da NBA com a bola de basquete. Ele olhava para cima: adorava ver o horror na face daquele povo. Começou a balançá-la de um lado para o outro, como se ela fosse acessório de um relógio antigo.

Érdynan Xan acabou com a brincadeira: deu-lhe um golpe que transpassou seu corpo. Ayzully, os olhos fixos em sua vítima, quase foi atingido, pois o parceiro apareceu repentinamente. Ayzully então soltou o corpo ao chão. No *trailer*, havia gravidade. Limpou-se do sangue que respingara em sua face.

– Ela era minha, Érdynan Xan – disse Ayzully, em tom amigável.

– Ela era **nossa** – respondeu Érdynan Xan.

Que vozes horríveis eram aquelas: vozes metálicas, que agrediam os tímpanos mesmo sendo pronunciadas em baixo tom.

Naquele momento restavam apenas quatro deles, mas diante das criaturas havia apenas dois. O rapaz que dormia com o livro no peito acordou com a algazarra e, quando viu o que acontecia, permaneceu imóvel, ajeitou o livro no peito e simplesmente fechou os olhos, como se fosse um dos mortos. A outra jovem continuava escondida.

A mesa era o seu refúgio; estava com esperanças de que aquelas coisas não a tivessem visto.

Expostos aos olhos dos acuylaranos restavam dois homens, que aparentavam ser os mais velhos e mais fortes dentre os demais. Aqueles dois pareciam não temer o que viam. Um deles fazia alguns gestos, indo de um lado para o outro: era especialista em artes marciais, e desafiava Érdynan Xan.

– Se eu fosse você, sairia daqui agora mesmo! – ameaçou o homem, enquanto ciscava de um lado para o outro. Érdynan Xan olhou para Ayzully, e então os quatro olhos se apagaram. Só o tom leve do amarelo e do verde ocupava suas faces.

– É isso mesmo! – disse o outro homem, que se aproximava com um ferro na mão. O cenário apresentava um humano ciscando ao lado de outro com uma barra de ferro em mãos; do outro lado, duas figuras de três metros de altura, que se entreolhavam.

Ayzully e Érdynan Xan vincaram a testa e começaram a rir fervorosamente: achavam muito engraçado aquelas coisinhas arrogantes ameaçando-os. As risadas eram estridentes: o rapaz que estava deitado com o livro no peito estava a ponto de se mover para proteger os ouvidos, e a jovem embaixo da mesa fazia isso, pois não estava ao alcance dos olhos daqueles seres.

Os risos foram interrompidos quando Ayzully levou um golpe da barra de ferro na cabeça. Érdynan Xan também levou um belo golpe na altura da cintura. Os acuylaranos haviam sido atacados enquanto estavam distraídos. Até que se cansaram de brincar com aqueles humaninhos.

Os olhos acenderam-se novamente.

Ayzully afastou Érdynan Xan. Os homens transbordavam autoconfiança, pois haviam agredido aqueles malditos desconhecidos.

– *São meus, Érdynan Xan.*

Os olhos de Ayzully queimavam.

O homem com a barra de ferro quis atacar novamente, mas desta vez foi interrompido por uma mão poderosa, que segurou a barra. Com a outra mão, o monstro pegou sua perna e desferiu-lhe um golpe na cabeça, com a própria barra de ferro. A cabeça do astronauta partiu-se ao meio. O segundo golpe na lateral do pescoço fez com que a cabeça se soltasse do corpo e rolasse para debaixo da mesa onde a jovem estava. Aquela cabeça decepada se posicionou entre as pernas dela. Não fosse pela vontade de viver, a jovem teria dado um belo grito.

Ayzully então levantou para o alto o homem que ciscava, e repetiu o que havia feito com a moça do painel. Ajeitou a barra de ferro na mão. O homem fechou os olhos, sabia que o monstro enfiaria aquela barra em seu corpo, sem piedade. Ayzully ficou na ponta dos pés, mirando aquela coisa de cabeça para baixo, segurando a barra firmemente. Antes de concluir o que planejava, viu que em sua mão ficaram apenas duas pernas e parte da cintura. Ouviu a outra metade do corpo chocar-se contra o chão.

Érdynan Xan rasgou ao meio a presa de Ayzully e, antes de ouvir qualquer protesto, disse:

– *Ele era nosso.*

Ayzully apenas concordou com a cabeça.

– *Vamos embora daqui, Ayzully! Temos mais o que fazer na Terra.*

O rapaz que fingia dormir se aliviava. Nos últimos confrontos, aproveitou para jogar uma jaqueta sobre o corpo. Controlava a respiração, para que não fosse notado por aquelas horrendas criaturas.

A jovem assustada, silenciosa, fulminada por aquela terrível tragédia permanecia embaixo da mesa. Rezava em pensamento, ainda com a cabeça do amigo entre as pernas. Não teve forças para retirá-la dali.

– *Vamos, Érdynan Xan. Ainda temos algumas horas até chegar à Terra.*

– *Vamos. Mais sangue, só lá.*

Os olhos das criaturas voltaram ao normal. Os dois sobreviventes contavam os segundos para que aqueles dois monstros deixassem o lugar. Precisavam alertar a Terra sobre a visita daquelas coisas, e com as câmeras mostrariam os estragos e a carnificina provocada por aquelas criaturas.

Érdynan Xan tomou a frente. Foram os dois a passos lentos em direção ao corredor que usaram para entrar. Ayzully erguia a cabeça altivamente. Os olhos das criaturas estavam serenos, as cores eram quase mortas, os dois pareciam cansados.

O rapaz e a jovem respiravam aliviados. Ele de olhos fechados, ela espreitando quietinha. Debaixo da mesa, via os dois monstros indo em direção à saída, em passos bem lentos. Era um silêncio só: os passos diminuindo, diminuindo... Quando chegaram à primeira porta que dava acesso ao corredor, pararam. Érdynan Xan deu meia-volta; os olhos de Ayzully voltaram a brilhar lentamente. Não demorou para que os olhos de Érdynan Xan também voltassem a brilhar. A jovem observava os dois, que pareciam conversar. "Vai, vai, vão embora!" implorava ela, baixinho, aos prantos.

* * *

Num estalar de dedos, tudo voltou a ficar iluminado: os quatro focos de cores tomavam o lugar. Ayzully, sem proferir uma palavra, deu três longos passos e com os braços atravessou o corpo do rapaz que fingia estar morto. Levantou o corpo desfalecido sobre a cabeça e rasgou sua carne como se rasga algum tecido velho, frágil e podre. A jovem embaixo da mesa imaginava que aquele corpo estaria morto desde o início. Ayzully deu um grito horripilante. Mais dois passos e ele lançou o corpo ao ar, que atingiu o teto do *trailer*. O monstro, então, sumiu. A jovem procurava por ele, pois só via uma das criaturas próxima à porta. A jovem olhava de um lado para o outro, e nada via.

Os olhos de Ayzully brilhavam, enquanto miravam aquela mesa que estava sob seus pés. Até que se lançou com fúria contra a mesa, fazendo de seu corpo um enorme peso. Com o impacto, houve madeira e sangue para todos os lados. A força exercida foi tanta, que no piso do *trailer* surgiu um baixo-relevo do corpo da criatura.

Quanto à jovem, desta sobrou pouco. Seu corpo e a cabeça de seu parceiro se confundiam ao piso do *trailer* e à madeira da mesa.

– Agora podemos ir, Érdynan Xan.

– Eles eram meus, Ayzully.

– Eram nossos!

Atravessaram o corredor, arrebentaram a porta de aço e caminharam alguns metros pela sombra do local. Respiraram fundo e se lançaram ao céu, adquirindo velocidade enquanto tomavam forma de esferas nas cores vermelha e branca. A Terra era o destino.

Segundos após sair do solo lunar, Érdynan Xan começou a ter uma sensação estranha: era como se estivesse conectando a algo ou alguém. O mesmo acontecia com Ayzully, embora não fosse na mesma precisão. Érdynan Xan então viu um homem: sua mente mostrava com precisão aquele ser. Ele odiava toda aquela sensação: não queria ter esta imagem em seu pensamento, muito menos uma imagem que contemplasse um ser "inteligente" da Terra. O homem, então, transformou-se num ponto amarelo no planeta Terra.

Era inevitável; cada vez mais o homem tornava-se nítido aos seus olhos. Sua imagem era formada diante do vazio, e seus traços ganhavam força à medida que se afastavam da Lua e se aproximavam da Terra. O planeta já não era mais visto pelos olhos dos seres de Acuylaran: cada um tinha a imagem de uma pessoa, e apenas esta imagem era vista. Não havia como fugir.

Érdynan Xan sabia o que o homem vivera, o que pensava, o que queria. Sabia, mas sem entender o porquê. Minutos depois, além da imagem, uma voz ecoava na mente de Érdynan Xan. Era um nome, o nome daquela imagem: "João! João! João!".

O nome cravara na mente; a imagem, porém, começava a desaparecer. Quando o homem finalmente sumiu por completo, a Terra estava à vista novamente, e nela, mesmo a milhares de quilômetros, era possível identificar um ponto brilhante. Aquele ponto era como um "x" em um mapa do tesouro – e era mesmo o tesouro de Érdynan Xan, que diminuiu a velocidade e retomou sua forma natural. Parou no espaço; olhava a Terra com todo o cuidado, os olhos brilhando muito. O pontinho amarelo que via naquele imenso planeta se tornara a forma real da imagem que lhe apareceu momentos antes. João era o nome do homem, João era o terrestre. Então o ser de olhos amarelos teve a certeza de que sabia onde estava a sua alma gêmea na Terra, e que viveria tempo suficiente para consumar sua vingança.

Passou a ter certeza de que não viveria apenas um dia para destruir os humanos; uma vez em posse de sua alma gêmea, teria anos a fio para acabar com aquela raça. A vingança seria consumada. Ele entraria na mente do homem e acabaria com os humanos da Terra. E também com Ezojy.

* * *

Ayzully estava parado ao lado de Érdynan Xan, também em sua forma natural. Como o outro, momentos antes viu uma imagem que não era tão nítida. Ouviu vozes que mais pareciam sussurros, e viu um ponto verde na Terra. Mas esse ponto não se resumia em um ser; resumia-se em uma cidade. Só. Ayzully não encontrara sua alma gêmea.

– *Você sentiu o que eu senti, Ayzully?*
– *Acho que sim, mas não sei quem é ou onde está.*
– *Não?*

– Não, Érdynan Xan. Sei apenas que é uma mulher, minha alma gêmea na Terra é uma mulher. Contudo, não sei quem é, ou precisamente onde está. Lembre-se dos ensinamentos: na Terra, ou descobrimos em 24 horas quem é a nossa alma gêmea, e assim vivemos por muito tempo; ou nos apossamos de qualquer um, e vivemos por apenas três dias, com os sentimentos desgovernados.

– O que você escolhe, Ayzully?

Ayzully parou para pensar.

– Eu já havia decidido vir à Terra com a possibilidade de viver apenas 72 horas, por acreditar que nunca encontraria minha alma gêmea. Agora que me resta a esperança, mesmo que remota, de encontrá-la, não posso e não irei desistir.

Ele acendeu os olhos, antes serenos, e concluiu, com firmeza na voz:

– O que não quero, Érdynan Xan, é ser um fraco, que nada fez para vingar os irmãos acuylaranos.

– Vamos então. Em poucas horas começará o holocausto. Representemos dignamente o nosso povo.

Os dois mudaram novamente suas formas e lançaram-se determinados para o nosso planeta. Sentiam o calor que fazia à medida que atravessavam a atmosfera. O calor infernal era irrelevante: os dois resistiriam a bem mais que isso.

Em suas extremidades, o calor fez surgir um tom amarelo: era o fogo que se formava com a alta temperatura. Os pontos nas esferas começaram a ter maior intensidade. Érdynan Xan via sua alma gêmea nitidamente, e começava a pensar como ela. Abriu um largo sorriso interior – sentia o ódio terrível que João tinha dentro de si.

Ayzully apagou, perdeu os sentidos e ficou à mercê da sorte, no vazio. Sua respiração estava ofegante; inflava e desinflava em desespero. Sua alma gêmea havia sumido de seu radar; a mulher já não era mais vista, e ele não a sentia em lugar algum daquela imensidão que se fazia abaixo.

Érdynan Xan começou a respirar com dificuldade. Não conseguia entender: se a história de que poderia viver um dia na Terra sem a ajuda de sua alma gêmea era real, o que estaria acontecendo então?

– Maldito rei Otyzuqua! Deve ser mais uma de suas mentiras... Desgraçado!

Ele aumentou sua velocidade. Via o homem desolado sobre uma poltrona, e sentia o ódio que transbordava daquele ser estranho. Tudo anunciava que muita luta e muitas mortes aconteceriam naquele cenário. Não teria piedade de Ezojy, muito menos dos malditos humanos que destruíram seu planeta.

Capítulo 23

Jefferson acordou supercedo. Na verdade, quase não havia dormido, pensando no contrato que assinaria com a grande editora, logo após o almoço. Mudando radicalmente a rotina do casal, ele é quem fez o café da manhã, deixando a mesa pronta enquanto Manu tomava banho. Naquela segunda-feira os ônibus seriam dispensados: ele iria à escola de carro, pois o prédio da editora era distante, e Jefferson não queria correr o risco de chegar atrasado ao encontro com o diretor da editora.

O meio de transporte seria o velho e útil Corcel I, ano 77. Para não privá-los de um importante detalhe, tomo a liberdade de acrescentar a cor do carro: marrom. Jefferson o possuía desde os tempos de solteiro. Na época, fazia passeios noturnos com seu possante pelas ruas de Curruta. Em um desses passeios, conheceu Manu. Apaixonaram-se, e não demorou muito para que se casassem. Formavam um casal curioso: um homem em nada dotado de beleza, fraco e franzino, com 1,73 metro de altura, usando os inseparáveis óculos fundo de garrafa. Ela, uma bela mulher, dona de um corpo sensual de 1,80 metro. Eram um contraste aos olhos de quem os via. No início, muitos acreditavam que Jefferson era rico, *muito rico*, pois só isso poderia justificar a relação com uma mulher tão bela.

Enganaram-se todos. Manu amava aquele homem, independentemente de qualquer coisa. Assim que o conheceu, Manu encantou-se pela capacidade intelectual de Jefferson. E logo viu que tinham algo em comum: já no primeiro encontro, descobriu que Jefferson, assim como ela, também era fascinado por *rock*. Discutiam sobre bandas, sobre músicas, e os assuntos se estendiam noites adentro. Aquela mulher extrovertida e aquele homenzinho frágil, que sonhava em ser um escritor famoso, se apaixonavam cada vez mais a cada dia, a cada noite.

Manu trabalhava na maior relojoaria da cidade; era uma das vendedoras da loja. Não ganhava muito, porém era feliz com o que fazia. Em contrapartida, Jefferson era professor em uma escola pública. Como sempre, fora comum a falta de reconhecimento em sua profissão. Não ganhava quase nada, e só conseguiria receber o mesmo salário que o da esposa caso lecionasse por três períodos. Aquilo, porém, não o atingia, e ele não pensava em desistir da profissão; gostava muito do que fazia, era um trabalho muito digno e honroso. Restava-lhe a esperança de que, um dia, algum político de seu país tivesse vergonha na cara para reconhecer os professores. Era esperar pra ver, já que pagar pra ver... Impossível, era professor.

– Está ansioso, querido?

Jefferson sorriu. Manu, como sempre, estava linda nos trajes sociais que usava para trabalhar.

– Muito, Manu. Não vejo a hora de trazer aquele contrato pra ler e depois devolvê-lo, assinado, o mais breve possível. Quero saber logo quando o meu livro será lançado nacionalmente pelo selo Pétris.

– Estou muito orgulhosa de você, Jefferson. Eu sabia que um dia as coisas dariam certo. Sempre acreditei no seu potencial. Todas as vezes em que fui contra a publicação independente de seu livro não foi por duvidar da qualidade, foi por pensar nas nossas contas, que quase sempre estão atrasadas.

Jefferson deu um meio sorriso, sem graça.

– Não tenho dúvida quanto a isso, querida. Eu é que devo pedir desculpas por ser tão teimoso, mas precisava fazer aquela publicação, mesmo que independente. Eu não poderia deixar este mundo sem fazer três coisas: publicar o meu livro, ter um filho e ser casado com a mulher mais linda deste mundo. Agora, só me falta o filho.

O jeito tímido, porém autêntico de Jefferson, sempre foi um dos responsáveis pelo despertar daquele amor tão grande no coração de Manu.

– Suas palavras são tão lindas, Jefferson! Nunca me canso de pensar que nada pode me fascinar mais que elas e sua grande inteligência.

Ela estava com a voz embargada. Manu era uma mulher extremamente romântica. Todas as vezes em que ganhara flores de Jefferson, sentia-se a mulher mais amada do mundo. E, de fato, era.

O marido foi na direção da mesa, arrastou uma das cadeiras e ficou à espera da esposa.

– Obrigada, senhor!

– É um prazer, senhorita! – respondeu Jefferson.

Em silêncio começaram o desjejum, trocando olhares apaixonados.

* * *

Após passar por fortes emoções na vida pessoal e também na profissional, como lutas das quais não se recordava e o sonhado contrato assinado com a Pétris, Jefferson tinha um pesadelo pela frente: visitar sua mãe no manicômio. Maria estava no mesmo banco, sozinha, alguns pertences ao seu lado. O olhar vazio, o rosto isento de qualquer expressão, nada que denunciasse alegrias ou tristezas, absolutamente nada.

Aquela cena para Jefferson era como uma espada atravessando seu coração, dividindo-o em dois. Pensava na possibilidade de, um dia, ter mais dinheiro, quem sabe com a projeção de seu livro, para tirá-la daquele lugar. Iria levá-la para sua casa e pagaria uma enfermeira particular para sua querida e sofrida mãe.

Os olhos de Maria estavam vermelhos. "Ela havia chorado?", perguntava-se Jefferson.

– Dona Maria, aqui estou eu! Como vai? – perguntou Jefferson, sentando ao lado da mãe.

Maria nada respondeu; na verdade, ela nem sequer havia notado a presença do filho.

– Você tem alguma novidade para mim? Passou bem por estes dias? Estão cuidando bem de você, mãe?

Em um gesto carinhoso, Jefferson passou uma de suas mãos sobre a cabeça da mãe. Maria respondeu com suspiro, fechando os olhos. Estava se deliciando com o carinho do filho. Ela então o fitou, enquanto mexia com a cabeça na palma da mão de Jefferson. Uma quase que imperceptível lágrima formou-se nos olhos dele. A mãe, em um gesto inesperado, empurrou seus pertences com o pé, deitou no colo do filho e ali permaneceu, o olhar perdido, provavelmente apenas se consolando, pelo estado em que se encontrava, nos carinhos do amado filho.

Os olhos de Jefferson não resistiram e formaram correntes de lágrimas. Para sua sorte, sua mãe não o olhava, ainda permanecia com o olhar perdido. Uma mão trabalhava insistentemente nos cachos de Maria, enquanto a outra tentava inutilmente livrar os olhos das lágrimas, das dolorosas lágrimas.

O filho deu um longo suspiro; tentava a todo custo se recompor, enquanto era observado por alguns médicos e enfermeiras locais. Num vacilo qualquer, olhou para sua mãe: nos olhos dela, enxurradas de lágrimas. Testemunhar aquilo fez com que se formasse um grande sorriso nos lábios de Jefferson. Afinal, era a primeira vez em tantos anos que via sua mãe expressar um sentimento, mesmo que aquilo fosse um comovido e penoso choro. Isto era sinal de que ela tinha vida, e de que no lugar daquele choro poderia surgir, mesmo que não fosse naquele instante, um sorriso. O mesmo sorriso de quando vira Manu, talvez.

Ficaram horas naquela posição. As pernas de Jefferson começaram a doer com o passar do tempo. Maria, como se soubesse da dificuldade do filho, levantou-se, pegou seus pertences espalhados pelo chão e, em meio a soluços, desapareceu, deixando-o ali, sozinho.

– Eu a amo, minha mãe, e ainda a tirarei daqui e a verei sorrindo novamente.

O domingo já estava perdido.

Capítulo 24

Horas antes, no encontro entre os seres de Acuylaran, Rakysu implorava:
– *Liberte-nos, Érdynan Xan! Precisamos honrar nosso planeta! Temos de nos vingar dos malditos humanos e procurar por Ezojy, o filho do rei Otyzuqua. Se o rei não tivesse, contra nossa vontade, acolhido os seres da Terra em Acuylaran, não estaríamos perdidos aqui!*

Érdynan Xan e Ayzully se entreolharam.

– *Com certeza, Rakysu. Vamos honrar Acuylaran. Vamos buscar por Ezojy, nem que ele esteja no inferno!*

Ayzully interveio:

– *Quanto aos humanos, quero despedaçar cada um deles.*

Rakysu, no interior da cápsula, deixava fluir todo o seu ódio pelos olhos. A intensa luz vermelha se estendia por quilômetros na extensão do Universo.

– *Não só temos de acabar com os humanos, como também ocupar o planeta Terra. Os poucos que sobrarem serão nossos escravos!* – disse Oygaty.

– *Não se esqueça de um detalhe, Oygaty. Queiramos ou não, dependemos daquela maldita raça para sobrevivermos. Antes da matança, há a missão de saber quem, dentre aqueles insetos, corresponde a nós. Não podemos viver em nenhum outro planeta que não seja a Terra, e lá dependemos de um humano para continuarmos vivos. Aqui no espaço, a não ser que estivéssemos aprisionados em uma cápsula como esta, viveríamos apenas por um ano.*

– *Tem razão, Rakysu. Qual será o segredo para descobrirmos quem é a pessoa certa lá na Terra? Não quero me apossar de um qualquer, quero minha alma gêmea correta. Assim, viveria muitos anos e esmagaria cada ser humano que estivesse na minha frente. Daremos uma bela lição neles, para que se arrependam de ter invadido nosso planeta e de ser os causadores do terror em Acuylaran* – disse Ayzully.

— *Traidores devem morrer. A morte elimina as dores do Universo.*

Os quatro riram com o comentário de Érdynan Xan.

— *Como quero pôr minhas mãos sobre Ezojy, o protegido do rei!* — ansiou Rakysu, ainda com os olhos fulminantes.

Érdynan Xan aliviou a intensidade luminosa de seus olhos amarelos. Diante dele e de Ayzully estavam as cápsulas transparentes, com os prisioneiros. A figura vermelha respirava fundo: havia em seu gélido coração um ódio mortal contra a raça humana e contra o filho do rei: Ezojy. Mas não escapavam de sua fúria os irmãos Rakysu e Oygaty, pois, se eles não houvessem firmado aliança com os humanos, tudo aquilo não estaria acontecendo.

— *Façamos um pacto. Nós quatro juntos somos invencíveis. Nem todos os habitantes da Terra, nem Ezojy, poderão nos vencer. Vamos acabar com todos eles. Libertem-nos, Érdynan Xan e Ayzully* — disse Rakysu.

Ayzully estava se aproximando da cápsula de Rakysu, que fora o general de Acuylaran. Os olhos verdes da criatura se intensificaram, e ele disse:

— *Jamais, maldito! Você e seu irmão ficarão aí pelo tempo que determinou o rei Otyzuqua. A princípio, foram contra receber os humanos em Acuylaran, mas depois se aliaram a eles. Em razão dessa aliança, travou-se uma guerra, e com isso perdemos nosso planeta. Que morram os dois, antes mesmo que se passe o século!*

— *Vocês não ousariam fazer isto! É uma ordem, Érdynan Xan! Ordeno que nos liberte!*

O amarelo dos olhos de Érdynan Xan ficou em destaque, entre as luzes verdes e vermelhas.

— *Não sou subordinado de um traidor. Minha posição é como a de Ayzully: você e seu irmão merecem a morte. Enquanto ela não vem, curtam o castigo de ficar aí por cem anos!*

Os que estavam fora da cápsula gargalharam em coro.

Naquele momento, manifestaram-se os olhos de Oygaty. Através da cápsula transparente, as luzes de cor laranja pairavam ora sobre a face de Ayzully, ora sobre a face de Érdynan Xan.

Rakysu, tentando inutilmente sair do interior daquela cápsula para pôr suas mãos sobre os dois, disse:

— *Ainda nos encontraremos! E, quando isto acontecer, Ezojy, a humanidade e vocês dois pagarão com a vida! Isto não é uma ameaça, é uma promessa! Mesmo que para isso eu tenha de esperar um centenário!*

— *Se eventualmente isto acontecer, estaremos esperando, general!*

Érdynan Xan apagou seus olhos, que voltaram ao brilho natural do amarelo. O mesmo aconteceu com o verde dos olhos de Ayzully. De dentro das cápsulas, só se viam o vermelho, que anulava o corpo amarelo de Rakysu, e o laranja, que anulava o azul-marinho do corpo de Oygaty. Ambos furiosos e desolados. Os dois do lado de fora consultavam um ao outro com o olhar:

– *Vamos, Ayzully. Temos uma longa missão pela frente.*

Então Érdynan Xan e Ayzully seguiram rumo à Terra.

Capítulo 25

A noite que caiu em Curruta, para uma jovem, resumiu-se em pura diversão. Liliane retornava para casa. A garota, que morava em um bairro pobre da cidade, vivia apenas com sua mãe: o pai escafedeu-se quando ela tinha apenas 6 anos de idade. A vida já não era fácil com a ajuda dele; contudo, piorou muito depois que ele se foi. A garotinha sentia saudades do pai e nunca entendera o motivo pelo qual ele abandonou ela e sua mãe, sem dar nenhuma satisfação. Contudo, sua mãe, Marta, poupava a criança dos detalhes sórdidos. Estava conformada, pois sabia que o seu casamento, mais cedo ou mais tarde, acabaria. A jura de que tudo era pra sempre nunca foi levada a ferro e fogo por parte de Maurício; ele gostava de rodas de samba, cerveja e fugia do trabalho assim como o diabo foge da cruz.

Já sua mulher, muito pelo contrário, era mais que batalhadora – fazia faxinas nas casas dos burgueses de Curruta. O trajeto era sempre o mesmo: dois ou três ônibus para a ida, e a mesma coisa no retorno. A filha ficava em uma creche meia-boca, que abrigava também outras crianças. Quando Marta se atrasava, a menina ficava sob os cuidados de uma vizinha.

Liliane voltava em um ônibus. Após finalmente desembarcar, começavam os calafrios: o percurso de 500 metros até chegar em casa sempre requisitara cuidados ao extremo. Sabia que as pessoas do bairro eram perigosas durante o dia, então nem conseguia imaginar o que poderiam fazer de madrugada. Ela se despediu de um paquera que conhecera num baile com um caloroso beijo, que constrangia os espectadores. Não se importava, o jovem também não: era só um beijo de despedida.

Quando ela desceu, o ronco do motor do ônibus foi sumindo à medida que se distanciava. Ainda tinha de andar mais 200 metros, virar à esquerda e logo estaria em casa. Chegaria na ponta dos pés: não queria acordar Marta. Sabia que a mãe estava cansada, e certamente preocupada. Teria de ser muito cautelosa ao chegar à pequena casa.

– Droga! – praguejou, quando viu que algumas luzes dos postes se apagaram, enquanto ela se livrava dos sapatos, que faziam muito barulho a cada passo. Pequenas gotas de suor lhe abrilhantavam a testa.

Ela seguiu o seu caminho. Pensou em ligar para sua mãe, mas de imediato descartou a ideia, pois já era muito tarde. Valia mais o risco de ir sozinha do que chamar sua mãe e ficar ouvindo sermões. Aquilo também poderia colocar Marta em perigo, esta ideia definitivamente não era uma sábia decisão. Ela seguiu os passos, enquanto o silêncio era quebrado por latidos de cachorros.

– Calem a boca, desgraçados! – implorava a jovem, como se os cães pudessem entender o que Liliane dizia.

* * *

Nas proximidades estavam Júnior, Álvaro e Carlos, todos saturados de bebidas. Três filhinhos de papai que sempre fizeram tudo o que lhes viesse à cabeça. Os pais sempre saíram em suas defesas quando foram autores de vários dos crimes da cidade: a classe social e a influência das famílias os livravam das garras da justiça.

Júnior era filho de um vereador da cidade, e o mais folgado de todos. O pai de Álvaro era juiz e a mãe de Carlos, senadora; portanto, jamais seriam presos. Estavam ali para contratar um cara da pesada – precisavam dar um "pequeno" susto em um colega. Qual seria esse susto? Sequestrar o coitado, para depois dividirem a grana do resgate. Aproveitaram o passeio para levar papelotes de maconha e alguns gramas de cocaína, afinal precisavam de diversão nas festas burguesas da cidade. Isso é que era uma vida boa, muito boa: não se sentiam ameaçados. Sendo filhos de quem eram, seriam intocáveis. Pelo menos era o que imaginavam.

Depois do combinado, saíram do lugar. Negócio fechado. Agora seria apenas aguardar.

Acenderam um cigarro de maconha, abriram o litro de uísque e começaram a cantar uma música qualquer em voz alta. Júnior, que dirigia, fez sinal para que parassem a cantoria, pois via alguma coisa logo à frente. Era uma morena cheia de curvas, muito bonita, com os sapatos em mãos. Diminuíram a velocidade. A jovem se refugiou na calçada, saindo da rua estreita. Estava pronta para gritar. Júnior jogou faróis altos em sua direção. Liliane tremia; queria que aqueles malditos passassem logo, e ela então correria como nunca até chegar em casa. Caminhava de cabeça baixa, sempre olhando por baixo, para certificar-se de que o carro estava numa distância prudente.

Os três jovens do carro festejavam como um mineiro que havia encontrado uma pepita de ouro. Os cachorros continuavam a latir, as casas continuavam apagadas, não havia sinal de vida por ali. Eram só Liliane e os garotos que estavam no veículo. Pensou em apertar o passo, pois o carro estava muito próximo e lento. Ela travou as pernas quando Júnior deu uma enorme acelerada em sua direção, ligando um som ensurdecedor. As portas do carro se abriram rapidamente, e, antes mesmo que fizesse qualquer menção de fugir, ela já estava presa às garras de Carlos e Álvaro.

Carlos a pegou pelos cabelos, Álvaro pelas pernas e juntos a colocaram no banco traseiro do carro. Liliane gritava por socorro, mas seus gritos eram abafados pela música alta. O som alto acordou a vizinhança, deixando ainda mais eufóricos os cachorros. Os que se atreveram a sair de dentro de casa apenas viram um carro prata virando a esquina, próximo ao ponto de ônibus onde a garota havia descido instantes atrás.

Nos céus de Curruta, uma figura que estava cada vez mais familiarizada com os cenários da cidade sobrevoava prédios e bairros. A figura negra, com dois discretos pontos azuis no rosto, vagava lentamente em meio à brisa fria da noite.

– Me deixem, me larguem! – ele ouviu alguém dizer. Imediatamente ficou em alerta: precisava localizar de onde vinham aquelas palavras, que estavam misturadas à uma canção. Perdeu altitude, apurando os olhos e ouvidos. Os dois pontos azuis já não eram mais discretos, e passaram a ser fortes pontos, que ajudavam a clarear a escuridão.

– Cala a boca, vagabunda! – ele ouviu um homem gritar. A advertência foi seguida por um tapa na cara.

A figura negra voava a seis metros de altura. Levada ao som da música, tentava localizar a vítima e bandidos. Viu então um carro prata saindo do fluxo dos demais, deixando a avenida e entrando em uma rua escura. Agora o som estava baixo, e as gargalhadas ocuparam o espaço deixado pela canção.

O Alma ganhou altitude novamente, deu meia-volta sobre um prédio velho e viu que o carro parou. A música também cessou por completo.

– Filha, facilite as coisas. Não complica que é melhor pra você!
Outro tapa.

O Alma desceu flutuando, desafiando a lei da gravidade. Ficou nas proximidades, preparado para agir.

Júnior foi o primeiro a descer do carro.
– Traz a cadela! – ordenou.
– Socorro! – gritou Liliane.
– Grite, grite à vontade! Aqui ninguém nunca irá te ouvir, sua vaca!
Os três gargalharam em tom zombeteiro.
– Se fizerem algo comigo, vão se ver com a polícia! – disse Liliane, desesperada. Começou a se lembrar de sua mãe, dizendo quanto era perigoso retornar para casa de madrugada. O lugar era assustador, porém não mais do que aqueles rapazes.
– Que polícia, menina! Nós *somos* a polícia!
Os outros dois garotos riam das palavras de Júnior.
– Eu já disse: facilite as coisas!
Jogaram Liliane contra o capô do carro. Ela ficou de costas para eles.
– Já queimamos índios, matamos mendigos, praticamos roubos e nunca fomos presos. A polícia nunca pôde fazer nada contra nós. Agora, o que ela faria, se descobrisse que nos divertimos com uma moradora de um bairro que não faz parte do mapa da cidade?
Acenderam outro cigarro de maconha.
– Vai você primeiro, Júnior. Vou fumar antes – disse Álvaro.
– Vê se não demora! – foi a vez de Carlos. – O cigarro acaba logo.
– *Ele não vai demorar, podem apostar que não.*
Era uma voz das proximidades. Álvaro se engasgou com a fumaça, Carlos correu para pegar uma faca que carregava consigo, e Júnior tirou as mãos de Liliane.
– Quem está aí? Apareça! – disse Júnior.
O Alma deu um voo e foi para a outra extremidade.
– *Pra que a pressa?*
Todos deram meia-volta, pois agora a voz vinha de outro lugar.
– Vem cá, vem! – disse Carlos, com a faca nas mãos.
Do céu veio a sombra, que caiu entre Júnior e Liliane.
– *Saia daqui!*
Liliane saiu correndo em direção à avenida. Antes de chegar, porém, sem entender a própria coragem, parou, deu meia-volta e ficou a observar o que acontecia ali. Estava livre graças àquela criatura. "Seria aquele O Alma, do qual todos falavam?" – perguntou-se a jovem.
Álvaro se livrou do cigarro, enquanto Júnior tentava agredir aquela coisa negra, que repentinamente abriu os olhos. Fortes holofotes azuis cegaram seus olhos.

– Isto é o diabo! – gritou Carlos, correndo com a faca na mão. Ia à mesma direção em que Liliane estava.

O Alma, em um movimento rápido, pegou Júnior pelo colarinho e o jogou a quatro metros de altura, contra uma imensa parede. A dor que sentira era aterradora. Álvaro pensou em fugir, mas não teve tempo: O Alma jogou-se contra ele, que caiu de costas sobre o asfalto. Júnior se levantava com dificuldade, resistindo com muito custo às dores nas costas.

Álvaro estava imobilizado pela criatura; não conseguia olhar no rosto da coisa negra, pois as luzes emitidas por seus olhos eram muito fortes. O Alma então lhe apertou os ombros; a força era tanta, que quase perfurava a carne com o polegar. Álvaro fazia uma careta, como se estivesse prestes a morrer de dor.

O Alma então o soltou, quando levou uma forte pedrada na lateral da cabeça. O herói cambaleou; Álvaro correu para junto de Júnior, valendo-se também de uma pedra. Os dois viram as luzes azuis se apagarem. A criatura fechou os olhos.

– Cadê ele? – perguntou Júnior.
– *Aqui.*

A voz vinha por detrás deles. Sem qualquer chance de reação, ambos sentiram uma mão fria agasalhando-lhes os testículos. A calça dos rapazes não lhes dava a menor proteção: as mãos fortes e gigantescas da criatura os apertavam. As pupilas dos olhos dos jovens estavam para saltar. O Alma os levantou acima da cabeça, apertando com muita força. Nas calças dos jovens começaram a aparecer gotas de sangue. Os dois bandidinhos desmaiaram ainda no alto. O Alma, porém, segurando o que restou das bolas dos jovens, lançou os dois contra o capô do carro.

– Sai daqui! Se não sair, eu a mato!

Era Carlos, fazendo Liliane de refém.

– *Eu disse para você ir embora, garota.*

Liliane chorava, como se lhe pedisse perdão pela desobediência.

– Se der mais um passo, eu enfio a faca na garganta dela!

Um segundo após Carlos ter dito isto, estava procurando por O Alma, que havia desaparecido. No instante seguinte já se contorcia de dor, ao sentir a mão negra e fria esmagando o punho da mão que segurava a faca. O Alma então o pegou pela cintura e lançou sobre o carro, que estava a dez metros. Quase arrebentou as costas do jovem. Seu punho tinha os ossos em farelos. Liliane desapareceu desta vez.

Os pontos azuis foram então na direção de Carlos, que agora estava calmo como um frango.

– Por favor, me poupe! Se quiser dinheiro, eu tenho. Diga o que quer, farei o que mandar. Deixe-me ir embora, eu não ia fazer nada com ela, não! Você quer dinheiro?

O Alma continuava sua lenta caminhada em direção ao rapaz.

– A minha mãe é senadora, se fizer alguma coisa comigo irá pagar! Ela é influente, temos muito dinheiro!

A sombra avançava.

– *Peça então que a influência e o dinheiro dela o livrem de mim! O que ela é ou possui pode valer algo para os porcos do meio social, ou para a porcaria da justiça de vocês. Porque para O Alma...*

O herói então parou de falar, dando um salto sobre Carlos, que bateu as costas no porta-malas. O jovem sentiu uma enorme mão sobre sua calça; aquilo gelou seus órgãos. Viu os olhos brilhantes olhando para o céu, enquanto algo dentro de sua calça era esmagado; tão bem esmagado que jamais seria usado novamente para algo que não fosse urinar. A dor era dilacerante. O rapaz preferia morrer a viver incapacitado como estava. A figura negra simplesmente desapareceu.

Capítulo 26

Há semanas naquele lugar, o casal "religioso" não ousou sair do apartamento nem mesmo para cumprir a ordem da figura negra, ou sequer arrumar a bagunça provocada por ele. Os dois permaneciam em silêncio, contemplando a noite lá fora.

De repente, um som inédito e ensurdecedor na sacada do apartamento. Uma enorme esfera vermelha rolou sobre os estilhaços espalhados pelo piso. João e Simone deram um sobressalto.

– Que diabos é isto? – disseram os dois ao mesmo tempo, como se a visita de O Alma já não fosse suficiente. Acontecia ali, na frente dos dois, mais um fato sobrenatural. Imaginaram que pudesse se tratar de uma perseguição divina.

A esfera rolou até dar contra a parede, fazendo com que caísse parte do reboque. Simone apressadamente afastou-se. Por outro lado, João se sentia atraído pela coisa curiosa. Aqueles dois pontos amarelos o fascinavam.

A esfera perdeu tamanho e estava ofegante, parecia à beira da morte. Notavelmente implorava por ajuda. João, por um inexplicável impulso, entendia sua necessidade; pensou em tocá-la, estava tomado por esse desejo. Simone se afastava; queria pedir que o marido fizesse o mesmo, mas não tinha forças para pronunciar uma só palavra. Ainda estava sob o choque do monstro que os ameaçara semanas antes. Incrédula, Simone observava a tudo, com as mãos sobre a boca. João mostrava-se fascinado.

Num milésimo de segundo a esfera desapareceu, voando ao redor do recinto e quase jogando Simone sacada abaixo. João se desvencilhou a tempo. Mesmo de relance, viu que aquela esfera se tornou algo muito parecido com O Alma; contudo, tinha uma cor bem diferente. Viu quando aquela coisa roçou o teto, fazendo um enorme barulho. Simone fechou os olhos; João olhava aquela coisa saltando sua testa. Tentou se proteger com os braços, mas foi em vão; o ser extraordinário havia desaparecido sem deixar vestígios. O recinto congelava.

Simone abriu os olhos lentamente e levou mais um golpe: seu marido estava jogado na sala, provavelmente morto, o nariz sangrando. Do lado de fora do apartamento, vinha outro barulho arrebatador, causado por uma bola branca com pontos verdes, rasgando as redondezas.

– Meu Deus! – disse Simone a si mesma, correndo na direção do marido.

João acordou. Sentia uma terrível dor de cabeça. Sob a nuca, um par de coxas fazia às vezes de travesseiro. Era confortável. Sobre sua face despausadamente caíam pequenas gotas salgadas. Ele estava apoiado no colo de Simone, que chorava e acariciava seus cabelos. Ela ia abrindo um tímido, porém autêntico, sorriso, à medida que via seu marido abrir os olhos e respirar novamente. Teria chamado um médico, se não estivesse com tanto medo de desobedecer a O Alma.

– Seu bobo, me deu um tremendo susto! – disse ela, a voz trêmula.

Érdynan Xan acordou no cérebro de João. O que era aquilo? Quem era aquela mulher que passava a mão sobre ele? Levantou-se desesperadamente. Sentia o corpo leve e forte. Olhou para os braços; seus olhos testemunhavam braços fracos, bem diferentes do que estava habituado a ver em seu planeta. O corpo começou a dar voltas em torno de si mesmo. Estava com tontura, cambaleante. Simone tinha de proteger João, que com a mão sobre a cabeça se dirigia à sacada, totalmente desgovernado. Parecia estar embriagado.

– João, volta aqui! Aí não!

Simone então começou a chorar compulsivamente, apertando os passos para segurar o marido. Ele dava voltas mais rápidas, rumo ao precipício. Simone quase foi junto, seus esforços não eram suficientes. O marido estava pesado, não conseguiu segurá-lo. Até que João despencou da sacada da cobertura. Simone deu um grito e, no mesmo segundo, desatou a chorar. Quanta desgraça.

Ela se refugiou de costas na parede, chorando copiosamente. Ficou a imaginar o corpo do marido se chocando contra o concreto, tudo aquilo por culpa do maldito que se autodenominava O Alma. Involuntariamente, um grande ódio pela figura negra começou a aflorar em seu coração.

João despencou ao ar livre. Estava inconsciente; sua mente era um grande labirinto sem saída. A paisagem à frente era negra. Quando não, via algumas imagens nebulosas, sem forma definida. Um vento frio batia em seu rosto, parecia estar sonhando. A queda foi diminuindo. Transeuntes nas calçadas ficaram parados, testemunhando a queda do homem, que se despedaçaria quando desse com o seu corpo contra o asfalto. O homem em queda livre não tinha a menor ideia do que estava acontecendo. Não tinha conhecimento de que, dentro de poucos segundos, se esborracharia no chão. Seria a morte. No meio daquela confusão mental, um novo ser começou a nascer para salvar aquela forma física de homem.

Para grande decepção e surpresa de muitos que se aglomeravam nas calçadas, o homem começou a perder velocidade enquanto caía. A cada meio segundo, a velocidade da queda era interrompida. Muitos pensavam que aquilo fosse um truque de mágica. Realmente seria, caso eles não estivessem vendo o homem consciente novamente, tendo domínio absoluto sobre o que fazia. João olhava para baixo: deveria estar na altura do 2º andar de seu prédio. Não entendia por que havia tantas pessoas logo abaixo dele tão impressionadas.

De repente, uma dor lancinante começou a percorrer seu corpo. Corpo que, no instante seguinte, já não era mais seu. Houve espanto por parte da multidão ao ver aquele homem em pleno ar, desobedecendo à lei da gravidade, transformando-se numa curiosa e assustadora figura de cor vermelha. Os olhos da criatura brilhavam, enquanto miravam aquelas pessoas abaixo. Ele então deu um rasante na direção delas. A velocidade do voo foi tão intensa que alguns objetos foram movidos pela força do vento. Alguns tentaram se proteger, na esperança de não serem atingidos pelo monstro, que gargalhava de forma horripilante, divertindo-se enquanto os curiosos se perguntavam que tipo de diabo era aquele. Estavam certos de que não era O Alma.

O monstro pegou altitude novamente, voltando a olhar para os humanos logo abaixo, que corriam como formigas assustadas em busca de refúgio. Todos eram perseguidos por duas luzes amarelas.

– *O que está acontecendo com os corajosos seres da Terra? Corram, seus covardes! Érdynan Xan tem todo o tempo do mundo para destruir cada um de vocês! Vim vingar a destruição que causaram em meu planeta, e também para destruir Ezojy!*

Exibindo o corpo forte, e com os olhos extremamente acesos, Érdynan Xan gargalhou a plenos pulmões. A cada segundo, odiava ainda mais os humanos e queria, mais que nunca, por motivos pessoais, reencontrar Ezojy. Esqueceu-se do amigo Ayzully, ou estava despreocupado com o que poderia ter acontecido com ele. Enquanto o número de pessoas ia diminuindo, ele voltou à cobertura do luxuoso prédio.

Érdynan Xan chegou ao apartamento. Ele e João precisavam ver o que havia acontecido com Simone. Sentia a necessidade de dizer a ela que estava bem, ao contrário do que ela poderia ter imaginado no momento da queda. Pretendia mostrar à esposa quanto estava bem e que não havia se chocado contra o chão. Ele estava forte, pronto para se vingar do monstro que pretendia humilhá-los.

O ser de cor vermelha começou a vasculhar cada centímetro do lugar, mas não via a mulher. Mesmo com olhos e ouvidos apurados, não conseguia enxergar nada ou ouvir um só sussurro. A fera começou a se enfurecer.

– *Simone!* – gritou ele. – *Simone, pode me ouvir?*

Não houve resposta. A parede que dividia um dos cômodos do amplo apartamento foi ao chão em um só golpe.

– **Simone!**

O grito em sinal de urgência se espalhou pelos ouvidos da vizinhança e transeuntes das ruas. A voz era tão horripilante que alguns apertaram os passos sem ao menos olhar para trás.

* * *

Érdynan Xan saltou de onde estava e ficou próximo à sacada, os cacos de vidro se esfarelando enquanto eram pisados por ele. O corpo da criatura, assim como o de O Alma, era definido e possuía dois metros de altura. O peso exercido contra o piso era de mais de 200 quilos.

"O que está acontecendo?" – perguntou João. Havia dominado a sua mente novamente. Érdynan Xan, ríspido, respondeu de imediato com outra pergunta:

– *Acontecendo o quê?*

João, em sinal de alerta, olhou ao redor: não conseguia distinguir de onde vinham aquelas palavras. Mesmo porque ele havia feito a pergunta em pensamento, não havia pronunciado palavra alguma. Certo de que não havia ninguém ali, passou a acreditar que estava delirando. "Seria Deus?", pensou.

– Acho que estou ficando louco – disse a si mesmo, desta vez em voz alta.

– *Não, não está não, João. Você está mais ciente do que muitos que se julgam sábios.*

Aquelas palavras fizeram o homem dar uma volta em torno de si mesmo e sentir arrepio até nos ossos.

– Quem é você?! Onde está?

João começou a se recordar da esfera que havia invadido o seu apartamento enquanto ele conversava com Simone. Onde estaria ela?

– *Eu sou Érdynan Xan. Sou de outro planeta, o qual que foi destruído por homens da Terra. Vim para este lugar em busca de vingança.*

Sobretudo, sou sua alma gêmea. Aliás, você é a minha alma gêmea. Isso não importa, porque você é meu, João! – ele gargalhou.
– *Preciso do seu corpo para viver aqui e cumprir minha missão. Com sua ajuda, podemos ficar ricos.*

Érdynan Xan havia vasculhado todos os pensamentos de João nos segundos de queda livre. Portanto, poderia dizer e prometer a João o que ele queria ouvir, ou o que verdadeiramente desejava. Continuou falando com João:

– *Podemos também vingar aquela criatura que te humilhou na frente de sua esposa. Temos de destruir Ezojy, ou melhor, vamos acabar com O Alma.*

João abriu um meio sorriso; porém, ainda continuava sem entender nada.

– Só posso estar delirando. Gostaria de vê-lo... Érdynan Xan.
– *Impossível, João. Uma vez aqui, refugiado em seu corpo e sua mente, tenho de ficar. Se pretende me ver, olhe o seu corpo: és a minha imagem.*

João saiu da sacada e foi para o quarto em silêncio. Chegando lá, deparou-se com o enorme espelho. Viu a si mesmo. Não havia mais ninguém. Sua forma física era a mesma com a qual estava habituado diante do espelho.

– *Olhe a si mesmo, João, mas sem a ajuda de um vidro com camada de aço ou qualquer lente que exista no Universo. Apenas olhe para os seus braços, pernas, tórax, ou até onde conseguir. Olhe e comprove quanto está forte, e com uma cor bem melhor do que a pálida que sempre teve.*

O homem, sem titubear, obedeceu à voz que vinha de dentro da sua mente. Uma mistura de espanto, satisfação e curiosidade o fizeram sorrir: João conferia os ombros, braços, mãos, peitos, abdome e pernas. Definitivamente, aquilo não era ele e nem dele. Entretanto, gostava da ideia. Queria ver o seu rosto; via apenas traços de um vermelho vivo na ponta do nariz. Voltou a se olhar no espelho, mas nele se refletia apenas a sua antiga imagem.

– *Impossível, João. Nada que cause reflexos consegue nos ver neste estado, nem mesmo você. Conseguirão ver o meu corpo por completo, ou minha face, só os inimigos. Precisamos agir, temos uma grande missão e muito trabalho pela frente.*

– Antes, precisamos encontrar Simone. Se O Alma colocar suas mãos nela, ela estará perdida.

– *Não mais que ele, pode apostar.*

Os dois riram em coro.

– *Ela está bem, João. Deixemos Simone para depois.*

João não concordou, nem discordou; permaneceu em silêncio.

O quarto foi iluminado pelo assustador par de olhos. Érdynan Xan cessou suas risadas e anulou 20% da mente de João, voltando a ter o controle. Precisava estudar cada palmo daquela cidade; havia a necessidade de destruir sem chamar atenção, pois só em Curruta havia mais de 20 milhões de pessoas. Precisava de cautela, não poderia ser notado. Viu que sua missão levaria anos, já que na Terra havia bilhões de vidas que ele pretendia destruir. Em meio à futura missão, não poderia se esquecer de destruir Ezojy, que por razões desconhecidas agora se chamava O Alma. Seria encontrado e morto, adotasse o nome que fosse. O monstro vermelho não estava ali para brincadeiras.

Capítulo 27

A criatura vermelha andava fazendo cautelosos reconhecimentos de lugar e de habitantes na cidade. Descobrira, vasculhando a mente de João, que a maioria das pessoas da Terra era sofrida. O povo vivia em perigo constante, e o medo dos humanos provinha de *outros humanos*.

A personalidade deles era distinta: uns tinham a natureza pacífica, enquanto outros viviam em função de causar danos à vida alheia. Os humanos definitivamente não eram seres "inteligentes", como se autodenominavam. Os que ele conhecera em seu planeta não foram, os que estavam na Terra também não eram.

Estranhamente, possuíam de forma incompreensível muita ganância e inveja, desejando mais que nunca o poder e dinheiro. Seu próprio anfitrião, João, era o típico humano: usaria qualquer coisa, persuadiria ou manipularia qualquer um para construir riquezas, e havia, no entanto, conseguido êxito em suas ambições. Havia muitos que se deixavam levar pelo mestre supremo da Igreja.

Érdynan Xan estava impressionado com a capacidade dos humanos de serem tão desonestos uns com os outros. Aquilo lhe era suficiente para chegar à conclusão de que os humanos não mereceriam nenhum crédito ou perdão. A única vez que fora concedida confiança àqueles malditos, eles traíram o seu povo e acabaram por destruir o seu pacífico mundo.

"*Deixemos essas pragas pra lá. Não estou aqui para salvar, mas para julgar. Minha missão é livrar a Terra dessa raça arrogante e sanguinária. Que nela permaneçam apenas animais, plantas e insetos*", disse a si mesmo.

A criatura deu mais uma vasculhada na memória de João. Viu algumas passagens dos últimos livros que o homem havia lido. Embora não tivesse boca, era perceptível a criatura num largo sorriso.

"É inacreditável a capacidade que têm de criar e de se comunicar. Embora os humanos estejam milhares de anos atrás daqueles que, um dia, foram o meu povo, esses seres são quase notáveis. Seriam fantásticos, se não cometessem mais burrices que proezas", pensava consigo.

Érdynan Xan balançou a cabeça negativamente. Em seguida, deu por encerradas suas percepções a respeito dos homens da Terra.

O ser que agora ocupava a mente de João saiu em um incrível voo. Numa performance encantadora, rasgava o céu, subia até onde podia e voltava. Estava impressionado com as ruas das cidades; como havia pessoas, gente demais! A Terra realmente era um monstro perdido no espaço, em relação ao planeta de onde aquela figura viera.

Érdynan Xan, em um de seus rasantes, quase que deu no meio de um avião que se dirigia ao aeroporto da cidade. Assustou-se; o avião era enorme. Sabia que aquela coisa não resistiria a uma viagem rumo ao espaço, como as aeronaves que tinha em seu planeta, que certamente também foram destruídas pelos humanos que lá estiveram. Logo descobriu, consultando a mente de João, que aquilo era utilizado para transportar os homens de um lugar ao outro. Outro detalhe do qual havia se esquecido sobre os homens da Terra: eles não tinham a capacidade de voar sozinhos, assim como ele e seu povo faziam.

Movido pelo ronco daquela coisa, decidiu seguir o objeto voador, o qual Érdynan Xan não teria problemas em alcançar. A criatura em segundos se aproximou de uma das asas, ficando ao lado dela. No interior do avião havia dezenas e dezenas de pessoas. Ele apurava a visão e ouvidos: em um ou outro podia sentir o medo por estarem ali. Outros estavam mais inquietos no interior da aeronave: a figura vermelha sentia como eles mergulhavam a alma num terror atroz.

O monstro vermelho começou a gargalhar em pleno céu. Para ele, tudo era patético por parte da humanidade: não entendia, concordava ou respeitava nada. Ele saiu de onde estava e, com o mínimo de velocidade, chegou próximo da cabine, onde quase foi visto. Escondeu-se, pois sabia que o piloto estava muito atento ao que via em seu redor. Segundos depois, a aeronave começou a perder altitude. Um barulho se fez logo atrás, na parte interior do avião. A esta altura, Érdynan Xan, muito excitado, já havia anulado por completo a mente daquele que agora era seu eterno hospedeiro.

A aeronave continuava perdendo altitude. Érdynan Xan confirmou que o barulho fazia parte de uma abertura na aeronave, acionada pelo piloto, para que o trem de pouso fosse exposto. Aquilo era fundamental para o sucesso de um pouso em segurança. A figura vermelha vincou a testa; estava impressionado com o meio de transporte daquele povo.

Olhando pela janela, viu uma jovem muito bonita, confirmando se todos os tripulantes estavam usando cinto e com seus respectivos assentos na vertical. Nesse momento, os tripulantes demonstravam cuidado.

O avião continuou perdendo velocidade e altitude. Certamente pousaria naquela pista com pontos luminosos. Aquilo era semelhante ao que havia no planeta dele. Não era tão moderno quanto em Acuylaran, mas a semelhança trazia-lhe lembranças de sua terra natal. Vincou a testa novamente, vendo a expressão de alívio de muitos, à medida que o avião se aproximava do solo. Érdynan Xan estava atento ao trem de pouso da aeronave.

"*O que aconteceria se aquilo fosse destruído?*" – perguntou a si mesmo. Buscou respostas e saiu. No instante seguinte, houve um estardalhaço atrás dele.

Capítulo 28

Dias se passaram e, não bastasse a incessante luta contra o crime, a cidade de Curruta passou a ter misteriosos acidentes aéreos. Três aviões, de maneira inexplicável, explodiram já em rota de pouso. Curruta voltou com força total a ser manchete nos jornais mundo afora. "Acidentes como estes não poderiam ocorrer em outro lugar", comentavam uns e outros da imprensa internacional.

Todos pensavam que a cidade passara a ser alvo de terroristas. A criminalidade em demasia fez com que as pessoas chegassem à conclusão de que acidentes programados fariam com que os demais desistissem de pôr os pés na metrópole.

A notícia sobre O Alma também se espalhou. Não foi convincente a todos, pois o homem moderno precisa ver para crer. Não seria um simples desenho ou bandidos meia-tigelas que provariam ao mundo a existência de um justiceiro, que dispensava seu tempo nas causas dos mais fracos.

Ainda sem o conhecimento da imprensa, alguns carros-fortes haviam desaparecido de maneira inexplicável. Todos os seguranças desses veículos também desapareceram. O único que conseguiu escapar sobreviveu poucos dias no hospital, dizendo que foram atacados por um homem bem vestido e muito forte, pois levara os carros nas costas. Relatou também que esse homem tinha um odor terrível e se autointitulava Diamante. De fato, aquilo não deveria cair na mão da imprensa; a credibilidade da polícia iria por água abaixo e resultaria no afastamento de pessoas que pretendessem visitar Curruta.

Os políticos da cidade, claro, queriam se promover à custa de O Alma. Viam-no como um bom aliado em potencial. Precisavam entrar em contato com o herói, oferecer-lhe ajuda, até dinheiro, caso fosse necessário. O Alma poderia valer votos e promoções, como promovera aquele escritor, que se tornara um sucesso.

Mas ninguém conseguia localizar a figura negra, que tinha como missão proteger uns e punir outros.

* * *

Ezojy, a esta altura, sabia que não deveria interferir no cotidiano de Jefferson. Não estava ali para prejudicá-lo. Sua justiça teria de ser feita sem mudar a vida de sua alma terrestre. Jefferson deveria continuar com sua profissão, exercer seu papel de marido e sua carreira de escritor. Ezojy lamentava-se por estar cada vez mais convicto de que trabalhava com um aliado de memória fraca, que nunca se lembraria dos fatos que ocorreram. Portanto, ele não deveria quebrar o protocolo de apenas manifestar-se quando se transformassem em O Alma.

A Terra era seu novo lar. O planeta que tanto estudou, que antes almejava conhecer, era agora sua moradia pela eternidade. Via os humanos em uma batalha diária pela sobrevivência, em um mundo dotado de tantas coisas de uso limitado aos seus habitantes, que precisavam pagar por tudo.

As fronteiras entre os países, as divisões entre estados e municípios... Tudo tão desnecessário, se prevalecesse a essência boa do homem. Se os seres humanos não almejassem apenas os valores materiais, a Terra seria como Acuylaran, onde não havia distinção de cores ou classes sociais. O que o planeta produzisse era acessível a todos.

Os acuylaranos trabalhavam, mas não havia moeda de troca: o trabalho servia apenas para dignificar suas formações. Eram, sobretudo, muito estudiosos, inteligentes, hábeis em lutas, embora nunca houvessem lutado. A única batalha que travaram foi contra os humanos, que outrora receberam de braços abertos. Eles foram responsáveis pela destruição de Acuylaran.

Ezojy não odiava os humanos pelo que fizeram. A mando de seu pai, veio à Terra, e imaginava ser o último de sua espécie. Por ordem do rei, que morrera em seus braços, rumou ao nosso planeta. Era uma questão de sobrevivência: só poderia viver aqui. Teria antes de descobrir quem era o terrestre que correspondia à sua alma, missão esta que não fora difícil. Ezojy passou pela Lua, e logo depois encontrou Jefferson. Para o acuylarano, Ezojy morreu com os outros de sua espécie. Agora era um cidadão currutense, um terrestre, e em nome da justiça respondia pelo nome O Alma.

Capítulo 29

Tudo fora repentino na carreira de Jefferson: semanas após assinar o contrato, ele tinha seu livro distribuído em todo país. *Olhos para o Futuro* tinha uma boa história e era muito bem escrito. Não era um livro comercial, mas agradava aos mais diversos leitores. O editor, procurando divulgar ao máximo a arte de seu autor, colocou a foto de Jefferson e de sua obra nos *outdoors* e painéis digitais da cidade. Em poucos dias, Jefferson passou a ser reconhecido por toda Curruta. Estranhava quando na escola seus alunos levavam, a pedido dos pais, um exemplar de seu livro para que fosse autografado.

Na mesma escola, via adolescentes com espírito infantil, vestindo roupas negras e usando óculos de lentes azuis, dizendo ser O Alma. Ele queria saber quem era aquele conhecido, que ainda desconhecia. Jefferson estava crente de que sua repentina fama se deu depois do depoimento daquele ser, que estava dividido entre o bem e o mal aos olhos da população e das autoridades currutenses.

* * *

Manu, de dentro do ônibus, observava a foto do marido por todas as partes. Fosse no metrô ou no ônibus, havia dezenas de pessoas com o livro dele em mãos. Ela compartilhava do trabalho de ser famoso com seu amado. Em casa, atendia a diversos telefonemas de jornalistas, à procura de Jefferson, para que o jovem escritor concedesse uma entrevista. "Ah, se Jefferson soubesse o que estava por vir... Ah, se ele soubesse..." dizia Manu a si mesma, no transporte público.

A cada dia, o escritor era mais e mais reconhecido pela cidade. Tornou-se um personagem: seu rosto estava em revistas e jornais, enquanto era convidado a realizar várias noites de autógrafos, pelas livrarias de Curruta e nas cidades da região.

Nesse período, houve a realização de um grande sonho: participou de um famoso programa de televisão, um *talk-show* apresentado por um gordinho de barba e cabelos brancos. O apresentador era muito bem-humorado e com inteligência acima da capacidade dos demais humanos; um ícone singular e eterno na televisão do país.

Para a maioria dos escritores, ser entrevistado naquele programa de TV era equivalente ao sonho do jogador de futebol em vestir a camisa da seleção de seu país. Jefferson esteve lá e se saiu muito bem durante a entrevista: falou sobre sua obra, literatura, valores sociais e um pouco acerca de O Alma também, claro. Manu estava com ele: sua beleza não passou despercebida pelo apresentador. Era a linda esposa do escritor currutense. O apresentador ficou impressionado com a beleza dela e com o fato de os dois já serem casados, mesmo sendo tão jovens. O apresentador comentou:

– Você é uma mulher que nos faz lembrar de como os anjos foram descritos, sabia?

Manuela simplesmente corou.

Jefferson marcou a entrevista ao responder o que seria um bom livro, em sua opinião:

– Um bom livro é aquele que você não consegue parar de ler, mas também não quer que ele termine!

De imediato, o escritor disse que foi a melhor definição que um amigo realizara sobre essa questão.

A pergunta seguinte foi sobre diferenças sociais.

– As diferenças sociais devem, sim, existir. Não podemos nivelar as pessoas por este quesito. Quero que o rico fique cada vez mais rico e que o pobre fique cada vez menos pobre.

Ao fim da entrevista, houve um caloroso "ahhhhhhh" da plateia. Aquilo significava um lamento, e confirmava que todos haviam gostado muito do bate-papo com o escritor. Jefferson estava realizado, e Manu muito orgulhosa do marido que, a partir daquele momento, se tornou conhecido por todo o país, famoso principalmente na cidade de Curruta.

* * *

No meio da noite, após o programa do qual Jefferson participou, o conflito entre gangues assolava um dos bairros obscuros da cidade. Em poucos minutos, haveria um grande confronto entre eles. Normalmente, nessas brigas ocorriam mortes e ferimentos graves. Brigavam por vaidade pura, por desrespeitarem estilos de vida, gostos musicais, cor de pele e outras banalidades que só os ignorantes possuem. Enfim, se matavam por não respeitarem as diferenças.

Érdynan Xan sobrevoava o lugar; seus ouvidos atentos a grandes promessas de morte e a golpes que ensaiava um grupo de jovens. Nesse grupo, aproximadamente 30 deles estavam em pura adrenalina, e queriam logo encontrar os oponentes na esquina combinada. Os jovens usaram a internet para armar o confronto. *"Usam a tecnologia para se autodestruírem"*, pensou Érdynan Xan. Ele foi até a outra extremidade do bairro e ficou observando uma gangue diferente. Pareciam bem mais preparados que a primeira: eram jovens fortes, usavam roupas de couro e coletes sem manga, deixando os fortes braços à vista. Seguramente destruiriam os inimigos em questão de minutos. Deu meia-volta em direção à primeira turma.

Num rasante inesperado, ele desceu como um foguete, bem ao centro da roda que os jovens haviam formado naquele beco.

– Que diabos é isso? – perguntou o que parecia ser líder da turma. Em segundos, todos estavam com suas armas, prontas para serem usadas: socos-ingleses, canivetes e facas. Até mesmo algumas armas de fogo foram expostas.

– *Vim aqui para lutar com vocês contra aqueles jovens que usam roupas de couro.*

A figura era horripilante, grande e forte; porém, sob efeito de drogas, os jovens começaram a rir. Não se intimidaram com a voz da fera. Érdynan Xan deixou que seus olhos brilhassem, e os risos descontrolados foram cessando ao poucos.

– Quem é você, cara? – perguntou o jovem que era líder. Os olhos perderam um pouco de sua força.

– *Sou um aliado. Digamos que serei um grande alia...*

– Cai fora! – interveio outro.

– *Não me interrompa, maldito!*

Érdynan Xan voou no pescoço do rapaz, apertando-o contra a parede. Os pés do jovem estavam soltos no ar, que lhe começava a faltar.

– Calma, parceiro! Deixe-o, vamos conversar. Por que quer nos ajudar? – perguntou o líder. Os demais ainda estavam atentos com aquela figura fria e bizarra.

– *Porque sou forte, bom de briga e, sem mim, sei que não vencerão a batalha.*

Aquela afirmação ofendeu o jovem:

– Escuta aqui, irmão. Agradeço, mas não precisamos de ajuda. Vamos acabar com aqueles malditos sozinhos, entendeu?

Os olhos da figura se acenderam novamente. Ele caminhou em direção ao jovem:

– *Se você não aceitar minha ajuda, vou me aliar aos outros e acabar com cada um de vocês, sem piedade!*

Todos sentiram um tom muito ameaçador e ousado.

– Por que usa fantasia? Você é amigo do O Alma?

Agora o brilho dos olhos da criatura cegava a todos. O que era um grande beco escuro se tornara um fortíssimo ponto de claridade. Um dos rapazes interveio:

– De que maneira irá nos destruir? Cai fora! Hoje não é dia de baile à fantasia. Se você quer se aliar aos nossos inimigos, que vá ent...

O rapaz calou para nunca mais falar. Érdynan Xan, tomado por uma truculência raivosa e dominado por sua necessidade de destruição, rasgou-o ao meio. O corpo dividiu-se em dois.

– *É assim que farei com cada um daqui!*

Ele voltou-se para o líder:

– *Não sou amigo de O Alma. Pelo contrário: quero fazer com ele o que acabo de fazer com o seu amigo. Aliás, ex-amigo.*

Érdynan Xan então disparou uma apavorante gargalhada. O som atravessou as ruas chegando aos ouvidos da outra gangue. Naquele instante, janelas foram fechadas e luzes apagadas. Apenas alguns curiosos se atreviam a bisbilhotar entre frestas ou cortinas.

Os demais jovens estavam petrificados: os olhares se fixavam entre a figura assustadora e o corpo do amigo, que jorrava sangue no asfalto sujo e com cheiro de urina.

– Chega! – disse o líder da gangue. – Pode nos ajudar. Sua ajuda será bem-vinda.

– *Alguém tem alguma objeção?* – perguntou Érdynan Xan, usando um tom muito irônico. Deu uma volta, olhando em cada um ali. Só se viam cabeças balançando negativamente.

– *Muito bom!* – disse, por fim, repetindo a mesma gargalhada.

O líder olhou para o pulso esquerdo:

– Vamos, chegou a hora. Vamos acabar com a raça deles.

– Vamos! – gritaram os demais, enquanto saíam seguindo o líder e desviavam-se do corpo destruído do amigo, que insistia em jorrar sangue. O estranho partiu pelo ar.

Antes de chegarem à esquina viram jovens vindo na direção deles. Usavam roupas de couro, pintavam a cara e eram extremamente fortes, enquanto eles eram mais ousados e inteligentes.

No momento em que se avistaram, as gangues lançaram-se uma contra a outra. Ficaram cara a cara, e então começou a incompreensível batalha. A princípio, a luta era limpa: socos, pontapés, capoeira. Eram bons lutadores.

Potentes socos eram desferidos no rosto do inimigo; golpes mortais atingiam o estômago dos desavisados. Em poucos minutos, a rua era um amontoado de gente se socando, se chutando e, não demorou muito, se matando. Um disparo foi dado, mas a confusão era tanta que ninguém sabia quem havia atirado, muito menos se alguém teria sido atingido. Pessoas assistiam à cena horrorizadas, de dentro de suas casas.

Onde estava a polícia?

Mais horrorizados e incrédulos ficaram quando, do nada, surgiu um ser muito forte, de cor vermelha e com olhos amarelos brilhantes. Ele ajudaria aqueles que estavam em desvantagem. Antes mesmo de atacar um deles, Érdynan Xan levou um senhor golpe nas costas. A criatura sentiu muita dor; olhou para trás e viu um jovem muito forte, encarando-o, pronto para lhe desferir outro golpe.

O rapaz mandou o pé em direção ao rosto daquela coisa, mas não o atingiu. A figura deixou os olhos brilharem; o garotão dançava de um lado para o outro, parecia um lutador profissional. Érdynan Xan então o esbofeteou no meio da cara. O rapaz caiu. A figura vermelha o pegou por uma das canelas e começou a girar seu corpo como um redemoinho, no meio dos jovens. Quem estava na frente era atingido. O jovem gritava de dor, sua perna estava sendo esmagada. Os outros, ocupados na tarefa de defender e atacar, não deram atenção ao que ocorria com o rapaz. Érdynan Xan então deu dois solavancos em sua perna, lançando-o contra a parede, e ficou com parte do joelho para baixo, em mãos.

– É isso aí! – disse o líder.

Érdynan Xan piscou um dos olhos.

Ele então foi novamente atacado por trás. Um grande soco lhe atingiu; ele revidou, enfiando seu antebraço no estômago do fedelho. O jovem líder estava ficando assustado; aquela coisa não tinha controle, e era sanguinária demais. Ele se afastou, livrando-se de um de seus agressores e ficou a observar a coisa em ação.

Érdynan Xan desviava dos golpes e das tentativas de facadas. Nada o atingia; descontrolado, ele abria barrigas, arrancava cabeças e pernas, usando apenas as mãos. Era uma máquina de matar, estraçalhava quem estivesse na frente.

A confusão acabou. Os jovens com roupas de couro foram mortos, não restou nenhum. Érdynan Xan olhou para o líder; ouvia-se ao longe o barulho da sirene. Era a polícia.

– Retirada! – ordenou o líder, ainda incrédulo com o que viu. Seus homens o seguiram. Apenas três não estavam em condições de saírem dali, pois estavam muito feridos.

Fugiram. Voltaram ao beco, comemorando. Falavam admirados sobre a atuação do estranho de cor vermelha. Estavam felizes; haviam acabado com a raça dos malditos.

Como mágica, surgiu do céu Érdynan Xan, trazendo os três que haviam se machucado na briga. Precisavam de cuidados. O rapaz estava impressionado com a determinação daquela coisa, que poderia ser, sem dúvidas, um membro da gangue. Com *aquilo*, eles seriam a maior e mais poderosa gangue currutense.

– Cara, você manda muito bem! – disse um dos jovens.

– É verdade! Você acabou com eles praticamente sozinho! – completou outro.

– Onde aprendeu a lutar desse jeito? – outro rapaz perguntou.

Érdynan Xan deixou os três rapazes no chão, ao lado daquele que havia despedaçado antes da briga. Ficou em silêncio. Começou a olhar o rosto de cada um daqueles jovens: sabia que a violência poderia deixá-los felizes. Ficou a imaginar quão felizes ficaram os homens que destruíram seu planeta. Os olhos então se acenderam. De repente, ele começou a sentir um ódio mortal dentro do peito.

Toda a gangue, no entanto, arregalou os olhos, como se antecedesse o que estava por vir. Érdynan Xan olhou para o céu: as luzes de seus olhos alcançavam as nuvens dispersas no vazio, lançando uma claridade tão grande que elas se iluminaram como se fossem feridas pelo nascer do sol. Os jovens grudaram um no outro; olhavam a criatura que estava bem diante deles. Aquela visão assustadora causava pânico até nos poros. Um frio intenso exalava daquela couraça vermelha. Vagarosamente a criatura baixou a cabeça. As luzes de seus olhos se concentraram nas três vítimas que jaziam machucadas, e que agora protegiam seus olhos com as mãos.

– Está tudo bem, cara? – perguntou o líder, titubeando.

A criatura intensificou as luzes de seus olhos. Os fachos de luz queimavam contra a pele. Todos ficaram reduzidos ao silêncio, por causa do medo que florescia em suas espinhas.

– Diga alguma coisa, meu amigo – insistiu o outro amigavelmente. Restava a esperança de ser poupado, diante do comportamento estranho daquele ser.

Érdynan Xan deu um passo adiante, tocando uma de suas grossas canelas no joelho de um deles, que estava sentado com as pernas dobradas. O rapaz se encolheu: aquela criatura era fria demais. No instante seguinte, inexplicavelmente, as luzes das ruas apagaram-se.

Naquele momento havia apenas os canhões de luz que provinham dos olhos do ser sobrenatural. A força dos olhos da criatura chegou ao auge: os jovens precisaram fechar os seus, pois a claridade tornou-se insuportável. Com três golpes precisos e impiedosos, a chacina estava completa. Érdynan Xan se responsabilizou para que permanecessem assim para todo o sempre.

Capítulo 30

Curruta estava cada vez mais condenada por crimes políticos e hediondos que se espalhavam pelas ruas. O noticiário da TV mostrava lamentáveis cenas: houve três acidentes aéreos. A reportagem falava sobre o mais recente, em que algo inexplicável ocorrera no aeroporto internacional: um avião, que aparentemente tivera problemas com o trem de pouso, deslizou na pista enquanto pousava. Ninguém entendeu o porquê de o piloto insistir em tentar colocar a aeronave na pista, naquela situação. O segundo e mais estranho fato desse ocorrido, segundo testemunhas, foi que o avião, assim que tocou o solo, ganhou velocidade, arrastando-se pela pista como se fosse conduzido por uma misteriosa força que o lançou contra uma muralha. Houve uma explosão imediata após o choque. Era um voo doméstico que chegava à cidade: pilotos, tripulantes e passageiros não sobreviveram. No total, foram 167 mortos. Testemunhas afirmaram que havia um estranho ponto vermelho embaixo do avião. Fogo?

Assim que a reportagem acabou, apareceu outro repórter, usando colete à prova de balas. Ele fazia a reportagem nas ruas de um dos bairros da cidade. Naquele bairro, haviam morrido muito jovens na noite anterior. Em uma das ruas, rapazes vestidos com roupas de couro, jovens que faziam parte de uma gangue criminosa, foram todos mortos de maneira impiedosa. Os corpos foram estraçalhados, e muitos deles tiveram os corpos atravessados. Aquilo parecia um crime de seitas demoníacas.

O repórter continuou a caminhar. Logo mais, em outra rua, mais precisamente em um beco, outros jovens, mortos da mesma maneira. Se os grupos eram rivais, não tiveram sorte, pois para o azar de todos encontraram um inimigo em comum, que dera cabo da vida deles.

A população do bairro respirava entre o medo e o alívio com a morte daqueles jovens. Uma curiosidade foi despertada, quando veio à tela uma pessoa que não quis se identificar, dizendo que uma das gangues estava acompanhada por uma figura estranha. Esta figura teria feito aquilo com os rapazes de roupas de couro. Um ser estranho, que se parecia com um homem. A testemunha afirmava que o ser era inteirinho vermelho, e tinha olhos assustadores.

Capítulo 31

O mendigo dormia, após ter acabado com uma garrafa de cachaça. Ao seu lado, o inseparável carrinho, que no momento estava vazio, pois seu proprietário havia vendido os papelões que juntara a uma companhia especializada em reciclagens. A barba por fazer, as roupas velhas e as chinelas de dedo, uma de cada cor, caracterizavam o lamentável ser.

Usando um papelão que lhe valia de colchão, alguns jornais substituíam o seu cobertor. O homem tinha pesadelos todas as noites: era perseguido por seu passado, que fora da glória ao terror; de perdas e ganhos; de anjos e demônios, que o consolavam de um lado, enquanto aterrorizavam sua alma perdida do outro.

Ele acordou no meio de um pesadelo; olhou para o lado, e uma brisa cortante lhe varreu a face. Seu cachorro acordou com seus movimentos e o mirou com um olho só: não tinha forças suficientes para deixar os dois olhos a postos.

O homem, que estava dormindo e acordado ao mesmo tempo, estendeu seu braço e pegou outra garrafa.

Olhou para cima e, mesmo deitado, deu um demorado gole. Absorveu o líquido ardente com enorme prazer. Uma mosca dormia tranquilamente sobre sua barba grande e suja.

Num estalo, o som ensurdecedor varreu o céu. Imediatamente, o homem olhou para a janela do 15º andar. Imaginava que fosse o rapaz que se jogava da janela e saía voando sem rumo pelo céu da cidade. Mas não era.

O bêbado deparou-se com uma enorme bola varrendo o céu e vindo em sua direção. Ele deixou a garrafa e coçou os olhos: aquilo poderia ser uma miragem. O cachorro abriu os olhos e saiu abanando o rabo, como se pedisse desculpas por estar vazando dali.

Aquilo que vinha do céu apareceu instantaneamente ao lado do homem, que num sobressalto se levantou. Ao mesmo tempo em que admirava aquela coisa ofegando a poucos metros de si, secava a garrafa, os olhos arregalados, sem tirar da mira aquelas luzes verdes, que pareciam estar ganhando vida.

– Está tudo bem, amigão? – perguntou.

Não houve resposta. Ele estava movido pela curiosidade, e a cachaça era uma forte aliada no quesito coragem.

– Diga alguma coisa! Precisa de ajuda?

Ele deixou a garrafa cair ao chão. Aquela coisa foi se transformando em um ser gigante: era idêntico ao negro que via quase todas as noites; contudo, tinha suas diferenças no que se referia às cores.

– Você é igual ao cara que cai daquela janela! A única diferença é que ele é negro e tem olhos azuis.

A coisa, perdendo o ar, com a respiração cada vez mais difícil, olhou para a janela que o homem indicava.

Os olhos soltaram pequenas faíscas verdes quando a criatura voltou seu olhar ao humano, que exalava um cheiro desagradável.

– *Aquela?* – perguntou a figura branca, que estava ficando transparente, o ar lhe faltando cada vez mais.

– Sim, aquela mesma! – confirmou o mendigo.

– *Lucrécia!* – disse o fantástico ser branco, lançando-se para o alto e desaparecendo de maneira instantânea, assim como surgiu.

– Ei, tem algum dinheiro? Dei a informação e não me deu nenhum trocado! FDP!

Para o mendigo, testemunhar aquilo lhe confirmava que naquele lugar não havia mais abismo entre o normal e o anormal. Sua cidade estava invadida por passageiros sobrenaturais.

* * *

Manu encontrava-se sozinha no único quarto de seu apartamento, feliz como nunca estivera nos últimos tempos. Sabia que os dias de dificuldades estavam prestes a acabar. Sempre fora uma sonhadora, abrindo mão da confortável vida que tinha, e do futuro promissor que seus pais lhe garantiriam. Renunciou a tudo em nome do amor.

Se tivesse optado por ficar com seus pais, jamais teria de trabalhar horas e horas por dia; jamais saberia o que é transporte público, e quais são as dificuldades de locomoção em dias de chuva. Seus pais eram pessoas ricas e influentes; enquanto viveu com eles, Manu nunca conhecera o significado da palavra "caro": para os ricos, o supérfluo e a diversão têm sempre valores insignificantes.

Ela conhecia com propriedade todas essas vantagens e usufruiu de tudo isso até o dia em que decidiu viver com sua grande paixão: Jefferson.

Ela abriu seu meigo sorriso; daria a volta por cima, e seu marido lhe daria mais orgulho do que nunca. O fato de ele ser um homem culto já era suficiente para amá-lo. Saber que ele tinha passado por plenas dificuldades na infância, e agora havia chegado onde chegou, era mais um dos tantos outros atrativos que Jefferson possuía. Manu estava feliz demais.

Levantou-se da cama; precisava organizar o seu recanto. Hoje teria uma linda noite de amor com Jefferson. Antes de começar, acessou a internet: precisava fazer uma confirmação. Digitou o endereço, a página carregou. Pegou em sua bolsa um papel que continha uma senha. Após o *enter*, a página seguinte lhe confirmou suas suspeitas.

A jovem abriu um enorme sorriso: seu marido definitivamente era fantástico, fazendo-a mais feliz a cada minuto, a cada segundo. Ela e Jefferson teriam dias perfeitos pela frente: apenas ótimas e felizes notícias à moça russa.

Um barulho ensurdecedor veio da cozinha. Manu despertou de seu fantástico transe; o coração da jovem acelerou. O que ou quem estaria ali? Seria Jefferson?

As luzes do apartamento se apagaram. Um calafrio lhe percorreu a espinha. Ela tentou acender a luz do quarto, mas o interruptor não atendia ao seu toque.

"Jefferson?" – imaginou ter dito, quando na verdade havia apenas pensado. O medo que a dominava anulava suas forças de pronunciar qualquer palavra. Tirou os chinelos dos pés. Andava com todo o cuidado, na esperança de não fazer o menor barulho. "O que teria acontecido?", perguntou-se.

Olhou pela janela e conferiu que os demais apartamentos estavam com as luzes acesas. Manu se movia com todo o cuidado, verificando o que estava acontecendo em seu apartamento. As mãos trêmulas apalpavam a parede, guiando-a ao cômodo seguinte. Antes que chegasse ao seu destino, parou: a sala estava com uma claridade de doer os olhos. Em alguns momentos, a escuridão voltava, para logo depois dar lugar à luz novamente. Movida pela curiosidade, Manu foi caminhando lentamente até o local. De repente, começou a ouvir uma respiração profunda e forte. Uma pessoa com pulmões normais não conseguiria emitir tal som.

Ela engolia a seco. Sem se mover, notou que algo rolou no espaço de onde vinha a luz intensa. Era aquilo que respirava de forma ofegante; daquela coisa é que vinham as luzes que clareavam seu apartamento. Ela desmaiou.

Capítulo 32

João se viu novamente em sua cobertura. Depois da coincidência insólita, estava realizado e confiante. Sem entender o porquê, não temia mais O Alma. Pelo contrário: não via a hora de reencontrá-lo novamente. As ameaças do herói de nada mais valiam. Não havia mais motivos para temer o seu algoz, muito menos para interromper suas farsas na igreja onde era líder. Sentou-se no sofá; precisava de descanso.

Havia a necessidade de se reencontrar com aquilo. Não se recordava de nada do que havia acontecido nas últimas horas. O pouco que se lembrava era a bagunça que O Alma havia feito em sua cobertura, e do pânico que ele causara em sua esposa, dias e dias atrás.

"Simone?", perguntou a si mesmo, enquanto deixava de lado o sofá que lhe oferecia o merecido conforto.

– Simone, você está em casa? – disse em crescente agitação, vasculhando cada cômodo do imóvel.

Revirou guarda-roupas, olhou embaixo das camas e por todos os centímetros do amplo recinto. Deu-se por vencido. Foi até a sacada a passos rápidos; estava descalço e ignorava os estilhaços espalhados no chão, que não lhe causavam dor e eram incapazes de perfurar as solas de seus pés. Não era para menos: João não era mais João. Se alguém olhasse a sacada na semiescuridão, não veria um homem comum, mas uma estranha e poderosa criatura, cujo nome era Érdynan Xan. João era apenas uma cobaia para o ser que precisava e ansiava em reencontrar Ezojy, ou o maldito O Alma, como se autodenominava. Agora Ezojy insistia em proteger humanos dos próprios humanos, quando na verdade, se fosse alguém de honra, em nome da destruição do planeta Acuylaran, mataria a todos os semelhantes que destruíram o seu pacífico planeta.

Érdynan Xan se lembrou de Ayzully: não tinha ideia de onde procurá-lo. Em seu íntimo, esperava que o amigo estivesse bem, mas não poderia perder seu precioso tempo em uma busca duvidosa. Estava ali para uma missão: tinha de destruir a humanidade, ou fazer com que ela se autodestruísse. Estava certo de que Ezojy não seria um aliado e, mesmo que se manifestasse a favor da causa, não seria aceito. O pai de Ezojy, do ponto de vista de Érdynan Xan, os havia traído, para depois mandar o filho à Terra. O rei foi o responsável pela destruição de um mundo e, com ele, todos os seus habitantes – foi sob a concessão do rei Otyzuqua que os humanos pousaram em Acuylaran, em busca das riquezas do planeta, e então acabaram com tudo. Agora, uma vez que era um dos poucos sobreviventes, podia fazer o que bem entendesse naquela terra, onde os homens não se respeitavam e viviam em função da ganância e do poder. Os homens, que se esqueciam que o melhor da vida é viver. E aquela criatura jamais se esqueceria que o bom de viver é matar.

Érdynan Xan saiu em um voo sem rumo; precisava estudar cada centímetro daquele lugar. A cada transformação, ele anulava mais e mais a mente de João, que não tinha mais nenhum controle sobre os pensamentos e ações do novo indivíduo no qual se transformava.

Ao longe ele avistou, entre becos escuros, alguns jovens que eram hostilizados por uma figura bastante conhecida: era Ezojy, que intimidava e espancava os bandidos. Érdynan Xan ficou a observar como o seu conhecido estava poderoso, agindo mediante as circunstâncias em que se encontrava.

"*Não posso acreditar no que vejo. Então se tornou um justiceiro, Ezojy?*", perguntou-se Érdynan Xan, enquanto se escondia numa sombra, em meio à fumaça que saía de um esgoto.

Érdynan Xan observava que os quatro bandidos não tinham a menor chance contra O Alma. Embora Ezojy, assim como ele, tivesse perdido sua altura descomunal na Terra, aparentemente estava muito ágil e forte, ao menos quando enfrentava os seres humanos. Érdynan Xan se perguntava a todo instante como seria a performance de O Alma diante dele. Érdynan Xan seria sempre o mesmo, não mudaria seu nome. Questionava-se por qual razão Ezojy mudara o seu nome para O Alma. Seria um disfarce para que ninguém de seu planeta o localizasse? Perguntas começavam a pipocar na mente do ser, perdido entre as sombras; o telespectador mais cruel que a sombra de olhos azuis poderia ter naquele instante.

Numa fração de segundos, os quatro homens estavam imobilizados, envoltos numa corda muito resistente que os mantinha com as mãos para trás e os deixava numa posição nada confortável. Estavam sentados de costas um para o outro, formando um círculo de oito pés. Os corpos estavam doloridos e quebrados. Com os olhos caídos, visualizavam suas armas, a poucos metros deles, espalhadas pelo chão. Elas não intimidaram aquela coisa: diante daqueles olhos, não garantiram o respeito que os bandidos estavam acostumados a receber de suas pobres vítimas.

Os olhos aterradores tiraram o foco das armas e passaram a observar a figura tenebrosa rasgando o céu, deixando apenas um vago azul como rastro. Os ouvidos alertavam sobre as sirenes que se aproximavam, sedentas como a aranha que volta à teia. No coração de cada um deles, nascia um ódio mortal por O Alma, pela vergonhosa humilhação.

* * *

O som das sirenes estava mais nítido, mas era perceptível que as viaturas estavam perdidas pelas proximidades. Os quatro homens tentavam, a todo custo, desatar os nós daquela maldita corda. Era uma forma de autodestruição, pois a cada esforço os punhos apresentavam cortes. O Alma, com técnica e força, garantiu que nenhum deles fugisse. Então, abrindo mão de se soltarem, saíram em desespero, arrastando seus traseiros pelo chão, na tentativa desesperada de se esconder na parte mais escura da calçada lamacenta. Eram rápidos no que faziam, mas perderam a agilidade quando deram com as bundas na lama fétida, que umedecia suas calças. Aquilo não era obstáculo; na verdade não era nada, para quem queria permanecer em liberdade. Os bandidos sabiam que, caso caíssem nas mãos do delegado, estariam literalmente fritos.

Se espremendo como sardinhas contra um muro, avistaram as viaturas, que se aproximavam. As luzes coloridas trabalhavam em harmonia nos tetos dos carros, mas as sirenes foram desligadas. Barulho espanta os ratos.

Os policiais, no interior do carro, estavam de olhos atentos, pois foram informados de que naquele lugar havia acontecido uma grande confusão entre bandidos e uma criatura estranha. Assim que receberam o chamado, pelo rádio de comunicação, dirigiram-se ao local imediatamente.

Os bandidos se amontoaram como se fossem apenas um, dobrando os joelhos e espremendo-se como podiam na poça de lama, enquanto se refugiavam no breu da calçada. Quanto mais se juntavam, mais sentiam dores, em razão das pancadas que levaram na luta contra O Alma. Os carros se aproximavam; mesmo na madrugada fria, os quatro conseguiam suar. Um tentava, em vão, limpar os olhos, que ardiam com o suor que provinha de sua testa. O carro da frente diminuiu a velocidade; o outro, que o seguia, fez o mesmo. Um dos carros estava atento para o lado esquerdo da calçada, enquanto o outro vasculhava o lado direito. O carro da frente estava com os faróis altos; mesmo assim, não era suficiente para clarear toda a extensão da rua, inclusive a calçada.

A tensão tomava conta dos bandidos. Um deles se valia de uma oração; não queria ser preso, tinha de voltar para casa. Seu filho estava com 15 dias de vida, precisava vê-lo novamente. Naquele momento de desespero, prometeu a si mesmo que nunca mais voltaria para o crime, caso saísse imune daquela possível tragédia. Só o tempo lhe diria se conseguiria ou não.

– Pare o carro – disse um dos policiais. – Vi algo.
– Onde? O que viu?
– Não sei o que era, mas é ali.

Apontou para cima de um muro. O que viram fez seus corações dispararem.

– Que merda é aquilo?
– Meu Deus! Esse não é O Alma! – gritou o policial.

A criatura vermelha, então, saltou. De repente, surgiu das alturas, como se fosse uma pluma, bem em frente ao primeiro carro. Os fortes faróis deixavam transparecer com nitidez aquela cena. Os policiais, com as mãos tremendo, sacaram as armas do coldre; não havia como dar marcha à ré, pois os policiais que estavam no carro de trás não sabiam o que estava acontecendo. Impediam a passagem em uma rua estreita, de mão única.

Érdynan Xan jogou-se contra o primeiro carro e, numa força descomunal, atravessou o teto. Sua mão apalpou o couro cabeludo de um dos policiais; usando a mesma força, puxou-o para fora do carro. O espaço aberto pelo braço da criatura era pequeno, mas em segundos alargou-se, trazendo o corpo do policial para fora. A abertura então teve o tamanho triplicado. Em suas extremidades, formaram-se bordas de carne e ossos, ensanguentadas pela lata deformada. Ainda segurando o corpo morto em uma das mãos, a figura vermelha rodopiou no ar o que ainda restava dele. Antes de lançá-lo contra um muro qualquer, o corpo desprendeu-se, chocando-se contra o terceiro carro. Érdynan Xan segurava apenas os cabelos do humano em sua mão: um couro cabeludo encharcado se sangue.

A criatura então emitiu um tenebroso grito. Seus olhos amarelos cegavam a todos. Érdynan Xan jogou na calçada a parte que sobrara do primeiro policial.

Todos os policiais saltaram dos carros, com armas em seus punhos trêmulos. Um deles involuntariamente atirou, sem alvo, sem nada. O disparo substituía a possibilidade de borrar a calça.

O último carro, no entanto, saiu de ré. A figura havia desaparecido. O carro então parou, patinando os pneus.

– Vamos, droga! Vamos! – gritava o policial ao volante. O corpo do amigo ainda estava sobre o para-brisa. A borracha dos pneus queimava no asfalto. Seus parceiros deixaram o carro com armas em punho, correndo para junto dos demais; formaram então um círculo de policiais.

O motorista da viatura insistia em sair dali com o veículo; o cheiro de borracha era insuportável. Uma luz intensa e amarela veio por detrás da viatura. No instante seguinte, o carro começou a ser sacudido. O motor apagou, e uma gargalhada assustadora ecoou pelo ambiente. Os policiais à frente começaram a disparar, mas as luzes se apagaram. Os tiros pararam.

Naquele terrível silêncio, os homens, atordoados, tropeçavam entre si. O policial que estava ao volante do último carro pensava em sair e se juntar aos amigos de trabalho, mas suas pernas estavam travadas. Não fora treinado para viver uma situação como aquela. Buscava nos retrovisores imagens daquela maldita criatura. Pegou o rádio de comunicação; poderia pedir ajuda, mas sua voz também não saía. Olhava ao seu redor; via vultos dos amigos e armas cintilando na escuridão. Desejava estar ali com eles, seria menos tenebroso.

Os homens à frente davam voltas em torno de si mesmos, perdidos como nunca estiveram. No carro, uma mão fria e vermelha atravessou o vidro lateral, encontrando um pescoço frágil, muito frágil. Érdynan Xan segurou-o e apertou. O homem agonizava naquela mão fria como a morte, buscando quem fazia aquilo com ele. Procurava na escuridão os olhos do seu assassino, mas a criatura estava com os olhos fechados. Essa tática era imprescindível para que não fosse notado. Segundos depois, Érdynan Xan apareceu no céu. Seus olhos estavam acesos, e rajadas de balas eram disparadas contra ele. A criatura ia de um lado para o outro, fazendo aparições a quatro metros de altura. No instante seguinte, a mais de cem metros de altura. Ele brincava com os 11 policiais, e suas acrobacias aéreas vinham sempre acompanhadas de uma horripilante risada. Não tardou para que viesse o silêncio. Por quase um minuto, os tiros cessaram. Os homens perderam o medo. Afinal, mortos não temem.

Naquele beco sombrio, encontrava-se a figura vermelha, seus olhos iluminando os cadáveres ensanguentados caídos pelo chão. As poças de sangue se confundiam com os pés da criatura, que caminhava entre suas vítimas. Ele olhava cada um deles, todos aos pedaços. Ao seu lado, havia um coração exposto e sangrando. Peitos esmagados, crânios arrebentados. Sua satisfação em ver e proporcionar aquilo era indescritível. Os bandidos que estavam amarrados pelo Alma mantiveram-se na mesma posição. Apenas um detalhe os diferenciava de minutos antes: nenhum dos corpos possuía uma cabeça. Érdynan Xan estava se transformando em um animal horrível, perverso, orgulhoso e repugnante.

Capítulo 33

Jarbas despistou seus homens, precisava com urgência encontrar O Alma. Estava cansado do reconhecimento por aquele sujeito hiperbólico, que havia aparecido há poucos meses em Curruta – e que agora tinha as atenções todas voltadas pra ele. Avisou apenas Robinson, seu fiel escudeiro, qual seria sua solitária busca.

Sua vaidade fazia com que reivindicasse um pouco daquela fama e reconhecimento. Embora a cidade estivesse assolada por muitos crimes, Honório Gordo estava longe de ser preso. O fato é que, se não fosse por aquele estranho, a cidade estaria bem pior. Claro que, com a chegada de O Alma, as coisas foram facilitadas: os bandidos de médio e grande porte eram entregues na porta de sua sofisticada delegacia. De lá, os confessos iam para trás das grades. Os que lá não eram entregues, O Alma amarrava e os deixava próximos a alguma viatura.

Jarbas, por pouco, não chocou seu carro na traseira de outro; dirigia com os olhos voltados para o céu. Procurava pelas famosas luzes azuis, que muitos já haviam testemunhado. Inclusive ele, que já estivera bem perto daquela coisa em um dos becos da cidade e no evento do assalto ao banco.

– Onde está você?! – perguntou Jarbas, esmurrando o volante enquanto adentrava nas ruas escuras.

Alguém o chamou pelo rádio de comunicação; ele não respondeu. Seu celular vibrou no bolso da calça; também não se deu ao trabalho de verificar quem era. Certamente era Sofia.

O homem estava obcecado.

Num prédio velho de dois andares, Jarbas viu de relance algo ou alguém acima dele. Nuvens carregadas preenchiam a paisagem. Olhando com mais atenção, notou dois pontos azuis de um ser que estava de cócoras na extremidade do prédio. Além da vista nada atraente ao redor, aquela coisa deixava o ambiente com um tom diabólico aos olhos comuns.

Rapidamente o delegado encostou seu carro no lado oposto ao prédio. Abriu a porta, sacou sua arma e foi na direção de onde pensava ter visto quem procurava. Alguns pingos começaram a cair; uma chuva fina, gélida, que o atingia nas laterais do rosto e do corpo, mais leves que o vento. Começou a vasculhar por toda a arquitetura à sua frente: não havia nada que comprovasse o que vira segundos antes.

Jarbas ficou impaciente. Queria gritar, dizer algo como "apareça, preciso falar com você!". Optou pelo silêncio, pois não arredaria o pé dali. Usando a sola do pé, arrebentou a porta que dava acesso ao lugar. No interior, um cheiro horrível. Mofo. Sacou sua lanterna e começou a clarear o cômodo. Aquilo era uma recepção, ao menos tudo indicava que fora uma. Mais adiante, uma escada. Ao lado, um elevador desativado. Jarbas respirou fundo e deu continuidade à sua missão.

Os degraus estavam úmidos, uma goteira caía do andar superior. Jarbas foi subindo e, quando já estava no 2º andar, viu que havia ali diversas mesas e baias, que garantiam a privacidade de quem um dia trabalhara no lugar. Ao canto, uma segunda escada, que dava acesso à cobertura. Jarbas apertou os passos, ouvindo alguns ruídos no teto. Foi até lá.

A escada também estava escorregadia; havia poças ali. Concluiu que estava bem pior que a primeira escada. Chegando à cobertura, uma porta de aço impedia o acesso. Jarbas a empurrou, mas ela não se moveu. Parecia estar lacrada. Jarbas iluminou a porta com a lanterna; não havia um trinco, apenas uma barra na horizontal bem ao centro, que ia de uma extremidade à outra da porta. Não havia sinal de que estava lacrada, embora não conseguisse movê-la.

O homem devolveu sua arma ao coldre, segurou fortemente na barra e a puxou contra o seu corpo. Ela lentamente foi se soltando, rangendo e cedendo à força exercida pelo delegado. A porta travou a certa altura, mas o espaço aberto era suficiente para Jarbas passar e chegar ao seu destino.

Naquela cobertura, ele conseguia ver pouco: a escuridão era devastadora. Os prédios ao redor daquele eram bem mais altos, anulando qualquer possível claridade.

A chuva começou a ganhar força; o vento estava mais gélido. Jarbas viu o vulto à sua frente: ainda estava de cócoras, na extremidade do prédio. "O que ele faz aqui?", perguntou-se. O delegado estava determinado: tinha de saber o que era e o que realmente pretendia aquele ser. Jarbas não entendia por que ele ainda estava de costas; não se dá as costas a um possível inimigo. O delegado sacou a arma novamente, indo na direção da criatura. Ao se aproximar, viu-o imóvel. Jarbas chegou a pensar que sua presença não fora percebida.

Já próximo ao herói, Jarbas foi sentindo um frio intenso. Aquilo parecia mais uma estátua. O homem parou ao lado, contemplando boquiaberto aquela figura. Mesmo ele, durão e metido a destemido, sentia um calafrio que lhe percorria a espinha.

Ainda na mesma posição, O Alma abriu os olhos; as luzes azuis foram de encontro ao carro de Jarbas, que estava logo abaixo. No mesmo instante, o coração do valentão quase pulou pela boca: o delegado mal conseguia segurar sua arma em uma mão, ou a lanterna na outra. A soberba de Jarbas o encorajava, anulava seu receio em estar ali com aquela criatura, mas o delegado não sabia se sua potente arma era capaz de fazer algo contra aquele ser. Lembrou-se do que o herói fizera contra os bandidos naquele beco e como resolveu a questão do assalto seguido por reféns no banco.

O Alma era poderoso; mesmo assim, não seria poupado. Até mesmo ele devia explicações àquele que se julgava a autoridade máxima de Curruta. Jarbas engoliu saliva, pronto para dizer algo; precisava se recompor, tentar manter sua voz firme.

Os olhos da criatura lhe atingiram a face, Jarbas cegou. A chuva e o vento frio davam lugar aos fachos de luzes de alta temperatura.

– *O que deseja, delegado?*

O homem fora surpreendido, aquela voz quase perfurou seus tímpanos. Também não tinha ideia de como aquela coisa sabia quem era, ou de onde o conhecia. Jarbas devolveu sua arma ao coldre. O Alma acompanhava seus movimentos.

– Vim falar com você. Preciso saber o *que* é e o que realmente quer. Tenho minhas dúvidas a seu respeito. Minha cidade está cheia de misteriosos e inexplicáveis acontecimentos, que ocorreram após sua chegada: luzes no céu, pessoas dilaceradas em becos, pessoas que perderam os colhões – embora aqueles folgados tenham merecido –, aviões que caem, e por aí vai.

– *Não devo explicações a ninguém.*

As luzes se intensificaram no rosto de Jarbas. O delegado protegeu seus olhos com o antebraço.

– Pode falar sem olhar pra mim?

O Alma então olhou para a sua frente, as luzes de seus olhos atingindo o prédio do outro lado da rua.

– A mim você deve explicações. Não estou convencido de que você é o grande herói que julgam ser. Se não for, pagará caro por ter enganado a população desta cidade.

O Alma ia olhá-lo, mas lembrou-se da advertência. Os olhos de Jarbas estavam famintos, mendigando por qualquer resposta.

– *Este problema não me pertence. Se estiver convencido ou não, o problema é seu. Não estou aqui para convencer a algo ou alguém. Apenas tenho uma missão, e vou cumpri-la.*

– Que missão é essa, Alma?

Jarbas se aproximou.

– *A Terra precisa de paz. A humanidade está cada vez mais corrompida. Seus valores estão se perdendo à medida que o tempo passa. Por bem ou por mal, terão de resgatar os nobres valores que há muito possuíam.*

Jarbas sorriu:

– A humanidade? Então você é humano? Aquela história de que é de outro planeta é fantasia? Você se esconde atrás dessa máscara, beneficiando-se da ingenuidade dos pobres, que acreditam precisar de um herói. Isto é coisa de TV, Alma! De gibis, de romances. Aqui não funciona. Sabe por quê?

Jarbas, num involuntário impulso, tocou na figura à sua frente. Retirou a mão rapidamente: aquilo era frio pra diabo, demais até. Os pelos de seu corpo se eriçaram. O gesto fez com que O Alma o olhasse novamente nos olhos: Jarbas, de imediato, os cerrou. Aquilo era insuportável.

– Aqui é a vida real, Alma! Aqui morremos e matamos. Podemos ser mortos a qualquer instante.

– *Não tente ser igual a eles, delegado, pois o senhor não é ou jamais será. Também não se esqueça de que imprudência não é coragem, e que jamais loucuras serão façanhas.*

Jarbas ficou sem entender. Por outro lado, gostou do "senhor": aquilo simbolizava o devido respeito a uma autoridade.

– Não entendi.

– *Um dia entenderá, Jarbas. Um dia entenderá.*

O Alma se levantou, estava cansado daquele discurso vazio e desnecessário.

– Aonde pensa que vai? Ainda não terminei! Quero saber mais. Estou aqui porque faço o que gosto, estou aqui em nome da lei...

– *Não simpatizo com pessoas que só fazem o que gostam, delegado. Gosto de pessoas que gostam do que fazem. As pessoas que só fazem o que gostam são limitadas, enquanto as que gostam do que fazem são capazes de fazer qualquer coisa com extrema eficiência. O senhor pertence à segunda categoria. Reafirmo: não seja igual a eles.*

O Alma, no instante em que ia sair, viu que surgia na esquina uma moto em alta velocidade. Os motoqueiros viram a criatura. O da garupa gritou:

– O que está fazendo aí, escritor?

O Alma fingiu não ouvir. Jarbas interveio:

– O que ele disse? Do que ele te chamou? Escritor? Por quê?

No mesmo instante, Jarbas e O Alma acompanharam a moto com o olhar. Na esquina seguinte, uma carreta atravessou e esmagou a moto. O que estava na garupa morreu na hora.

– Meu Deus! – exclamou o delegado. Ia sair correndo, mas uma mão o lançou prédio abaixo. Quando estava prestes a atingir o chão molhado, a mesma mão o segurou pela gola do casado de couro, impedindo a queda.

– *Foi mais rápido.*

Jarbas ficou a olhar as luzes azuis, sumindo por entre as nuvens carregadas. Correu para o carro, para chamar os bombeiros.

O Alma ficaria para uma próxima. Do ponto de vista de Jarbas, a criatura deveria ser mais clara com suas palavras. Lamentou a oportunidade perdida de dizer a ele para ficar longe de Honório. Mas ainda o reencontraria.

Capítulo 34

Muitos acontecimentos estranhos devastavam a cidade: os criminosos, antes comuns nos jornais, agora pouco estampavam suas páginas, muito menos apareciam nos noticiários. Este espaço foi ocupado pelas últimas tragédias: aviões que se despedaçavam sem explicação já em estágio de pouso, bandidos e inocentes que eram dilacerados nos becos e ruas das cidades, policiais que desapareciam sem deixar pistas. Estes acontecimentos confirmavam que o sobrenatural estava reinando na obscura cidade de Curruta.

A polícia estava com as mãos atadas; os investigadores e setores de inteligência não tinham respostas concretas à população ou à imprensa. O refúgio, então, seria O Alma, embora nem ele soubesse o que estava acontecendo, nem pudesse se antecipar aos horríveis acontecimentos.

Em meio à rotina noturna, a sombra lentamente flutuava pelo céu, os ouvidos atentos às reclamações abaixo. Nas noites escuras, cidadãos eram roubados, mortos ou humilhados. A loucura, enfim, estava de rédeas soltas, embora não estivesse na mesma proporção que o medo estampado em cada face ou olhar. Passageiros que chegavam ou partiam do aeroporto ficavam sempre apreensivos, pois definitivamente nada garantia a segurança da cidade; não depois dos últimos e bizarros acontecimentos, os quais nem o famoso O Alma fora capaz de desvendar ou impedir.

Do outro lado da metrópole, um lampejo amarelo despertou a atenção de O Alma: de imediato, aquele simples voo transformou-se em uma corrida. A figura, antes despercebida, passou a ser vista por todos, como um *flash* azul que cruzava o céu da cidade, de uma ponta à outra.

Quando identificou o lugar de onde vinha a forte luz, O Alma parou no ar: foi perdendo altitude lentamente, olhos e ouvidos atentos. Não ouvia nada, a não ser um rato que roía algo a dezenas de metros. Por fim, estava com os pés no chão, em uma rua mal-iluminada, estreita; um ambiente fétido, com urina pelos cantos.

O Alma estava certo de que não estava enganado. Pressentia o perigo: aquele lampejo tinha vindo dali, isso era certo. Estava ainda mais certo de que ninguém poderia ter desaparecido tão repentinamente. Foram dois segundos até a sua chegada: nenhum homem poderia ter desaparecido neste período. A luz não seria apenas obra do acaso, aquele tom lhe era familiar. Se as hipóteses do herói se confirmassem, dias ruins estariam por vir.

Um forte vento começou a soprar naquele ambiente: cortante, gelado, impiedoso. Uma nuvem negra se apossou do céu; instantes depois, despencava uma chuva quase sobrenatural.

– Por favor, me perdoem! Deixem-me ir! Preciso chegar em casa, é tudo o que tenho...

A voz de um homem, que clamava pela vida, fundia-se com o vento e com a chuva forte. O Alma alçou voo, desorientado; o vento avassalador e a chuva que caía tiravam sua concentração.

– **Não!**

Era o homem; a vítima fora localizada.

No instante seguinte, O Alma se encontrava a poucos metros de dois bandidos, que rendiam um homem, ajoelhado. A vítima tinha dois revólveres colados à sua cabeça.

A visão era triste. O herói teria de ser muito rápido para impedir aquele crime. Os homens tinham um ar frio e, mesmo com o vento e a chuva, olhavam com ar desafiador a sombra que iluminava a tudo com seus olhos. O Alma se aproximava a passos lentos, calculando o que faria. Sabia que ali não haveria diálogo; tinha certeza de que o homem de joelhos estava condenado. Certeza também de que os bandidos estavam determinados a puxar o gatilho.

Ao pobre homem, na posição em que estava, só restava rezar, e era o que ele fazia. O cano gelado das armas deslizava por seu couro cabeludo, de forma circular. O Alma, ainda sem saber o que fazer, preparava-se para o combate. A intervenção teria de ser veloz, porém precisa. Se atingisse o homem de joelhos, o mataria com o impacto. Teria de usar apenas sua enorme velocidade, com os punhos cerrados à frente, para atingir os dois bandidos, que se mostravam cada vez mais à vontade, à medida que o olhar alheio se intensificava.

O herói estava bem em frente dos três, muito concentrado. Logo atrás deles, um lampejo, o mesmo que havia visto ao longe. Desta vez, muito mais intenso.

– *Matem ele!*

Foi a ordem dada pela figura vermelha, que estava com mãos na cintura. Encontrava-se sobre o telhado velho de um sobrado. A voz arrepiaria os pelos de O Alma, caso ele os tivesse. Aquela voz era conhecida... Não era possível! Aquela criatura deveria estar morta!

De fato, dias horríveis cairiam sobre os habitantes de Curruta – ou já haviam caído.

O Alma não se virou para confirmar sua suspeita; ainda tentava evitar a morte do homem, que rezava com toda sua fé, na esperança de sair dali com vida. A chuva cessou e o vento diminuiu. Os homens armados se preparavam para cumprir as ordens dadas pela criatura, que começava a iluminar tudo com seus olhos amarelos. Os quatro olhos formavam um verdadeiro jogo de luzes.

– *O que estão esperando? Puxem o gatilho, ou serão vocês que morrerão por minhas próprias mãos!*

O Alma sabia que não havia mais o que esperar: era hora de reagir, o momento de colocar seu plano em prática. Quando estava prestes a se lançar contra os bandidos, não conseguiu saiu do lugar; sentia apenas braços fortes e gelados lhe envolvendo com uma força igual ou até maior que a sua. Os pés lhe cruzando as pernas, deixando-o incapacitado. Tentava se soltar, em vão. À sua frente, o homem desfalecia; os joelhos ralados.

– *Matem este homem!* – disse lentamente a figura que imobilizava O Alma.

– *Não, não façam isso!* – implorava o herói, tentando escapar; usava toda a sua força, que nada valia naquele instante.

– *Eu imploro. Não o matem, não o obedeçam!*

Nesse momento, O Alma começou a se livrar das garras de Érdynan Xan. Involuntariamente, os dois corpos começaram a deixar o chão, esbarrando-se contra os muros e grades, que viravam pó com o impacto.

– *Atirem, seus covardes! Não se comovam com os artifícios teatrais deste desgraçado. Ele pouco se importa!*

O Alma, enfim, livrou-se das garras da criatura e saiu para cumprir sua missão. No mesmo instante, dois tiros em coro. O homem caiu, ensanguentado, de cara com uma poça d'água. Ossos cranianos se estendiam pelo chão. Pouco agonizou; coberto de sangue, morreu rapidamente.

– **Não!** – gritou O Alma, interrompendo seu voo. Os bandidos apontavam-lhe as armas, como se aquilo fosse sinônimo de segurança. O Alma caiu de joelhos, e lágrimas brotariam em seus olhos, se ele as produzisse. Foi a primeira vida que não conseguira salvar: não chegou a tempo, como habilmente fazia. A perversidade do ato chocava o herói.

Uma demoníaca gargalhada alastrou-se pelo céu escuro. Nesse momento, o vento tomou mais força, e a chuva voltou a castigar o ambiente. Um clarão poderoso varria as nuvens carregadas.

– Eles são maus, Alma. A propósito, gostei do nome que você adotou neste mundo, bem melhor que o nome que possuía em Acuylaran. Há dias venho acompanhando essa raça podre; não há como resolver ou compreender as coisas deste planeta. Pense nisso por alguns minutos e compreenderá por que não sabemos nada. Não conseguimos decifrá-los, e eu, pessoalmente, não acreditava que os humanos fossem capazes de cometer tantas atrocidades. Depois que os conheci em Acuylaran, e agora vivendo entre eles, não me restam mais dúvidas, e nada mais me surpreende. Suas tentativas de resolver os problemas deles serão inúteis. Aliás, problemas que eles mesmos criam, problemas que esses malditos levaram para o nosso mundo. A raça humana é um câncer sem cura neste planeta, Ezojy!

Érdynan Xan deixou os céus e ficou de pé diante de O Alma, que ainda estava caído. Apoiando um dos joelhos no chão, e o tronco no outro joelho, estava diante da vítima, e não podia acreditar no que havia acontecido.

– Eles matam por nada, não valorizam ou respeitam seus semelhantes. Olhe aqueles dois!

Ele apontou para os homens armados à frente.

– Mataram esse pobre homem na sua frente. E sabe por quê?

Érdynan Xan alterou a voz:

– Porque eu lhes ofereci uma pequena quantia daquilo que chamam de dinheiro. Minhas investigações mostraram que a quantia não compra nem um carro popular usado.

Érdynan Xan curvou-se diante do cabisbaixo O Alma, dizendo bem baixinho:

– Saiba que o homem que morreu foi um infeliz que sequestrei na rua. Esses dois nem o conheciam; mas a essência deles é má, já que não tinham motivo algum para matá-lo. Esses humanos, na verdade, são bichos, verdadeiros fantoches, com os quais quero brincar...

A criatura vermelha ficou em pé de forma imponente. Deu uma pausa e, olhando para os assassinos, concluiu:

–... E matar.

Gargalhou novamente, e a chuva apertou ainda mais. Deu meia-volta, ficando diante dos dois homens armados. Eles se afastavam a passos lentos, temendo o cumprimento da promessa que fora pronunciada segundos antes. As armas apontadas tremiam junto aos corpos.

* * *

Quando Érdynan Xan se lançou contra os homens, acabou imobilizado no ar. O Alma, enlouquecido e fremente, precipitou-se sobre a criatura vermelha que, por mais que tentasse, não conseguia chegar às vítimas. Mesmo com armas em punho, os bandidos tremiam de frio e de medo, suando até mesmo debaixo da forte chuva que caía.

– Saiam daqui!

Num reflexo, O Alma imobilizou Érdynan Xan, agarrando-o pela cintura em pleno ar. Os homens, batendo os queixos e inebriados pela admirável paisagem, assentiram. Como se estivessem em uma prova de 100 metros rasos, sumiram em meio ao estreito corredor que estava adiante.

O Alma segurava firmemente o inimigo. Érdynan Xan fitou seu oponente com uma cólera acesa no fundo dos olhos amarelos. Mas, de repente, a criatura começou a rir, olhou para trás e, num inesperado golpe, se contorceu. Com os dois pés, atingiu O Alma na altura do peito, lançando-o de costas contra um prédio velho, a dez metros de distância. Com o choque, parte das paredes cedeu, cobrindo a figura negra.

– *Quem mandou você se intrometer? Vim para este planeta em busca de vingança! Vou acabar com cada ser humano que encontrar. Eles destruíram nosso mundo, e você ainda ousa ficar do lado deles? Deveria fazer o mesmo que eu!*

O Alma saiu dos destroços. Mesmo em pé, ainda se livrava de alguns pedaços de tijolos. Uma dor insuportável surgiu na altura de sua nuca. Érdynan Xan estava no ar, a três metros de altura, prontíssimo para um novo combate.

– *Eles não sabem o que fazem. Foi uma minoria deles que acabou com o nosso mundo, Érdynan Xan. Portanto, os que aqui estavam são inocentes. Deixe-os em paz!*

O Alma, na medida em que pronunciava aquelas palavras, dirigia-se com toda a força, velocidade e coragem de encontro ao vermelho, que, surpreendido, não teve como se desvencilhar das garras do oponente.

A chuva torrencial caía impiedosamente, enchendo as trevas com um barulho incessante. O vento soprava numa velocidade arrebatadora. Um velho prédio foi atravessado ao meio, como se fosse uma frágil folha de papel, durante a batalha de dois gigantes que estavam entrelaçados em pleno ar. Os pontos azuis e amarelos enriqueciam a paisagem, em movimentos irregulares, enquanto travavam aquela batalha a uma altura descomunal.

Potentes socos, chutes e pontapés dominavam a batalha. Já estavam a quase dez quilômetros de distância de onde havia começado o duelo.

O Alma, intencionalmente, tentava subir cada vez mais, levando aquela luta a um lugar distante da cidade. Érdynan Xan, por sua vez, tentava pegá-lo e lançá-lo contra qualquer arranha-céu que fosse habitado. No calor da caça e na fúria daquela perseguição noturna, o vermelho queria fazer vítimas, usando o corpo do adversário.

Quando finalmente se livraram um do outro, pararam no ar, ofegantes, estudando cada detalhe de seu rival. Só se viam fortes luzes amarelas de um lado, e azuis do outro. Faziam rápidos movimentos, na tentativa de surpreender ou defender-se. Abaixo, uma multidão assistia a tudo, mesmo com a intensa chuva: pessoas se escondiam nas encostas de muros, encolhendo-se na tentativa de amenizar o intenso frio e protegendo-se como podiam. Alguns, porém, encaravam a chuva; não queriam perder nenhum detalhe do espetáculo que acontecia no céu.

Érdynan Xan olhou para baixo; seus olhos davam um tom amarelado ao aglomerado de pessoas, as quais usavam o antebraço para se livrar daquela luz quase insuportável aos olhos.

– O que está acontecendo? – perguntou um homem que ali chegava, abaixando o vidro de seu carro.

– Olha lá em cima, pai! É O Alma! Ele está com outro! – disse um garoto de 7 anos, que vinha no banco traseiro.

O homem olhou, conferindo a informação, e testemunhou os dois seres. Olhou para a sua frente e viu logo que ali não teria como passar. Atento a alguma vaga, ouviu apenas a porta traseira bater: de imediato olhou pra trás e viu que seu filho se amontoava na multidão.

– Lucas, venha aqui! – ordenou o homem em desespero.

O filho não o ouviu, mas se tivesse ouvido teria a mesma atitude. O importante era ver O Alma de perto. E aquela seria a chance ideal para ele.

O homem, desesperadamente, saiu no encalço do filho; ainda conseguia vê-lo em meio à multidão. Embora fosse um pequenino na plateia, estava numa visão confortável, entre dois ombros adultos.

Érdynan Xan viu aquele homem desesperado correndo em direção ao aglomerado de pessoas, e teve uma ideia: sabia que, se desferisse um grande golpe no Alma, acabaria também atingindo os humanos – e, se possível, aquele homem também. O Alma conferiu para onde o inimigo olhava, lá embaixo. Foi o vacilo necessário para que Érdynan Xan desse um voo rasante.

Naquele mesmo instante, o homem escorregou no asfalto encharcado. Um tremendo tombo. Antes que se levantasse, sentiu apenas dois vultos entrelaçados passando próximos à sua cabeça. Numa fração de segundos, um choque ensurdecedor despedaçou seu carro, espalhando estilhaços para todos os lados.

A multidão inteira vira o rasante da figura vermelha de olhos amarelos. Porém, antes que Érdynan Xan o atingisse, O Alma atacou a criatura vermelha. O menino viu que seu pai estava ainda desorientado, limpando o paletó. Atordoado, o filho gritou:
– Pai! Saia daí, pai!
Ainda se recompondo, o homem olhou para trás e viu o menino, que corria ao encontro do pai. A multidão então começou a se dispersar, pois a batalha, agora, seria no chão. Rajadas de vento faziam com que o povo se encolhesse e esfregasse as mãos. A chuva repentinamente diminuiu; apenas leves pingos gelados provinham das nuvens.
– *Desista Alma, não conseguirá proteger todos eles!* – disse Érdynan Xan, livrando o corpo dos cacos de vidro, os olhos brilhando como chamas.
– *Quem te disse isso?*
O Alma se lançou novamente contra Érdynan Xan, mas desta vez o oponente estava preparado. Érdynan Xan se desviou e o pegou pelas pernas, rodopiou e o arremessou contra a multidão. Morte certa, caso atingisse alguém.
O Alma usou toda a sua força e habilidade em milésimos de segundo, para não atingir os alvos que se amontoavam à sua frente. Já via pessoas usando seus reflexos, protegendo-se com os braços, na tentativa de evitar o inevitável. O herói esforçava-se em sair daquela rota; sabia que atingiria dezenas de pessoas. Foi mais forte, em milésimos sua visão já não alcançava a nenhum ser humano. Sentiu uma forte pancada na cabeça. Livrou as pessoas, mas deu com o crânio de encontro ao poste, que não suportou o choque e partiu-se em sua base.
A parte superior desse poste poderia fazer alguma vítima, caso caísse. No instante em que se chocou ao poste, O Alma levantou-se, subindo ao céu com aquele bastão e desprendendo os fios da rede elétrica, outrora conectados. Faíscas de eletricidade surgiram, e no instante seguinte deu-se a escuridão. Todos estavam às cegas; o pai segurou o filho no colo e tentava sair dali o mais rápido que pudesse; pessoas se chocavam, caíam, todos numa fuga desesperada. Só tinham como referência os olhos de Érdynan Xan. A multidão fugia. O bairro estava sem energia, o ambiente transformou-se em trevas. O Alma havia desaparecido no momento do *blackout*.
Érdynan Xan, que era puro ódio, usava as luzes de seus olhos a seu favor: via aquele amontoado de desesperados fugindo. Era chegada a hora do *strike*.
Tomou uns cinco metros de altura. Em breve, ele se lançaria contra aquele amontoado de pessoas que corriam como formigas desnorteadas ao serem atacadas por um maldito gigante.

As pessoas fugiam sem ver nenhuma saída, no escuro, esbarrando-se umas contra as outras. Uma luta desesperada pela sobrevivência. Todos num medo constante, que os mantinha em estado de alerta, e que aniquilava qualquer fio de esperança.

A chuva começou a cair em rajadas. No mais puro desespero, pessoas tentavam se esconder. Em vão. Olhavam para o céu, testemunhando apenas aquelas luzes amarelas. Onde estariam as luzes azuis? Onde estava O Alma para intervir na desgraça que estava prestes a acontecer com todos eles? Ninguém fazia ideia.

Érdynan Xan urrou; era chegada a hora de fazer um grande massacre contra os cruéis humanos que destruíram seu planeta. De três ou quatro metros de altura, ele foi a 50 metros, para logo depois se lançar furiosamente contra cada vítima. Seu ódio pelos seres humanos era mortal: despedaçaria todos aqueles que atingisse. Já próximo do chão, avistava com as luzes dos olhos suas primeiras vítimas, que estavam já a três metros dele; eram o homem e o garoto. Pai e filho.

– Alma! – gritou o menino em desespero. O homem sentiu o frio na espinha: se safou da primeira vez, mas agora...

O Alma, com a pancada que levou, deveria estar desmaiado em algum canto daquelas vias escuras, impossibilitado de socorrê-los. Era o fim. Estava certo de que aquela figura vermelha seria implacável com todos.

A esperança era negra, com dois pontos luminosos azuis, e surgiu naquele instante.

De cima para baixo, veio um golpe tão feroz nas costas de Érdynan Xan, que ele saiu deslizando pelo asfalto, fazendo uma enorme fissura no meio da rua. Era como se um meteoro se chocasse contra a Terra; pedras de asfaltos, em meio à lama, voavam atingindo pessoas e vitrines de lojas. Pai e filho foram lançados ao longe, mas, antes que caíssem, um homem desconhecido os pegou, deixando seu corpo se chocar contra o chão. Protegeu os dois na queda; estavam a salvo, vivos, quando sabiam que a morte havia passado tão perto. Não conseguiram nem agradecer, o homem havia desaparecido. Pai e filho ficaram com um cheiro horrível em suas roupas.

Segundos antes, O Alma, depois da pancada contra o poste, atordoado e sem forças, levou consigo a parte superior do poste. Ao alçar voo, viu que as luzes se apagaram. Fechou os olhos, tornando-se imperceptível aos olhos de todos, inclusive aos de Érdynan Xan. Parou no caminho que separava seu inimigo das pessoas, que corriam desesperadas. Recuperava-se do golpe que levara, atento ao clarão que provinha dos olhos de Érdynan Xan.

Sabia o que faria se a criatura vermelha viesse naquela direção: seria guiado pelo intenso brilho amarelo dos olhos do oponente, iria atingi-lo no momento certo e se esquivaria de seu encontro. Foi o que aconteceu; usando o que sobrou do poste, desferiu um golpe tão duro contra Érdynan Xan que o poste se partiu ao meio, após acertar as costas de seu inimigo vermelho, que saiu rolando pelo asfalto. A outra parte do poste ficou firme nas mãos de O Alma, enquanto o inimigo jazia desfalecido no asfalto.

A multidão, aliviada, voltou os olhares desconfiados ao local do intenso barulho: viram ao longe os olhos azuis de O Alma. Aquele brilho trazia segurança e proteção. Os que estavam mais próximos queriam ver Érdynan Xan soterrado. O Alma ainda estava com dois metros do que restou do poste em mãos, atento aos movimentos do inimigo; não sabia se o golpe teria sido fatal ou não.

Metros à frente, o homem tateava os ferimentos com uma mão, e com a outra segurava o filho, que chorava, ainda muito assustado. Os curiosos iam se aglomerando. O Alma estava a três metros do chão, a expressão cansada.

Muitos se perguntavam o que havia acontecido, pois não testemunharam nada: fugiram. A curiosidade e os olhos azuis faziam com que se aproximassem. Ainda estava escuro; o pouco que via eram os olhos de O Alma. Alguns, porém, se valendo da oportunidade, saíram, fritando pneus. Outros nem pensaram em sair; carros e motos ficaram à mercê da sorte, pelo resto da noite. A grande maioria se aproximava, chutando involuntariamente as rochas produzidas pelo asfalto, notando a figura que respirava ofegante no ar.

– *Afastem-se!* – ordenou, com um considerável esforço.

Pessoas se esbarravam enquanto obedeciam à voz que as advertia.

– *Vão embora!* – disse o herói, deixando cair o que estava em suas mãos.

O Alma estava fraco; os olhos já não emitiam a luz radiante de minutos atrás. Pessoas que testemunhavam aquilo permaneceram entre a dúvida de ajudá-lo ou fugirem quanto antes. Tinham receio de que a figura vermelha se levantasse e não houvesse mais quem protegê-los.

O chão tremeu. O Alma, como se a gravidade houvesse triplicado sua força, arrastou a criatura negra para o chão. Seus membros se enfraqueceram e ficaram inertes; desfaleceu. Os olhos se fecharam, a escuridão total tomou conta do lugar. A chuva voltou a ter força novamente, enquanto a multidão de curiosos se afastava, entre alívio, comoção e medo.

* * *

– Como pode esse escritorzinho ser tão poderoso? – perguntou-se o homem que havia salvado o menino e o pai.

Os dois, que passaram por sérios apuros minutos antes, agora eram observados pela figura estranha que estava aos arredores. Via nitidamente os passos apressados daqueles dois; para sua tristeza, havia um enorme amor entre eles. O fétido monstro poderia chorar com a cena, mas não conseguia; estava isento de qualquer emoção de um ser vivo.

– Você cresceu, passaram-se muitos anos, mas ainda sou capaz de reconhecê-lo, Lucas, meu filho – disse Diamante a si mesmo, abatido e penalizado.

Capítulo 35

João acordou com uma terrível dor de cabeça. Estava em seu apartamento, as mobílias espalhadas pelo ambiente que antes era organizado por sua esposa. Muitos móveis estavam aos pedaços. Lembrou-se da esposa: onde estaria ela? O que havia acontecido? Quem era aquela figura que aparecera repentinamente em sua casa? Não bastassem as ameaças de O Alma, fora surpreendido por aquele estranho que surgiu do nada e desapareceu da mesma maneira.

João, a passos trôpegos, dirigiu-se à poltrona, desvencilhando-se de alguns cacos de vidro espalhados pelo chão. Acomodou-se sobre o assento; estava exausto, o corpo todo dolorido, à beira da loucura. Não tinha a menor ideia do que poderia estar acontecendo com ele, muito menos com sua esposa, ausente há incontáveis dias.

Ainda sentado, fez menção de chamar pela mulher, mas suas forças eram limitadas; estava incapaz de realizar qualquer esforço. Tentava resgatar na memória os últimos acontecimentos, mas de nada se lembrava. O que havia de nítido em algum lugar de sua memória era a presença daquela figura negra. E do estranho vermelho, que surgiu como fantasma diante dele e da esposa. Ele estava certo de que a presença de O Alma em seu apartamento tinha, sim, sido real; quanto às demais imagens, não estava muito certo de que fossem verdadeiras. Seria uma ilusão criada pelo medo que a figura negra lhe causara na alma? João, que duvidava e brincava com o sobrenatural, estava mais crente em Deus do que nunca, por causa do castigo pelo qual acreditava estar passando. Repentinas ameaças, o inexplicável desaparecimento de Simone. E ele ali, imóvel, frágil, exalando medo até pelo olhar. As costas doíam muito.

Assim como os olhos se acostumam com a escuridão, trazendo imagens aos poucos mesmo num ambiente sem luz, o cérebro de João começou a lhe trazer incertas lembranças. Ainda encostado no sofá, perdido e desamparado, via nitidamente pessoas que fugiam dele. Ele tentava matá-las, mas fracassando, pelas intervenções do maldito O Alma. A pedra no caminho. Aquilo o deixou aflito, pois aceitava qualquer título, menos o de assassino.

Num gesto insano, começou a rir pelo maluco sonho; aquilo não poderia ter acontecido. Brigar de igual para igual contra aquele demônio de olhos azuis seria impossível! Ainda mais para ele, João, um simples mortal. Jamais alguém iria sobreviver ao terrível golpe de um poste. De fato, sua capacidade mental estava debilitada. Aquela lembrança também não poderia ser real.

O homem tentou se levantar, precisava procurar pela esposa. Ela não poderia ter saído! Mas, em meio segundo, voltou ao mesmo lugar; o assento era como um ímã que o atraía. Não tinha forças para se levantar, e a cabeça doía infinitamente. João estava sem forças e sabia que, a qualquer momento, O Alma apareceria para o acerto de contas. "Será que O Alma ainda se lembra de nós? Passaram-se tantos dias..." – disse João a si mesmo.

Capítulo 36

Manu estava preocupada com Jefferson. Nos últimos dias, além de um comportamento estranho, seu marido estava numa constante ausência, que ultrapassara as raias do aceitável.

Ela tentava ler, mas não conseguia; ligava para o marido, sem retorno. O celular estava desligado. Pensou em ligar para a polícia. Ao digitar o primeiro número, um terrível barulho veio da cozinha. De imediato, o andar inteiro tremeu.

"Minha nossa! De novo?" – disse a si mesma, deixando o celular cair. Correu para ver o que era: suas pernas quase desfaleceram diante do que viu. A mulher estava congelada, com um grito engasgado na garganta, que teimava em não sair. Lágrimas se formavam nos cantos dos olhos, como o nascimento de uma flor.

Era Jefferson. Estava próximo à janela, desfalecido, a testa ardente e úmida. Manu não sabia o que fazer. Como reagir diante de uma situação como aquela? E o barulho que tremera tudo, de onde viera? Não poderia ser em razão da queda do marido. Ela vasculhou ligeiramente ao seu redor, e nada viu. Parou com os olhos fixos no marido esquelético, que jazia no chão, com marcas por todo o corpo. Ela ia de um lado para o outro, numa aflição sem tamanho. O grito ainda preso na garganta enquanto lágrimas desciam. Ela se abaixa; queria tocar em Jefferson, mas não tinha coragem. Ele se moveu, desfazendo a posição fetal na qual se encontrava.

Manu deu um pulo entre a alegria e a aflição; ria e soluçava. Precisava ligar para a polícia. E para um médico, pois seu marido estava bastante ferido. Perdida, não fazia ideia de onde estava o seu celular. Parou, enfim; ficou como uma estátua diante de Jefferson, que aos poucos parecia recobrar a consciência. À medida que acordava, os hematomas desapareciam como mágica. A mulher testemunhava o fantástico diante de si, tapando a boca com a mão, num olhar incrédulo. Ela se aproximou, pálida e vacilante.

Jefferson, com certa dificuldade, recobrava os sentidos. Ainda deitado no chão, olhou para Manu, emitindo um olhar vago e vazio, que implorava por piedade. A mulher afastou a mão da boca e rapidamente se ajoelhou diante do marido, tomando-o nos braços. Abraçava-o carinhosamente: um abraço forte e apertado, que fazia com que Jefferson jamais se sentisse desprotegido.

– Vamos, querido, eu o ajudo a se levantar.

Sem muito esforço, mas com uma dose de apoio no corpo da mulher, foram para o quarto.

– Manu, o que está acontecendo comigo? – perguntou Jefferson, em baixas palavras. Já não era dono de seus sentimentos, pensamentos ou ações.

– Não sei, meu querido, não sei. Sei apenas que estou preocupada, e muito.

– Estava sonhando novamente. Quando acordei, estava lá, na cozinha, com o corpo muito dolorido e você me contemplando.

Manu sentia pena do estado no qual o marido se encontrava. Lembrou-se da sogra.

– Seus olhos estão com um verde tão lindo... – concluiu Jefferson.

– Estava sonhando com o quê? – perguntou ela, colocando uma de suas mãos sobre a testa de Jefferson, num gesto carinhoso. – Meus olhos sempre foram azuis, querido.

Ele, entretanto, parou de olhos vidrados nela, medindo as palavras e buscando as cenas que lhe percorriam todos os cantos do cérebro.

– Eu protegia as pessoas de um ser muito macabro, forte, impiedoso e mal. Aquela coisa estava com o propósito de acabar com toda a raça humana; eu sabia perfeitamente o que ele pretendia. Lutávamos de igual para igual, mas sei que a luta não terminou. Terei de matá-lo, Manu.

A mulher retirou a mão de sobre a testa dele, levantando-se. Não sabia o que dizer diante de uma situação tão inusitada.

– Jefferson – disse ela de costas –, você precisa procurar ajuda.

– Não preciso de ajuda, Manu. Preciso saber o que está acontecendo. Não posso sonhar com algo e, quando acordar, ter as sequelas desses sonhos em meu corpo.

– Faça o que for melhor para você, Jefferson. Eu ainda recomendo um médico, ou, sei lá, alguém que possa ajudá-lo, curá-lo ou entender o que está acontecendo. Eu confesso: estou tão ou mais perdida que você.

Ela saiu. Jefferson ficou olhando-a desaparecer, com o mesmo olhar vago e vazio de momentos antes.

Manu puxou uma cadeira e sentou-se. Olhava através da janela a cidade lá fora. Desamparada, começou a chorar compulsivamente.

Logo atrás, Jefferson, com o corpo totalmente recuperado, como se nada tivesse acontecido, testemunhava a dor que estava causando à esposa.

"O que eu faço, droga?", perguntou a si mesmo, "Como dar respostas para perguntas que nem eu sei como existem?".

* * *

Poucas horas depois, Manu, que havia dormido no sofá, acorda com o tilintar de talheres. A melodia de um assovio se identificava com a canção "Flores", dos Titãs. Era Jefferson, preparando o café da manhã num humor impecável. Ela balançou a cabeça negativamente, mais interrogações enchiam sua cabeça. Estava diante do incrédulo, do impossível. Talvez até do sobrenatural.

– Olá, querida, o café está pronto. Já está na hora de levantar.

"Como ele sabe que estou acordada? O tempo todo estava de costas pra mim!", perguntou-se Manu.

Ela dirigiu-se ao banheiro. Foi tomar um banho. Enquanto passava por Jefferson, nem o olhou nos olhos. Ele, no entanto, ficou observando-a passar.

Quando Manu retornou, o café estava intocado sobre a mesa, e Jefferson havia desaparecido. Ela então atacou o que havia sobre a mesa, sozinha. Sabia, antes de qualquer coisa, que precisava se alimentar; a mudança na rotina familiar não poderia interferir em sua saúde.

* * *

No caminho para o trabalho, Manu ficou perdida; os pensamentos vagos floresciam em sua mente. Perguntas vagavam por seus pensamentos. Amava Jefferson mais que tudo neste mundo, sua companhia era sinônimo de compreensão, ternura e segurança. O frágil Jefferson parecia assim apenas aos olhos de terceiros, pois para a esposa aquele homem representava o Universo.

Desde o início, Manu enfrentou tudo para ficar com ele. Lembrou-se daquela noite, em que ela e duas amigas foram assistir ao show do Skank no principal ginásio de Curruta. Na saída, viram o franzino rapaz, que se lamentava com um amigo por a banda não ter tocado "Supernova". Manu estava de comum acordo com ele: lamentavelmente, a banda não havia tocado a música, que era também sua preferida. Manu, que fora observada por Jefferson durante todo o show, encantou-se pelo rapaz, ficava olhando-o de relance.

– Você só pode estar de brincadeira, Manu! – disse uma de suas amigas. A outra concordou veemente. Como uma mulher tão atraente e de extrema beleza poderia se encantar por um rapaz tão vago, que apresentava certa deficiência? Só o coração da russa possuía tal resposta.

– Eu quero conhecê-lo! Achei-o tão interessante! – disse ela, numa voz adolescente.

As duas amigas pararam em sinal de protesto, ambas com as mãos na cintura.

– Manu, você está falando sério? – perguntaram em coro.

– Sim, claro que estou! – respondeu Manu, num tom decidido.

Ela então se dirigiu rumo ao lugar onde Jefferson estava com o amigo. A multidão se dispersando, ainda eufórica pela força do *show*, olhava a alta mulher, que andava determinada, desviando-se de um e de outro. Os olhos fixos no pequenino homem, que falava enquanto gesticulava com as mãos.

As amigas de Manu permaneceram imóveis, acompanhando a cena. Viram que Manu surpreendeu aos dois jovens com sua chegada.

Jefferson, tímido, ficou petrificado diante de tanta beleza. Aturdido e sem palavras. Os olhos dos dois se cruzaram, e permaneceram fixos uns nos outros. Jefferson então começou a proferir discursos galanteadores, *sobre* e *para* a visitante.

Após mais de dez minutos de conversa, Manu, ainda mais encantada com o rapaz, ofereceu-lhe uma carona – ideia que as amigas reprovaram. O amigo de Jefferson, sentindo-se repelido por Manu, foi embora sem ao menos se despedir, mas levou o Corcel de Jefferson. Ficaram a sós; foi a oportunidade de oferecer a carona citada nas linhas anteriores.

Para surpresa de Jefferson e reprovação das amigas, os olhos de Manu brilhavam intensamente, e ela só dirigia suas palavras ao jovem sentado ao seu lado, no banco do passageiro. Os dois conversavam sobre o *show* de forma tão descontraída, parecia até que estavam sozinhos no carro. Ou, ainda, que no mundo todo existissem apenas os dois.

Manu agia como se estivesse hipnotizada: aquele homem tinha um ar jovial e intelectual que a encantava. Jefferson, por sua vez, estava aturdido; nunca em sua vida havia conversado com uma garota, nem mesmo beijado alguém, na altura de seus 19 anos.

Impacientes, as amigas de Manu foram as primeiras a serem entregues em suas casas. A russa decidira fazer isso sem consultá-las. As amigas praguejavam enquanto a amiga as deixava, dizendo apenas que ligaria no dia seguinte.

Manu não imaginava onde Jefferson morava, mas isto pouco importava; onde fosse, o levaria de bom grado. No trajeto, que durou mais de 40 minutos, a jovem ficou muito envolvida com o rapaz: ele tinha uma voz suave, mas era determinado. Falava de livros, sonhava em ser escritor; gostava de romances e contos, e conhecia muito sobre os escritores Moacyr Scliar e o compatriota de Manu, Dostoievski. Dizia-se também fã incondicional do AC/DC. Com tais informações, Jefferson involuntariamente conquistou de vez a russa. Ele, por sua vez, já estava mais que conquistado.

Quando chegou ao prédio em que Jefferson morava, Manu se espantou um pouco; viu que o lugar era, de longe, diferente dos locais que estava acostumada a ver e a frequentar. Mas aquilo de forma alguma seria empecilho, ou quebraria a magia que contagiava seu coração. Tiveram uma despedida embaraçosa, pois Jefferson ficou desconcertado quando a russa, inesperadamente, o beijou. Ele entrou no prédio; ela deu meia-volta com o carro, ainda um pouco assustada com o lugar. Manu nem sonhava com isso, mas o destino e seu coração contribuiriam para que, em breve, aquele lugar fosse a sua moradia, e aquele jovem o seu marido. Mesmo que fosse para o total desapontamento e tristeza dos pais da rica moça russa.

Os encontros se tornaram rotineiros; a paixão ardente dominava os corações. De um lado, a loira alta e rica; do outro, o pobre e raquítico Jefferson.

Meses depois, os pais de Manu, encantados com a felicidade da filha, quiseram conhecer o misterioso Jefferson. Saíram, então, todos para jantar. Manu buscou Jefferson, encontrando-se com seus pais minutos depois.

– Quem são seus pais, Jefferson? O que fazem? – perguntou Himbraim, o pai de Manu.

– O nome de minha mãe é Maria. Meu pai, bem, eu o vi uma única vez, e se chama, ou se chamava, Jota.

– Onde você mora? – perguntou Laura, a mãe da moça.

Manu não gostava do interrogatório de seus pais; sabia que a verdade sobre Jefferson lhes feriria o orgulho.

– Mãe, pai, o Jefferson é professor. Embora ainda não publicado, tem um livro escrito. Só falta alguma editora o aprovar e publicar.

– Escritor e professor? Estas profissões não dão roupa a ninguém, Jefferson! – cutucou Himbraim.

– É por uma questão de sonho e prestígio, senhor. Dinheiro e sucesso são consequências de um trabalho bem feito.

– Quando se tem dinheiro, consegue-se prestígio. Creio que, por ainda ser jovem, possa mudar de profissão e ter sonhos mais ambiciosos. Não concorda, Jefferson? – rebateu Laura.

Manu estava às raias de um ataque de nervos.

– Prestígio se conquista. Quando há dinheiro, *compra-se* o prestígio. É o meu modo de ver – respondeu Jefferson, inocentemente. Ainda não havia entendido aquelas colocações dos pais de sua namorada.

– Quanto aos seus pais, fale sobre eles. Estamos curiosos – solicitou Himbraim.

Manu cerrou os dentes, porém permaneceu em silêncio.

– Minha mãe está internada. Ela teve alguns distúrbios anos atrás, e eu a internei. Foi para o bem dela.

– E o seu pai?

– Não conheci o meu pai. Ele nunca viveu com minha mãe. Se ele não estiver morto, deve estar preso. Eu o vi uma única vez, e, antes de nos despedirmos, ele foi levado por alguns homens. Minha mãe me disse depois que eram policiais da elite.

Pai e mãe se viraram para a filha. Manu se manteve firme. Ela conhecia aquela história como o próprio corpo.

– Nossa, minha filha! – disse Laura. – Seu namorado tem uma mãe louca, e um pai prisioneiro?!

– E, como se não bastasse, é professor de escola pública e escritor. Com um livro ainda não publicado. Tenha santa paciência! – completou o pai.

O casal se retirou, deixando Manu e Jefferson na mesa do restaurante. Jefferson amarrou a voz, seus olhos lacrimejavam. Pouco se importava com sua posição social: era digno, justo e muito trabalhador. As palavras *louca e presidiário* lhe feriram o orgulho.

Manu afagava a cabeça do namorado, enquanto observava, muito irritada, seus pais, que desapareciam do recinto. A jovem, inconformada com a situação, não esperava ou acreditava no comportamento ridículo que demonstraram diante do homem que amava.

– Desculpe-me por eles, Jefferson. Lamento muito.

Jefferson a fitou; seu olhar desolado causava pena na mais fria alma.

– Não há do que se desculpar, Manu. Eles acreditam que não sou um homem que esteja à sua altura. A história de meus pais e minha visível posição social lhes feriram o orgulho. Eles querem apenas o melhor para você.

– Eu sei o que é melhor para mim, e não preciso que eles façam minhas escolhas. Em qualquer situação, sei o que quero.

Ela se aproximou mais de seu amado e, um tanto perdida, concluiu:

– Eu te amo, Jefferson. No que depender de mim, só a morte irá nos separar. Não falo isso da boca pra fora, muito menos para amenizar esta triste situação. Falo com minha alma, com meu coração. Te amo, querido.

Jefferson, por sua vez, engoliu a seco. Aquelas palavras escaparam como uma flecha da boca de Manu, atingindo em cheio seu coração. Diferente da flecha que provém do arco, aquelas palavras fizeram com que Jefferson ganhasse vida. De imediato, o jovem abriu um sorriso e, antes mesmo que o desfizesse, foi surpreendido por um ardente beijo. Minutos se passaram, e eles foram embora. Em frente do prédio onde Jefferson morava, ainda no carro, ele se despediu de Manu. Ela o segurou pelo braço, fino como um graveto, emitindo um olhar terno.

– Vou dormir com você – disse.

Jefferson, surpreendido novamente na emoção daquela proposta, esqueceu-se por completo do que havia vivido antes, no encontro com os pais da moça. Subiram para o 15º andar.

* * *

No dia seguinte, a mãe da jovem a esperava, ansiosa. Todas as ligações foram em vão; Manu não a atendia, muito menos retornava. A russa fez valer a noite que passara com o amado.

– Graças a Deus, filha! Onde você esteve? Liguei para suas amigas, mas ninguém sabia me informar onde você estava. Não atendeu minhas ligações, nem as retornou! Onde você estava? Onde dormiu, Manuela?

Manu a olhou com desprezo e respondeu dando-lhe as costas:

– Estava com Jefferson. Dormi com ele.

A mãe de Manu chegou à beira de um infarto.

– Você dormiu com aquele rapaz estranho?

Ela se virou:

– Ele não é estranho, mãe. É o homem da minha vida.

– Ele é o homem que *acabará* com a sua vida! Quero que se afaste dele! – era o pai de Manu, com uma xícara de café em mãos.

– Ele salvará a minha vida. Não me afastarei dele por nada.

– Você é jovem, filha, tem uma vida toda pela frente. É muito nova! Ouça a mim e a seu pai. Que futuro terá com um namorado daquele? Você não sabe como será o dia de amanhã! – completou a mãe.

– O amanhã pode até não me pertencer, mas isto não impede de que eu faça algo hoje, acreditando que ele será meu. E, além do mais, vocês não têm o direito de escolher por mim. Eu amo Jefferson, e não é uma paixão momentânea. Serei a esposa dele, vocês aceitem ou não.

Ela já ia se retirar, quando o pai interveio:

– Isto acontecerá se eu estiver morto! Caso contrário, nunca! – bufou Himbraim.

– Não grite comigo, que não sou surda. Isto só não acontecerá se um dia o Jefferson não quiser, ou caso eu mude de ideia por vontade própria. Sou dele, apenas *dele*, e ele é meu, só *meu*! – respondeu Manu, os dentes cerrados.

– É o que veremos. É o que veremos! – gritou o pai, deixando a xícara de café intocada sobre a mesa.

Manu respirou fundo e subiu para o seu quarto. Lá, começou a chorar. A mãe, sozinha, ficou olhando para cima. Por um momento, desejou que Manu não existisse: ver a filha com um tipinho daquele seria mais doloroso que ver Manu morta.

Uma nova rotina se instalou na casa: todos os dias, a família trocava gritos e uma infinidade de ofensas.

Capítulo 37

Os dias se passaram. Manu, vez ou outra, dormia no apartamento de Jefferson. Todas as vezes em que isso ocorria, o dia seguinte já era previsível: discussões e mais discussões. Himbraim e Laura a reprimiam cada vez mais, sendo extremamente hostis com a filha. Houve festas e eventos nos quais Manu levou Jefferson, para desespero de seus pais. Logo Manu ficou sem seu carro; seu pai o tomou da filha, dizendo que ela não o merecia. A mãe, por sua vez, parou de dar dinheiro à jovem.

O cerco se fechava cada vez mais. Por outro lado, o casal estava cada vez mais apaixonado. Num dos importantes eventos dos quais Himbraim e sua esposa participavam, onde a riqueza transbordava de todos os convidados, Manu apareceu na companhia de Jefferson.

Na frente do hotel onde aconteceria a confraternização, encostou um Corcel marrom, velho, ano 77. Dele saíram Manu e Jefferson. Todos testemunharam a cena. Himbraim e a esposa não sabiam o que fazer; constrangidos, seguravam o ódio mortal por aquele jovem e por sua única filha, que lhe causavam apenas desgosto.

Manu cumprimentou a todos; já estava familiarizada com as pessoas que se faziam de amigas de seus pais, todas da alta linhagem. Depois dos cumprimentos, Manu apresentava o desajeitado Jefferson, o tímido namorado, aos convidados. Jefferson, arrastando uma das pernas, era avaliado de cima a baixo.

Aquilo era motivo de piada: o momento fizera rir todos que estavam no evento. Era como se uma boa piada houvesse se alastrado pelo salão. Manu definitivamente havia perdido o juízo, a noção do perigo. Himbraim, por sua vez, havia perdido sua credibilidade para todos dali. Como poderia um homem, em sua posição, permitir que a filha namorasse publicamente aquele rapaz, que se vestia tão mal? Um pobretão, que a levava a um evento como aquele, naquela lata velha? Era uma ousadia sem tamanho.

Em casa, Manu já não tinha mais sossego, havia perdido tudo. Seus pais a tratavam mal; em contrapartida, ela se aproximava cada vez mais de Jefferson. Os dois comemoraram quando Jefferson conseguiu emprego em uma escola melhor. O jovem logo se formou, e seu nobre sonho de ser professor finalmente se realizara. Passavam as noites juntos, Manu já tinha as chaves do apartamento. Jefferson chegava e via uma linda surpresa em sua frente: Manuela.

Os pais da jovem já não ligavam, o celular de Manu não tocava mais. Definitivamente, Himbraim e a mulher haviam desistido da filha. Ao menos, era o que o jovem casal esperava.

Meses depois, Manu aguardava Jefferson no apartamento dele. Há dias não fazia uma surpresa ao namorado – ultimamente, em todas as vezes que chegava ao recinto do amado, Jefferson já estava lá. Naquele dia, porém, Manu conseguiu chegar primeiro.

Enquanto estava lá, Manu recebeu uma inesperada ligação: era Himbraim, perguntando onde a filha estava. O coração da russa gelou. Ela mentiu, dizendo ao pai que estava na casa de uma amiga. O pai, convencido e esforçando-se para encerrar logo a conversa, respondeu "tudo bem" e desligou o telefone. Após se recompor do susto, o celular tocou novamente. Manu abriu um largo sorriso, desta vez era Jefferson, fazendo a mesma pergunta que o pai da moça fizera. Ela, porém, dera a mesma resposta: não queria estragar a surpresa.

Jefferson chegou, em seu Corcel. Antes de passar pelo portão, porém, foi abordado: era Himbraim.

– Preciso falar com você – disse o russo secamente, segurando o ombro de Jefferson, que estava ao volante.

– Claro. Vou encostar o carro e já venho falar com o senhor.

– Chama isso de carro? Posso subir? Não quero que ninguém me veja aqui.

Jefferson concordou, meio a contragosto.

– Claro.

Após deixar o carro no estacionamento, Jefferson e Himbraim subiram pelo elevador, que estava lotado. O jovem, totalmente desconfortável com a presença do pai da namorada, não sabia o que fazer ou dizer; a visita de Himbraim o deixava nervoso. Não tivera tempo nem de avisar Manu de que o pai dela estava no apartamento dele. Foram vários minutos até a chegada ao 15º andar. Himbraim limpava o paletó; o elevador lotado e aquela gente falando alto o deixavam irritado.

Manu esperava no apartamento. Ouviu o abrir e fechar da porta do elevador, assim como a voz feminina que anunciava a chegada ao 15º andar.

Receberia Jefferson com um caloroso beijo e um apertado abraço, estava com um largo e lindo sorriso nos lábios. Mas seu sorriso logo se desfez.

Ela ouviu vozes, duas vozes bem conhecidas: de Jefferson e de Himbraim. Rapidamente se escondeu, refugiando-se no quarto do namorado. "O que está acontecendo?", perguntou a si mesma. A porta entreaberta permitia que a jovem visse o pai e o namorado entrando no apartamento. Enquanto Jefferson colocava suas bolsas pesadas sobre uma das mesas, ela via o pai, observando com pouco caso o recinto e as mobílias. O pai sentou, ainda vasculhando o lugar com um olhar de desprezo. A mobília ao seu redor era modesta e simples.

"Por que meu pai está aqui?", era só o que Manuela se perguntava.

Jefferson sentou-se na poltrona ao lado de Himbraim, que sem cerimônias foi direto ao assunto:

– Jefferson, há meses venho conversando com Manu. Não entendo a relação de vocês, portanto gostaria de saber o que realmente quer com minha filha. Já não sei mais o que fazer com aquela garota.

Manu ouvia atentamente a conversa. Jefferson se encolheu.

– Como assim "o que quero com a sua filha", Himbraim?

– Não banque o desentendido comigo, rapaz. Sabe muito bem o que quero dizer. Talvez essa sua aparente ingenuidade a convença de algo, mas não a mim. Não perca o seu tempo, conheço bem a extensão dos propósitos de tipinhos como você.

Jefferson o olhou com desprezo; era muita ousadia daquele homem ofendê-lo em seu próprio lar. Manu estava a ponto de explodir, mas queria conferir até onde iria aquela conversa. Sabia que a calmaria repentina em sua casa, em relação ao namoro dos dois, era algo bom demais pra ser verdade.

– Para o seu governo, senhor Himbraim, eu a amo. Pouco importa nossa diferença social, somos bem parecidos em outros aspectos.

– Estando você onde está, e Manu onde se encontra, de fato muito me surpreenderia se a diferença social de vocês importasse ou o incomodasse.

Jefferson respirou fundo, não queria ser mal educado com o homem que o insultava. Manu ouvia tudo, contendo o choro.

– Não me importo com o fato de ela ser rica, e eu não. Se eu fosse rico e ela estivesse em meu lugar, eu a amaria do mesmo jeito.

Himbraim o mediu com os olhos, a testa vincada.

– Você acha mesmo que me convence disso?

A paciência de Jefferson se esvaía.

– Não me importo se está ou não convencido. Tenho plena convicção de que não preciso convencê-lo de nada, muito menos do amor que sinto por sua filha.

O homem tinha vontade de esmagar com as mãos aquele magrela. Manu chorava de tristeza pelo que ouvia do pai, mas também chorava de alegria por ouvir as declarações de Jefferson. Estava difícil para Manu segurar-se ali.

– Além de tudo você é ousado! Não vai abrir mão dela, não é mesmo? Quer se casar com ela, ter filhos, formar família, ficar rico?

– Pode apostar, Himbraim. Mas, se a riqueza vier, será a custo de muito trabalho – Jefferson se levantou, foi pegar algo para beber.

– Toma alguma coisa? – perguntou ao homem, que não o perdia de vista.

– Sim. Um uísque, sem gelo.

– Tenho água e Coca-Cola na geladeira. Qual vai querer? – perguntou Jefferson, ainda de costas.

– Ah! Havia me esquecido de onde estou. Não vou querer beber nada, não.

Jefferson se virou, um copo d'água em mãos.

– Deseja mais alguma coisa, Himbraim? Caso contrário, pode se retirar.

Himbraim se levantou. Manu conseguia vê-lo; já Jefferson estava fora do alcance de seus olhos.

– Ainda não, seu moleque! – mudou o tom de voz o pai de Manu. – Sei o que deseja! Saiba que a mãe de Manu sofre todos os dias, por saber que nossa filha está cada dia mais encantada por você. Estamos pensando em mandar Manu para fora do país, e livrá-la desse relacionamento sem pé nem cabeça!

Jefferson se aproximou, comandado por seus dificultosos passos. Parou diante de Himbraim. Manu, agora, conseguia ver os dois, frente a frente.

– Creio que ela não irá. Manu já sabe fazer suas escolhas. Também é bastante injusto vocês realizarem escolhas por sua filha. Essas manias de gente rica me causam repulsa, Himbraim.

O homem deu uma gargalhada, olhando aquele franzino rapaz diante dele. Queria quebrar aqueles ossinhos, todos eles.

– Quanto você quer para sair da vida de minha filha?

O copo de Jefferson caiu; a água escorreu até os pés de Himbraim. Manu abraçava o peito, os olhos em lágrimas; detestava o pai que tinha. Aquilo era inacreditável.

– Como? – perguntou Jefferson, sentando-se. – O que quer dizer?

Himbraim também se sentou:

– Isso mesmo. Quanto você quer para desaparecer da vida dela? Para desaparecer de Curruta? Ou, ainda, se quiser dinheiro para morar em outro país, eu lhe darei, desde que a deixe em paz. Estou disposto a pagar quanto você quiser.

– Verdade?

Manu gelou com a pergunta de Jefferson.

– Mas é claro! Todos sairão ganhando: Manuela, você, eu e Laura. Esta situação está tomando proporções enormes; vamos cortar o mal pela raiz. Quanto quer? – Jefferson se levantou e ficou diante do homem. Manu testemunhava a tudo. Himbraim permaneceu sentado.

– Acha que estou à venda? Acredita mesmo que meus sentimentos podem ser vendidos? Por que os ricos acham que podem comprar tudo?

– Porque realmente podemos, rapaz.

Himbraim se levantou, Manu era só lágrimas.

– E quero saber agora: qual é o seu preço?

– Pode comprar tudo, Himbraim, mas não a todos. Sou honesto! Minha mãe, embora miserável, me deu o que o dinheiro não compra: a honra.

O pai de Manu pegou o dedo de Jefferson, que estava estendido. Ela se encolheu vendo aquela cena.

– Sua mãe é uma louca, conforme você mesmo disse! Seu pai está apodrecendo na cadeia, e você mora neste buraco. Anda naquela lata de sardinha com minha filha! Você não tem nada, rapaz, e me vem com essa história de amor? Se quer ganhar alguma coisa ficando com Manu, é melhor que aproveite esta chance, deixando-a em paz!

Jefferson soltou-se da mão de Himbraim.

– Pode ficar com sua riqueza. Se um dia Manu quiser se casar comigo, não precisaremos de seu dinheiro. Pode apostar sua vida nisso.

– Se um dia ela se casar com você, eu juro que cometo uma loucura, Jefferson! Isto não é uma ameaça, é uma promessa!

Os dois homens da vida de Manu se encaravam. Himbraim continuou:

– É a última vez que lhe pergunto: **qual é o seu preço?**

Jefferson, de cabeça baixa, apenas estendeu o braço, indicando a porta. O pai de Manu respirou fundo, balançando a cabeça negativamente. Antes, porém, que tocasse o trinco, Himbraim ouviu:

– Avise minha mãe que nunca mais colocarei os pés em casa. A princípio não nos casaremos, mas de agora em diante moraremos juntos. Sinta-se orgulhoso: você é a única testemunha desta união, pai.

Himbraim ficou com o corpo todo arrepiado. Manu atirou-se nos braços de Jefferson, e os dois quase foram ao chão. A russa, determinada, sabia que era o momento de mostrar coragem.

– Manu?! – disse Jefferson, surpreso.

– Que assim seja – respondeu Himbraim, sem ao menos se virar. Com os nervos abalados, saiu batendo a porta.

Naquele instante começou, então, uma vida dura, porém amorosa, para os dois jovens.

* * *

Aquele terrível episódio havia acontecido há dois anos. Manu nunca mais vira seus pais, exceto por meio das colunas sociais dos jornais. Eles jamais a procuraram. O casal teve muitas dificuldades no início da união: Jefferson ganhava pouco e precisava pagar a prestação do apartamento deixado por sua mãe. Com o tempo, Manu começou a trabalhar em uma relojoaria, o que aliviou um pouco as dívidas. Juntaram uma grana, mas abriram mão dela para que Jefferson publicasse o tão sonhado livro.

Manu quase sempre acompanhava Jefferson em suas pescas. Nunca se importava por ele a buscar no trabalho com o Corcel velho. Jamais reclamou por ter de dirigir-se ao trabalho de ônibus. As velhas amigas, que haviam se afastado da russa na época em que ela assumiu a relação com Jefferson, desapareceram de vez após o casamento dos dois.

Sim, neste meio tempo os dois se casaram. Aconteceu com uma pequena festa, em que os convidados eram, em sua maioria, amigos de trabalho dos dois, além de alguns vizinhos do prédio em que moravam.

* * *

Agora, após tanta luta, o amor ainda é forte, cada vez mais. Por hora, Manu apenas quer entender o que está acontecendo com seu marido: a estranheza incomum, os sumiços, a pouca memória. Jefferson está definitivamente mudado. Um quê de curiosidade a faz permanecer inquieta. Dor e tristeza transpareciam no rosto da russa.

Capítulo 38

Jarbas estava furioso. Mesmo após a conversa com O Alma, fingia não ter simpatia alguma por ele. O delegado estava extremamente irritado com toda a atenção que a imprensa estava dando ao herói. Quando ligava a TV, não havia programação que não citasse a figura de olhos azuis. Nos jornais era a mesma coisa. Até mesmo em revistas de fofocas havia a caricatura de O Alma, já que ninguém conseguira fotografá-lo. Numa destas leituras, Jarbas viu uma foto de Jefferson com seu livro em mãos: havia uma pequena nota sobre o escritor currutense. O homem da justiça, por mais carrancudo que fosse, abriu um largo sorriso.

Aquele jovem representava algo de bom para a cidade, pois estava carregando para as páginas da imprensa o que Jarbas sempre sonhara: orgulho currutense, ou algo que não fosse associado às desgraças cotidianas. Embora não fosse um homem culto, iria passar em uma livraria e adquirir um exemplar de *Olhos para o Futuro*.

"Boa sorte, rapaz" – disse Jarbas, passando a página.

O que viu na página seguinte o deixara totalmente furioso: quem teria sido o idiota que colocara uma nota daquela? Como alguém ousara fazer aquilo com ele? Jarbas bufava. Aliás, ultimamente, estava um grande bufão.

"Será que O Alma acabará com o reinado de Honório Gordo?"

A reportagem foi aberta com aquele enunciado. Jarbas socou sua mesa, lendo e relendo aquela frase, sem dar importância ao que vinha depois. Aquele diabo negro não poderia estragar suas ambições, jamais deveria interferir em seus anseios. Ele não poderia permitir que O Alma interrompesse suas buscas, que alcançasse suas metas. Seu fiel objetivo sempre fora colocar Honório Gordo atrás das grades.

Jarbas fez uma bola de papel com o noticiário, jogando-o no lixo. Coçou o cavanhaque, que lhe dava ares de um bode em fúria. Precisava se controlar, não pretendia ser inimigo de O Alma, mas também não o queria como aliado. Não mesmo! Relutava, mas, em seu inconsciente, possuía certa simpatia pela figura negra.

Ultimamente, o delegado estava sendo muito requisitado pela imprensa local e regional. Falava sem mostrar o rosto: sempre atendia a telefonemas, ou mandava alguma nota por *e-mail*. As perguntas eram sempre as mesmas: todos queriam saber o que ele achava do herói da cidade; se o trabalho do estranho estava ajudando a polícia; se Jarbas o conhecia pessoalmente.

Ele, entretanto, era seco, com suas respostas rápidas e, quando manuscritas, dotadas de erros gramaticais.

* * *

Pequim, China. Aeroporto Internacional.
Um homem dirige-se ao balcão de informações. Seus passos são interrompidos. Alguém o aborda:
– Yue Liang?
O homem confirma com um gesto. O outro lhe entrega então uma maleta.
– Está tudo na mala. Sabe o que fazer quando chegar lá.
O homem assente, e segue para o balcão.
– Qual o destino, senhor?
– São Paulo, com conexão para Curruta.
Nova York, Estados Unidos. Aeroporto JFK.
– Senhor Raymond?
– Pois não?
– Sua maleta.
– Obrigado.
O homem dirige-se ao balcão.
– O destino, senhor?
– Rio de Janeiro, com conexão para Curruta.
Moscou, Rússia. Aeroporto Vnukovo.
– Qual é o destino, senhor Vassily?
– Rio de Janeiro, São Paulo e depois Curruta.
– Bagagens?
– Apenas minha maleta. Vou levá-la comigo.

Capítulo 39

Ele acordou. Estava enfraquecido, e uma terrível dor de cabeça lhe esmagava as têmporas. A garganta arfava, os dedos tremiam. Diamante estava no laboratório, entre as grades que lhe davam o aspecto de um feroz animal. Sabia que estava morto; estava ciente de que era um rato de laboratório. Apesar dos pesares, não queria morrer pela segunda vez. Após reencontrar o filho, então...

Estava sentado na maca. Trajava uma bela calça social e um sapato de preço incalculável, que jamais poderia ter comprado em vida. O luxo era um precioso disfarce para um morto, que fedia a ponto de matar. Honório e seu maldito cientista lhe pagariam algum dia. Sua injustificável morte teria um preço: tudo fora perdido graças ao Projeto Diamante. Pablo jamais sonhara que seria ele a cobaia daqueles dois miseráveis.

Se antes tivesse imaginado, ou se não confiasse tanto em Honório, teria captado no ar que ele seria, sim, a possível vítima. Sempre ouvira falar pelos corredores sobre o Projeto Diamante; vez ou outra ficava frente a frente com o austríaco Markus. A forma como o cientista o analisava, da cabeça aos pés... Era como se falasse com os olhos: "Você é o cara perfeito para a minha experiência".

Como é que não percebera isto antes?

Pablo era praticamente o braço direito de Honório, simplesmente espetacular na proteção de seu chefe. Nas horas vagas, ficava com a esposa e com seu pequenino filho, de poucos meses. Por via das dúvidas, dizia à esposa que era segurança de um grande empresário da cidade; vacilava um pouco quando perguntado qual o ramo do patrão. A esposa jamais sonhara que, antes de proteger Honório, Pablo era um impiedoso matador de aluguel. Seu bondoso espírito de perfeito pai e marido anulava qualquer suspeita sobre ele.

Quando o pequeno Lucas nasceu, foi uma grande festa. Honório permitiu 15 dias de descanso ao seu fiel escudeiro, que era conhecido por sua lealdade. Honório fez até uma rápida visita ao casal, presenteando-os com um envelope, o qual continha uma grande quantidade de dinheiro. O casal não sabia como agradecer a gentileza do gordo. Tudo fora como um conto de fadas na vida do colombiano, até o dia da troca de acusações com o colega Nestor. O dia fatal, crucial, que o condenou para o resto de sua... Morte. É o termo mais correto, neste caso.

Perdido nessas lembranças, Diamante teria dado um longo suspiro, caso respirasse. Mas não, era um morto. Um morto que estava descobrindo a vida. Um morto que estava descobrindo seus poderes. Jamais Honório ou o cientista poderiam imaginar que ele estava com uma força equivalente à de 800 homens. Também não imaginavam que o fétido homem dava saltos surpreendentes, que encurtavam caminhos.

– Como você está, Carniça *Man*? – perguntou o cientista, interrompendo seus pensamentos.

Diamante apenas o olhou: como queria colocar suas mãos sobre aquele diabo da Áustria.

– No mínimo com muito ódio, não é? Nada de anormal, era esta a intenção. Jamais pretendi fazer de você um anjo, quero você meio homem, meio demônio. Mais demônio que homem.

O cientista encaixava uma agulha em uma pistola. O cabo era transparente, e nitidamente notava-se um liquido preto, denso. Sem maiores rodeios, o homem mirou por entre as grades, e a agulha atingiu em cheio o pescoço de Diamante. Ele caiu.

– Na mosca! – gritou o austríaco, cheio de satisfação. No cabo da pistola não havia mais líquido algum. Todo o conteúdo espalhava-se pelo corpo do homem, desfalecido na maca.

Enquanto o soro fazia seus efeitos, o cientista foi buscar os trajes do vilão. Voltou com uma camisa azul, uma gravata preta e um par de calçados novos.

Diamante se recuperava: sentia uma força incrível, um bem-estar físico que jamais experimentara antes. Seus braços ficaram mais robustos, o tórax estava forte e os ombros, mais largos. Estava com um grande corpo, ossudo, demasiadamente forte.

– Opa! Vou ter de pegar uma camisa de tamanho maior. Você está crescendo, filho!

Diamante lançou-se contra as grades. O cientista, mesmo de costas, deu um leve toque no botão vermelho, que estava no bolso de seu sobretudo. O prisioneiro caiu no chão, contorcendo-se de dor.

– Fique calmo, rapaz. Fique calmo. Aqui eu dou as ordens, você apenas as obedece!

As dores foram se dissipando. Diamante jazia de quatro no chão, resmungando insultos em espanhol.

– Fale comigo num idioma que eu entenda! Fale mal, pragueje, mas de forma que eu possa entender. Vista esta camisa e coloque a gravata! – ordenava o ousado cientista.

Diamante o olhava. Vestia a camisa, a gravata, tudo conforme as ordens.

– Um dia colocarei minhas mãos sobre você e o matarei, com seus olhos mirando os meus. Quando você chegar ao inferno, vai lembrar-se apenas de minha face. Espere pra ver.

O homem deu uma gargalhada:

– Sabe, Diamante, o homem que vive esperando é o mesmo que morre na espera. E você já morreu, certo? Vamos logo, há mais uma missão para você.

– Não quero missões.

As sobrancelhas do austríaco ergueram-se.

– Esta não é uma decisão sua.

Markus massageava o botão vermelho do aparelho, agora em mãos.

– E tem mais: se não fizer o que lhe é imposto, Diamante, seu filho e sua ex-esposa sofrerão as consequências.

O cientista estava se transformando num genuíno e autêntico gozador. Isto era comprovado por suas palavras, por suas sobrancelhas bem traçadas e por seus olhos cada vez mais risonhos.

O ódio devorava Diamante que, após alguns instantes de reflexão, tornou-se ainda mais sério.

– É isto mesmo, seu desprezível! Sei que você viu seu pequenino na batalha entre aqueles dois monstros. Os seus olhos, Diamante, também são meus. Sabe que sua esposa está com um marido novo. Ele é um bom homem, e seu filho o chama de pai. Você viu e ouviu o carinho que o menino tem por ele. Certamente com sua esposa não deve ser diferente, principalmente à noite. Não há mais para você o leal e terno amor dela.

O homem fora das grades começou a rir como se tivesse acabado de ouvir uma das melhores piadas de sua vida. Diamante, em silêncio, deixava florescer em si um ódio mortal: o laboratório começou a ter um cheiro mais que insuportável. O austríaco, que não se valia de máscara diante dele, refugiou-se em uma, que carregava no outro bolso.

– Vamos à sua missão, seu carniceiro. Você fede como uma peste!

Capítulo 40

Andares acima... à noite.
— Onde conheceu aquela jovem, Saulo?
— No colégio, pai — respondeu o garoto, sem jeito.
Honório tentava se aproximar do filho, uma vez que seu crescimento havia sido despercebido por ele. Não imaginava que o filho já passasse por tal fase, que já estivesse se tornando um homem, com atitudes e conquistas de um adulto.
— Gostei bastante dela. Parece ser uma jovem simpática.
— Jasmim é adorável. A mãe dela, dona Sofia, também é.
— O quê? Já conheceu a mãe dela?
Saulo estava detestando a entrevista, ainda mais porque os capangas de seu pai ouviam toda aquela conversa; Saulo simplesmente os detestava.
— Sim, Jasmim me apresentou a ela. Conheci sua mãe e seus irmãos e, numa rápida conversa, seu pai.
Honório riu; viu que seu filho estava mesmo envolvido com a garota. Seu namoro era sério e precoce: nos dias de hoje, indo conhecer os pais de uma garota? Sentiu que faltou orientação para o jovem Saulo.
— Sofia. Dona Sofia. É um nome bonito. Deve ser muito bonita, também, a mãe, pois sua filha é linda. Está de parabéns, filho — Honório deu uma breve piscada na direção de seus homens.
— Obrigado, pai.
Saulo fez menção de se retirar.
— Fique mais um pouco — pediu Honório, em um tom de voz que até mesmo Saulo desconhecia. Os capangas se retiraram, em sinal de obediência ao gesto do comandante.
— Estaremos ao lado, senhor Honório — disse um deles ao se retirar, seguindo o primeiro. Honório apenas fez um gesto positivo.

– Quero dizer que estou mesmo muito orgulhoso de você, Saulo. Tenho plena convicção de que perdi muito tempo com meus negócios e não me dei conta de quanto você cresceu. Já está até com uma barba rala na cara!

O gordo gargalhou. Saulo apalpou, com as pontas dos dedos, os fios que despontavam em seu queixo.

– Gostaria muito que entendesse – continuou Honório – que meus negócios tomam muito do meu tempo; sempre tomaram. Hoje, mais que nunca. O menor descuido e podemos perder tudo. Este império foi construído com muita garra e suor, e isto exige muita dedicação.

Saulo estava pouco interessado naquela conversa. Sua idade não permitia mais que discursos vagos e suspeitos o comovessem.

– Não tem problema, pai, eu entendo. Preciso ir.

Saulo se levantou.

– Calma! – disse Honório, mudando seu tom de voz. Agora, falava de forma autoritária e seca, como era de seu costume. Saulo parou, mas ainda permaneceu em pé.

– Pois não – respondeu o garoto, de cabeça baixa.

Honório, muito sem jeito, levantou-se com dificuldade: era muito peso a ser sustentado. Ficou de frente com seu filho: observava aquele jovem bonito e responsável. Realmente se orgulhava com o que via. Queria abraçá-lo, mas sua dureza e frieza criavam uma barreira difícil de se derrubar. Ficou ali, em silêncio, sacudindo as mãos.

– Acho que está cansado. Precisa ir.

– É, estou – respondeu Saulo, retirando-se.

– Saulo! – chamou Honório. O filho interrompeu os passos.

– Sim?

– Já ia me esquecendo. Cuidado, raramente nos vemos em público. Só peço que jamais me apresente a alguém pelo nome de Honório; para todos os efeitos, esteja onde ou com quem estiver, seu pai se chama Paulo, Paulo Seixas. Quase revelou a Jasmim o meu verdadeiro nome!

– Claro, pai, foi mal. Me desculpe. Boa noite!

– Espere. – Saulo interrompeu os passos novamente. Seu pai o olhou, dizendo:

– Qual é o nome do pai de Jasmim? Você sabe?

Saulo se virou, olhou bem no fundo dos olhos do sem pescoço à sua frente, e respondeu:

– Jairo, pai. Acredito que seja Jairo. Falei com ele muito rapidamente. Boa-noite!

– O que ele faz?

Saulo respirou fundo:
— É empresário, pai. Assim como o senhor.
Honório apenas vincou a testa: sabia que aquela última informação não era verdadeira.
— Pode ir. Boa-noite!
— Boa-noite!
Os homens de Honório voltaram, e ele se acomodou novamente em seu confortável sofá. Estava quente, e ele então tirou a camiseta do Iron que usava. Seus capangas viram a barriga caída entre as pernas flácidas e gordas. Toda a obesidade apoplética de um homem sedentário e amolecido estava ali, infelizmente bem ao alcance dos olhos. Honório ligou a TV e o DVD, e começou a assistir ao show do Green Day. Acendeu um charuto, apertou a tecla pause e disse:
— Descubram tudo sobre a garota, a tal de Jasmim. Principalmente o nome do pai dela. Aposto a vida que o nome deste cara não é Jairo.
Um dos capangas apenas pegou o transmissor, enquanto Honório dava play novamente no DVD e *American Idiot* arrebentava na tela.

Capítulo 41

Érdynan Xan estava feliz com o resultado de sua missão. Sua preocupação agora era descobrir como encontrar Ayzully para que, juntos, acabassem com O Alma e com os demais humanos. Precisava de ajuda, pois os humanos eram muitos, e Ezojy estava muito forte. Aliado ao humano, tornara-se um oponente muito ousado e perigoso.

Usando os conhecimentos de João, o ser de cor vermelha sabia onde deveria atacar. Precisava de humanos em massa; naquela sexta-feira, a igreja era o lugar ideal. Érdynan Xan se acomodou sobre um prédio próximo ao templo: via que muitos carros chegavam. Ali havia jovens, velhos, adultos e crianças, todos manipulados pelo humano do qual tomara o corpo. Todos eles morreriam em breve.

Só de pensar em matá-los, os olhos da criatura involuntariamente se intensificavam. Fechou-os para que não fosse notado. Os fiéis entrariam e se acomodariam, aguardando pelos sermões do supremo temporário. E para ele deixariam, em nome de Deus, todas as suas economias.

Érdynan Xan viu ao longe uma passagem azul no céu: era O Alma, Ezojy.

– *Desgraçado!* – disse a si mesmo.

As luzes desapareceram no horizonte. Érdynan Xan ficou satisfeito e aliviado com o desaparecimento. Concentrou-se na chegada de mais e mais pessoas; seriam presas fáceis, esmagaria a todos. Queriam rezar, mas não pensavam duas vezes antes de destruir ou tomar o que pertencia aos outros. Outro vacilo: os olhos intensificaram-se novamente. Algumas pessoas, um pouco assustadas, olhavam para o céu: de onde teria vindo aquele brilho intenso e momentâneo?

Os minutos se passaram e todos os assentos da igreja foram tomados. Corredores laterais e centrais eram ocupados pelos atrasados. Érdynan Xan, agora sem receio algum, deixou que seus olhos brilhassem para o céu; era hora de agir. Uma música pacificadora vinha do piano, uma melodia religiosa. Aquilo acalmava a alma de qualquer humano. Como não era humano, Érdynan Xan não se comoveria com uma simples música. O verbo a ser conjugado em primeira pessoa era *matar*. Em meio a uma gargalhada, seus olhos iluminaram o céu.

* * *

O Alma buscava pelo inimigo; precisava, com urgência, acabar com o terror que assolava a população da cidade. Érdynan Xan precisava ser detido, a criatura havia perdido os valores acuylaranos. Estava possuído, sedento por vingança; em sua essência, só predominava o mal.

A sombra negra cortava o céu de Curruta, em uma desenfreada procura. Bandidos cometiam seus crimes, pensando que estavam imunes às ações de O Alma.

Tentavam se esconder, mas a figura os localizava. Não reagiria, pois naquele momento seu foco era outro: Érdynan Xan. A figura vermelha de olhos amarelos teria de ser destruída, mesmo que a contragosto de O Alma. Sua missão em nosso planeta não se resumia em morte, mas em trazer a paz ao local em que vivesse sua alma gêmea.

Aquela batalha teria fim só com a morte, fosse de O Alma ou de Érdynan Xan. O primeiro deu meia-volta, quando testemunhou um lampejo amarelo mudando a paisagem do céu. O lampejo também fora visto por Jarbas e Robinson, que faziam ronda pelos arredores da igreja.

* * *

O ausente João, por meio de um telefonema, pediu para que outro homem tomasse seu lugar temporariamente na igreja. O evento religioso estava prestes a começar. Algumas pessoas estavam de joelhos; outras, com o livro religioso em mãos. Cada um revelava suas intimidades a Deus...

Em um simples gesto do homem no altar, todos ficaram em pé. Antes que ele proferisse a primeira palavra, parte do teto desabou. Com a força exercida sobre o concreto, a figura vermelha foi atraída pela gravidade, fazendo instantaneamente parte de suas vítimas. Érdynan Xan sobrevoava o lugar: a multidão estava desesperada. Dois fiéis conseguiram sair pela porta da frente, antes que o estranho a lacrasse. Havia naquele templo aproximadamente 300 pessoas; a iluminação interna era frágil, se comparada aos olhos da criatura. O piano ficou mudo. Os que tinham mais fé começaram suas preces. O refúgio era Deus. Os mais fracos pensavam em correr, enquanto Érdynan Xan olhava a cada pequenino abaixo de si. Era a hora do massacre.

O som da sirene e dos pneus fritando foram ouvidos: a polícia fora avisada sobre a invasão. Certamente os dois que fugiram providenciaram a informação. Érdynan Xan deu sua já tradicional gargalhada. *"Quanto mais pessoas aqui dentro, mais vítimas."*

Jarbas saiu do carro. Ele e Robinson, com armas em punho, olhavam pela fresta a multidão indefesa: jovens, velhos, adultos e crianças sob a mira dos terríveis olhos de Érdynan Xan. Jarbas não sabia o que fazer: não se pode destruir o indestrutível. Na angústia de sua desorientação, desejava a presença de O Alma.

Afastaram-se da porta: tinham segundos para tomar uma decisão. Caso contrário, aquela criatura acabaria com todos. Já bastava todo o sangue que fora derramado. Érdynan Xan veio do alto, na direção do aglomerado de pessoas.

A abertura por onde a criatura vermelha entrou foi também a porta de entrada para O Alma, que se lançou contra Érdynan Xan. Por trás da criatura, O Alma pegou-o pelo pescoço, cruzando as pernas na altura da cintura do inimigo. A esperança de todos era a porta lacrada.

Jarbas e Robinson, ainda sem um plano em mente, olharam novamente para o interior do templo, através da fresta. Precisaram proteger seus olhos, quatro intensas luzes vinham ao encontro dos policiais.

O Alma, sufocando Érdynan Xan, arrebentou a porta.

Vidro e ferro voaram por todas as partes, atingindo os carros dos policiais. A briga agora era de gigantes.

A multidão saiu descontrolada do lugar; se alguém ali caísse, certamente seria pisoteado. Jarbas e Robinson se levantaram, recompondo-se do susto. Procuraram por suas armas, que escaparam das mãos durante a queda. Nenhum deles teve sucesso na busca. Abriram caminho para as pessoas que saíam correndo, totalmente desorganizadas.

O trânsito estava interrompido: os dois seres jaziam sobre o asfalto, no meio da movimentada rua. Sons de buzina deixavam o ambiente ainda mais assustador. Alguns fiéis interrompiam a fuga, para presenciar aquela cena. Érdynan Xan estava imobilizado: O Alma usava sua descomunal força para quebrar aquele pescoço, que era frio e resistente às suas tentativas.

O ar faltava a Érdynan Xan; a força usada por O Alma o deixava exausto. Mas Érdynan Xan também era muito poderoso. Usando toda a sua força, virou-se. Mesmo o agarrando por trás, O Alma cedia aos avanços da figura vermelha. Érdynan Xan puxava os braços negros que envolviam seu pescoço, e aos poucos conseguiu minimizar a pressão. O ar voltava lentamente. Em um vacilo da figura negra, Érdynan Xan soltou um de seus cotovelos sobre a testa de O Alma. O pescoço pendeu para trás; a dor era tanta que as pernas que envolviam a cintura do outro perderam a força. No instante seguinte, uma dor descomunal avançou sobre o estômago da figura negra: fora atingido por uma segunda cotovelada.

Sem tempo para reagir, uma sola do pé o atingiu sobre o estômago novamente. O Alma estava tomado de dores, e Érdynan Xan se levantava. O herói negro se contorcia, ainda no chão.

– *Você vai morrer por eles, Alma?*

Érdynan Xan estava a meio metro do corpo que se contorcia sob o asfalto.

– Que diabos pensam que estão fazendo essas coisas, Robinson? – perguntou Jarbas, dividido entre assistir à cena ou vasculhar o chão mais uma vez, na tentativa de encontrar sua arma. Robinson, no entanto, deu de ombros, sem tirar os olhos das criaturas, que estavam a poucos metros de distância.

– *Por eles, eu posso tanto morrer quanto matar* – respondeu O Alma.

Antes que concluísse a frase, um de seus pés atingiu em cheio o queixo de Érdynan Xan. Este foi lançado a dez metros de altura, e sua cabeça quase que se solta do pescoço. A força do golpe foi tão precisa que ele foi para o alto, e O Alma caiu contra o chão novamente, mas de imediato se levantou. O outro tentava rapidamente recobrar a consciência, massageando o queixo. Érdynan Xan olhou para baixo, e todos protegeram seus olhos com as mãos. Quem olhava para O Alma repetia o gesto. O que aquelas luzes atingissem, queimaria em segundos. Estavam intensas como jamais estiveram antes.

– *Que assim seja, maldito!*

Érdynan Xan lançou-se contra seu inimigo, e O Alma fez o mesmo. A multidão, involuntariamente, voltou a abrir os olhos. Os dois se chocaram, atingindo-se com socos e pontapés. Cada um deles caiu para um lado, e o barulho causado pela queda foi ensurdecedor. As pessoas corriam como formigas desnorteadas, para não serem atingidas pelos gigantes. Os dois colocaram-se em pé, e o baixo-relevo permaneceu na calçada em que caíram.

– *Saiam...*

Antes que conseguisse advertir à população, O Alma foi atingido por um punho fechado, bem no meio do rosto. Em meio à desobediente população, repórteres, câmeras e fotógrafos buscavam melhor posição e ângulo. Buzinas ao longe e *flashes* enriqueciam o cenário de terror.

O Alma caiu sobre o capô de um carro; seu peso amassou a lataria e estourou os dois pneus dianteiros. Antes que se virasse, Érdynan Xan jogou-se contra ele. O carro ficou em pedaços. O Alma tentava se livrar da figura vermelha, segurando os braços do oponente, que afastou sua cabeça para depois lançá-la contra a testa do herói. O Alma se desvencilhou, e Érdynan Xan arrombou o que restava da lataria. O ser de olhos azuis segurava os braços do vermelho, procurando espaço com os pés. Envergou o corpo e conseguiu atingir com a sola do pé o peito de Érdynan Xan, que caiu nos estilhaços da porta do templo. Mais barulho, mais baixo-relevo no solo.

O Alma se levantou, meio atordoado. Alguém da plateia jogou uma pontiaguda barra de ferro aos seus pés. Há alguns metros, Érdynan Xan estava imóvel, como se estivesse se recuperando para continuar a batalha. No corpo de O Alma havia arranhões e machucados, e daqueles ferimentos escorria um líquido azul. Cada um dos gigantes respirava fundo de um lado, e a população de coração admira O Alma. Até mesmo Jarbas, que o criticava publicamente. Ao lado de Érdynan Xan, formou-se uma poça de líquido amarelo. O corpo dele também estava cheio de hematomas.

Todos, sem exceção, fizeram cara de horror quando viram os ferimentos se fechando instantaneamente. O herói se autocurava. O líquido azul que escorria regressava para a abertura na carne de O Alma. A poça amarela, como se o líquido fosse guiado, saía do chão e deslizava sobre o corpo de Érdynan Xan, à procura de um orifício para entrar novamente. Encontrou vários.

Érdynan Xan se levantou; seus olhos transmitiam puro terror. Ao seu redor e em sua frente, as pessoas se dispersavam, abrindo caminhos. A criatura vermelha deu-se conta de que, à sua frente, restara apenas O Alma, totalmente recuperado. A figura de olhos amarelos olhou para o céu, gargalhou e foi de encontro ao inimigo novamente.

Cego pelo ódio, querendo apenas atacar e esquecendo-se da defesa, Érdynan Xan lançou-se cegamente contra O Alma. No mesmo instante, a criatura vermelha ficou congelada no ar: o fantástico negro, em pé, exibia-o como um prêmio.

O herói negro estava com a barra de ferro em uma das mãos, e ficou a observar os pontos amarelos à sua frente. Quando ia ser atacado, enterrou o metal entre os olhos da criatura vermelha, o único ponto perfurável, vulnerável e que poderia causar sua morte. Em suma, o único ponto fatal. A barra saiu pela parte de trás da cabeça de Érdynan Xan.

O Alma, então, enterrou seu braço naquela abertura e soltou o metal, que tilintou no asfalto. Tinha Érdynan Xan morto, a cabeça colada em seu ombro. As pessoas de estômago fraco viraram-se para não ver aquela cena. Os olhos amarelos lentamente iam se apagando, para nunca

Capítulo 41

mais voltar. O Alma então o largou. O corpo de Érdynan Xan caiu como uma pena ao chão, sem barulho, sem formar relevos no solo. Todos ficaram em silêncio, como em um funeral. As buzinas cessaram. Já os *flashes* sobre o cadáver vermelho e a figura negra, pipocavam.

Ainda com o braço cheio do líquido amarelo, proveniente do corpo de Érdynan Xan, O Alma sentia que seus olhos perdiam a força. O herói ficou em pé, bem próximo ao corpo daquele que acabara de tirar a vida. Aquilo doía muito. Olhou para o céu, e seus olhos tomaram força. Um avião, que passava naquele instante, fora iluminado por eles.

– **Nãããããããão!** – gritou, a plenos pulmões.

Abaixou-se e ficou a contemplar o que restara da face de Érdynan Xan. Do corpo vermelho, começou a sair uma fraca fumaça avermelhada. Tirar uma vida descaracterizava sua raça: O Alma estava aos pedaços por dentro.

A cena chamou a atenção de todos, inclusive de quem estava ali para filmar ou fotografar. Alguém precisava registrar os seres prodigiosos, os místicos torturados pela justiça e vingança. A fumaça foi se intensificando, e o corpo vermelho formando pequenas rachaduras. Os pedaços que se desprendiam do corpo evaporavam ao tocar o solo. O Alma olhava com piedade aquele acontecimento. Estava diante do inacreditável: o corpo de Érdynan Xan foi se dissolvendo, desaparecendo por completo em meio àquela preguiçosa e encantadora fumaça vermelha. Os espectadores aplaudiam freneticamente a figura negra.

Depois houve sussurros de exclamação, quando todos viram que, em meio àquela fumaça, estava um corpo morto, de um homem bem conhecido de todos: João.

Em meio aos lamentos humanos, irrompeu uma mulher em desespero.

– Você o matou, assassino!

Era Simone, completamente abalada e sacudida pelos soluços. Jogou-se sobre o corpo do marido, beijando compulsivamente sua face.

O Alma se lembrou dos dois. Era o casal da igreja.

Capítulo 42

No mesmo instante em que a batalha entre O Alma e Érdynan Xan começou, o mendigo que morava nas proximidades do prédio de Jefferson dormia. Ou melhor, roncava. Seu vira-lata começou a latir, mas, antes que acordasse o seu dono, calou-se. Alguém o fez cessar os latidos.

Uma estonteante mulher parou diante do homem. Usava um charmoso e longo vestido, e ficou ali a observá-lo por longos minutos. Algum tempo depois, o mendigo abriu os olhos.

Levantou-se rapidamente, em meio a tropeços, esbarrando em seu inseparável carrinho de madeira. Sua mão foi ao encontro do seu litrão de cachaça; ele o pegou e o levou à boca, enquanto olhava aquela linda jovem diante de si. Vasculhou ao redor e não havia mais ninguém: só eles naquele ambiente.

– Não se assuste, querido. Vim para ajudá-lo – disse ela, numa voz encantadora.

– Me ajudar?

– Claro. Vim para ajudar você e todos os homens deste mundo. Sou um anjo.

O mendigo a olhava; o litro na boca, a testa vincada. Ela se aproximou dele; tinha olhos verdes encantadores, que seduziam.

– Você confia em mim?

O homem vasculhou ao seu redor, antes de responder:

– Claro, senhora! Claro que confio. A senhora vai me tirar da rua?

– Vim aqui para isso. É um homem bonito, precisa de cuidados.

Ela se aproximou, passando uma das mãos sobre sua face. O mendigo sentiu um calafrio, a mão dela era muito fria.

– Por favor, nada de formalidades. Me chame de você, ainda sou muito nova!

O mendigo assentiu, enquanto a beldade acariciava gentilmente sua barba suja.

– Qual é o seu nome? Por que sua mão está tão fria?

Ela retirou a mão de sobre a face dele.

– *O meu nome?*

Ela estava seminua. O homem olhou para sua garrafa: estaria tendo alucinações?

– *O que importa o meu nome?*

A jovem estendeu-lhe a mão, com a palma voltada para cima. Instantaneamente surgiu uma taça, uma linda taça de cristal sobre ela.

– *Dê-me um pouco de sua bebida, querido.*

– Claro... – balbuciou o mendigo, sem tirar os olhos dela, que agora usava o mesmo vestido de antes. Ela bebeu a meia taça que lhe fora servida.

– *Quero mais um pouco.*

O mendigo a serviu novamente.

– *Está bom!* – disse ela, quando a taça estava ao meio. Na outra mão havia um anel. Como se benzesse a bebida diante da joia, ela fazia círculos sobre as bordas da taça. A bebida, que era incolor, ficou levemente esverdeada. Ofereceu a taça ao homem.

– *Beba, meu amor!*

Ele abriu meio sorriso; o vestido havia desaparecido, ela estava completamente nua.

– Espere! – disse a jovem, antes que ele colocasse a taça na boca. – Quero te dar um beijo.

O mendigo abriu um largo sorriso, deixando à mostra seus dentes escuros e estragados. Ela o beijou com uma fúria sem igual, como que levada por uma ardente paixão. Depois do beijo, ele manteve o largo sorriso.

– *Pode beber agora.*

O homem levou a bebida à boca, e em um só trago esvaziou a taça, que se estilhaçou no chão. A linda mulher de vestido longo contemplava o homem que sufocava à sua frente, cambaleando de um lado para o outro. Segundos depois, caiu sobre o seu cão, que estava aos pedaços. Ambos mortos.

– *Ah!, querido, nem me apresentei! Meu nome é Lucrécia. A promessa foi cumprida, não vai mais ficar na rua.*

Ela desapareceu, deixando um cintilante rastro verde para trás.

Capítulo 43

Manu esperava por Jefferson na sala, o coração apertado. Não sabia o que dizer ou fazer; a situação entre os dois estava ficando diferente, o casamento tomando rumos distintos do que prometeram um ao outro. A jovem, cansada, acabou por cochilar no sofá. Estava exausta, física e mentalmente.

Algo caiu na janela, e o apartamento tremeu. Manu quase soltou o coração pela boca, mesmo sendo a terceira vez que isso acontecia. "O que está havendo?", perguntou-se, surpreendida.

Olhou para a janela, e logo viu Jefferson completamente nu, caído. Seus ferimentos eram horríveis, o corpo cheio de hematomas alarmantes. Levantou-se apressadamente, precisava socorrê-lo. O nariz sangrava; os olhos tinham um contorno azul assustador.

– Jefferson, você está bem?! – perguntou Manu, chorando.

Jefferson não se manifestava. Ela pensou em ligar para algum médico, ou chamar algum vizinho.

– Não ligue ou chame ninguém, Manu – disse Jefferson, com muita dificuldade, desorientado e terrivelmente perplexo.

Ela voltou a olhá-lo; o piso estava encharcado de sangue. Não poderia ser obediente diante de uma situação daquelas. Correu ao telefone. Ao apertar o primeiro digito, ouviu novamente:

– Não faça isso.

Era Jefferson, um tanto grosseiro. Estava em pé, com um dos braços estendidos, como se aquilo impedisse sua mulher de dar continuidade ao que estava fazendo. Ela parou. Ficou a observá-lo, chorando desconsoladamente. Num impulso, jogou o telefone contra a parede: eram ódio e pena manifestando-se dentro da jovem Manuela.

O apartamento foi sacudido novamente; o franzino Jefferson foi ao chão. Manu o olhou e, rapidamente, virou o rosto: as costas de Jefferson estavam dilaceradas. Havia um ferimento tão profundo, que era possível ver nitidamente um osso no interior de seu corpo. Manu gritou ao ver aquilo, mas foi se aproximando dele. Jefferson conseguiu ficar com o corpo de lado, contemplando sua linda esposa que andava em sua direção.

– Eu te amo, querida!

Manu era só lagrimas, de comoção e de ódio. Havia perguntas sem respostas; estava perdendo o marido, o marido a estava perdendo. Precisava falar com ele, e muito. Mas como?

Ela ajoelhou-se diante dele e começou a acariciá-lo no rosto. Como se tivesse levado um choque elétrico, afastou ligeiramente sua mão; ao encostar na têmpora de Jefferson, seus dedos afundaram: os ossos da testa estavam despedaçados. Como se ainda não bastassem aquelas cenas horríveis, viu que Jefferson tinha um dos dedos quebrados.

Manu respirou fundo. Tinha pena dele, tinha pena de si mesma. Há dias queria ao menos falar com o marido, mas suas tentativas eram frustradas. Ela caiu, ficando ao lado de Jefferson. Sentia algo diferente dentro de si; diante da situação, começou a gargalhar como uma louca. Jefferson abriu os olhos: via ali, ao seu lado, a esposa como uma insana, rindo sem parar e massageando a barriga, como se estivesse sentindo uma dilacerante dor. Ele fechou os olhos; não conseguia ver aquela cena.

Manu arregalou os seus olhos, mirando Jefferson. Levantou-se, ainda fitando o marido desfalecido. Os vidros da janela refletiram sua imagem: ela se viu pálida como nunca havia visto antes. No horror de ver a si mesma naquela situação, desmaiou. Ficaram ali, ela e Jefferson, caídos. Estavam na mesma posição em que dormiam todos os dias.

* * *

Na manhã seguinte, Manu acordou em sua cama, sentindo uma terrível dor de cabeça. Buscou por Jefferson, mas ele não estava. Olhou para o relógio, estava atrasada para ir ao trabalho! Era sábado, dia de pico na loja. Ao dirigir-se ao banheiro, viu seu café sobre a mesa. Jefferson cantarolava uma canção que Manu não conseguia distinguir qual era. A jovem ficou observando-o, medindo-o de cima a baixo. O "costas-magras" estava sem camisa, mas não havia ferimentos ou cicatrizes no corpo de Jefferson.

Naquele momento, restou à moça apenas chorar; chorava baixinho, encostada à parede. Correu com a mão sobre a barriga; olhou para seu braço, e eles estavam sem cor novamente. Se segurou; não poderia desmaiar. Não naquele momento.

– Bom-dia, você está bem?

Manu fora surpreendida. Jefferson correu até ela.

– Sim, estou – respondeu a jovem, afastando-o.

– Tem certeza? – perguntou Jefferson, incrédulo com o ato de rejeição da esposa.

Manu o olhava. Seu olhar parecia emitir diversas perguntas: "O que está acontecendo?", "Quem é você?". Lágrimas começaram a escorrer por sua face.

Jefferson estava imóvel; gostaria de perguntar o que estava acontecendo, mas não tinha iniciativa, ante a reação de Manu quando a tocou.

A jovem, a passos lentos, começou a se aproximar. Jefferson não tinha reação: sua esposa afagava a barriga dela com uma mão. Com a outra, começou a apalpar a face do companheiro. Ela conferia cada milímetro daquele rosto magro. Livrou Jefferson dos óculos; o rapaz, petrificado, comportava-se como um manequim de loja.

Manu chegou ao ponto que queria, a testa: esta era o alvo. Com todo o cuidado, começou a apalpar vagarosamente aquele espaço. Apertava a têmpora de Jefferson com o polegar, o mesmo ponto que tocara antes. Nada. À medida que fazia isso, chorava ainda mais. Jefferson, comovido e sem entender, permanecia imóvel.

Manu deu a volta em torno do corpo franzino à sua frente, as costas eram a bola da vez. Ela acariciava o couro grudado nos ossos: tudo intacto. Nenhum ferimento ou arranhão. Mais abaixo, apalpou e se abaixou, verificando o local onde antes havia a perfuração: nada. Não havia absolutamente nada que denunciasse algum ferimento.

Ela pegou a mão de Jefferson e o conduziu até o sofá, onde ficaram frente a frente, um contemplando o outro. Nitidamente, Jefferson engolia a seco, de segundo em segundo. Manu era só choro. Chorava como uma menina abandonada pelo primeiro amor.

– O que foi, Manu? – perguntou Jefferson à meia-voz.

Ela abaixou a cabeça. Segurava fortemente a mão do esposo. No dedo, a aliança que selava o ardente amor entre os dois. Nenhum dos dedos estava quebrado.

– Nada, querido. Sou uma boba, só isso.

Jefferson a abraçou:

– Não diga isso, minha princesa. Jamais diga uma coisa dessas. És a mulher mais amada deste mundo.

Ficaram os dois, ali, abraçados. Minutos depois, desfizeram aquele caloroso abraço.

– Também te amo, Jefferson. Tenho de trabalhar.

– Coma alguma coisa, eu a levo. De lá, vou pescar.

– Não precisa. Não se incomode. Ainda há tempo para que eu pegue o ônibus. Vai se atrasar para sua pesca.
– Faço questão de levá-la.
– De verdade, estou bem. Vou de ônibus mesmo, obrigada.
– Você é quem sabe – respondeu Jefferson, desapontado.
– Amanhã terei de trabalhar também. Seria minha folga, mas me chamaram. Confirmei que iria – respondeu Manu, de costas, indo ao banheiro.
– Amanhã?! – perguntou Jefferson, surpreso e totalmente decepcionado.
– Sim, amanhã. Por quê?
– Manu, amanhã é a final do campeonato nacional de futebol. Já temos os ingressos comprados! Combinamos isso há dias. Vamos torcer pelo Currutense? – Jefferson tentava animá-la.
– Pode ir, Jefferson. Chame outra pessoa, tenho de trabalhar. Uma das meninas irá viajar e prometi cobrir ela na loja. Chame um amigo e lhe dê meu ingresso. Depois do jogo, conversaremos. Tenho uma bela surpresa para você – os olhos de Manu cintilaram.

Jefferson observava a esposa, abanando a cabeça. Recusava-se a crer naquela decisão. Totalmente inconformado, perdeu a vontade de ir à pesca, e pouco se importou com a tal surpresa.

Não acreditava que Manu não o acompanharia àquele jogo: ela amava futebol e era apaixonada pelo time da cidade, o Currutense Futebol Clube. Time que teria uma grande batalha pela frente, buscando a conquista do mais nobre título de futebol do país. Jefferson, sem saber, estava perdido em suas perturbações, originadas pelos milagres e às quais o sobrenatural deve o seu poder.

Capítulo 44

Curruta estava parada: era o dia da grande final do Campeonato Nacional. O estádio Mãe do Céu, que abrigava o clube local, o "Currutense Futebol Clube", estava com a capacidade máxima de 110 mil pessoas, que lotavam o caldeirão. O Mãe do Céu desbancou os demais estádios, tornando-se o maior do mundo. O clube que, nos anos anteriores, fora campeão da quarta, terceira e segunda divisão, coisa inédita no futebol brasileiro, agora tinha mais este desafio em mãos: conquistar, pela primeira vez, o título de Campeão Brasileiro. E já no jogo de ida, no qual o Currutense precisava de apenas dois empates, o jogo ficou em 1x1 na Arena, em Porto Alegre, contra o Grêmio.

* * *

Próximo aos portões, uma mulher com dois filhos pequenos, a filha adolescente e o namorado vieram prestigiar o grande clássico. Era Sofia, com a família. E, como sempre, longe de Jarbas. Não muito distante, o quinteto fora observado por um grande homem, que trajava uma camisa do clube local e um boné da banda Sepultura. Ele chamou a atenção de um de seus homens, deu-lhe uma ordem qualquer e foi até eles.

– Boa-tarde – disse o homem.

Saulo gelou os ossos. O que seu pai estaria fazendo ali? Aquilo era perseguição! Ele e Jasmim olharam-se, e, nesse olhar, tudo disseram.

– Boa-tarde – respondeu Sofia, educadamente.

– Permita que eu me apresente: sou Paulo Seixas, o pai de Saulo.

O garoto quase enterrou as mãos na cara, pela inconveniência de seu pai. Sofia ficou aliviada pela presença do desconhecido.

– Muito prazer – estendeu sua mão a Honório.

– E você, Jasmim, tudo bem? Tudo bem, filho?

– O prazer é todo meu. Não imaginava encontrar o senhor por aqui – disse Sofia, um pouco mais à vontade. – Vocês já se conhecem? – Sofia se referia a Honório e Jasmim.

– Sim, nos conhecemos um dia desses. Quero dizer que estou muito feliz por Saulo ter uma namorada tão gentil e bonita quanto Jasmim.

A jovem corou.

– Muito obrigada! – respondeu Sofia. Saulo nada dizia.

– Hoje vejo de onde ela herdou tanta beleza. Não há dúvidas que veio da mãe, dona de uma beleza tão atraente quanto à das sereias!

Foi a vez de Sofia corar.

– Gentileza do senhor, obrigada.

– Imagine, sou apenas realista em meus comentários. Meus olhos não me traem: reconheço quando estou diante de uma beldade.

Sofia estava com o rosto em chamas, a pele formigava de tanta vergonha. Mas aquelas palavras estavam fazendo um bem indescritível ao seu ego.

– Meu nome é Sofia. O senhor é muito gentil! – disse ela, com a voz trêmula.

– Deixe as formalidades de lado. Pode me chamar de "você", e apenas por meu primeiro nome: Paulo. Realmente estou muito encantado e feliz por nossos filhos, Sofia – um dos homens de Honório se aproximou, trazendo consigo um buquê de flores. Entregou o buquê ao chefe.

– Obrigado. Aceite estas flores, Sofia, em nome da união destes jovens, que são nossos queridos e amados filhos.

As pessoas passavam e olhavam aquela cena, que fazia com que as pernas de Sofia tremessem como vara verde.

– Meu Deus! Muito obrigada, seu Paulo. Aliás, Paulo. Muito obrigada.

Saulo olhava incrédulo para o pai – jamais esperava que ele fosse capaz de tal coisa. Sofia estendeu os braços para pegar as flores; sem jeito, olhava para todos os lados. Estava encantada com Honório; o que ele fez em poucos minutos, Jarbas jamais fizera durante todo o tempo que estavam juntos.

– Vamos entrar? – perguntou Saulo.

– Sim, vamos – despertou Sofia. – Vou levar as flores ao carro, com licença.

Ela voltou com um belo sorriso no rosto. Pegou nas mãos dos filhos.

– Onde está o seu pai, Saulo?

– Ele se foi. Vai entrar pelo outro portão.

– Que homem gentil!

Honório, como Paulo Seixas, cumprimentava um casal de amigos: Laura e Himbraim. Logo depois, ele e seus homens observavam, com ar divertido, Sofia em meio aos torcedores. Ele apenas deu uma piscadela para um de seus homens, e logo foram em direção às cadeiras cativas.

Capítulo 45

Para a grande final, o tricolor gaúcho tinha de ganhar de qualquer maneira do Currutense, caso quisesse levar o título para o Sul. Ninguém apostava nisso, pois o Currutense estava invicto, e batendo o maior bolão. Nos jogos que fez em casa, o placar menos amplo foi de 3x1. A missão do imortal tricolor era quase impossível, até porque o Currutense estava com um time muito entrosado. E disposto, mais que qualquer outro time, a levantar a taça.

O Mãe do Céu era um espetáculo: 15 mil ingressos ficaram disponíveis aos torcedores do Grêmio.Os outros 95 mil foram reservados aos currutenses de sangue preto e azul. O uniforme do time da casa era um dos mais belos do país: uma camisa preta com duas faixas azuis, formando um "x" bem na frente. Ao centro do "x" havia o escudo da equipe. Nas costas, o "x" se formava em uma marca d'água, estando sobre este o nome e o número do atleta. O calção era preto, com listas azuis dos lados, e o número do atleta na perna esquerda. Os meiões também eram pretos com faixas azuis. Era o uniforme número 1 do Currutense; portanto, o Grêmio, por ser o visitante, jogaria com a tradicional camiseta tricolor, mas com calção e meiões brancos.

Bares, lanchonetes e praças da cidade estavam devidamente equipados por telões. Eram alternativas às pessoas que não conseguiram ingressos para o espetáculo daquela tarde de domingo. Calafrios e frio na espinha faziam parte dos sentimentos das torcidas. "Os jovens detonadores", como eram conhecidos os torcedores do Currutense, estavam com os nervos à flor da pele, aflitos, tomados pelo nervosismo.

O Brasil inteiro estava ligado naquela final, era uma das maiores finais de campeonatos da história. O primeiro campeonato que, após tanto tempo, não fora disputado na chatice dos pontos corridos. Se assim fosse, o Currutense teria sido campeão há cinco rodadas para o final. Como o sistema mudou, as finais voltaram a ser o charmoso mata-mata, com muito mais emoção para os torcedores e mais oportunidades para os times de raça.

E os dois times mais raçudos estavam prestes a realizar a grande e inesquecível batalha. Os torcedores dentro do estádio estavam alheios ao resto do mundo, em êxtase total.

Em meio àquela fervorosa festa, O Alma se alojou entre um dos refletores do estádio. Não queria que ninguém o visse, e ali ninguém o veria. Todas as atenções dos torcedores e das câmeras estavam voltadas ao cenário de impecável grama verde, bandeiras e gritos de emoção. Jamais perderiam aquele jogo.

Manu foi trabalhar sem que ao menos Jefferson a visse sair.

As duas equipes ainda estavam nos vestiários. Os atletas da equipe visitante foram vaiados quando entraram para se aquecer junto ao preparador físico; já estavam habituados às vaias dos adversários e aos aplausos da inflamada torcida tricolor.

Já os atletas do Currutense se emocionaram ao ouvir aquela multidão gritando por seus nomes. Aqueles torcedores enlouquecidos e tomados pelo amor que sentiam pelo "Jovem Detonador". Era de arrepiar a alma de qualquer um. Motivadas, determinadas e empolgadas, as duas equipes voltaram ao vestiário. Logo encarariam os 90 minutos decisivos que estavam por vir.

Minutos depois, já no gramado em definitivo, o juiz deu o apito inicial da partida. O Currutensse deu a saída de bola, e os times começaram aquela tão esperada batalha. Antes de qualquer estudo do adversário por ambas as partes, o Currutense tem a iniciativa de ataque. Um lance do meio campo para a lateral direita; jogada de linha de fundo; um cruzamento preciso. O atacante do time da casa abre o placar: gol de cabeça! Cabeçada precisa, olhos abertos e bola no chão, sem dar a mínima chance ao goleiro gremista. A bola descansa na rede com exatos 27 segundos de jogo. O placar é movimentado; o atacante comemora, eufórico. Os atletas se amontoam para comemorar aquele espetacular, preciso e necessário gol, que fora um balde de água fria no guerreiro tricolor do sul.

O estádio parecia estar sob um terremoto: faixas, bandeiras e fitas decoravam o cenário, misturadas aos gritos e lágrimas dos fanáticos e esperançosos torcedores. O gol foi um grande passo para o jovem Currutense conquistar, consecutivas vezes, todas as divisões profissionais do país do futebol. Em um dos refletores, O Alma não se continha. Como gostaria de estar no meio daquela fervorosa torcida, como gostaria!

Aquela tarde seria um marco para ele e para os habitantes da cidade. Para o herói, seria bem mais marcante, mas não por causa do jogo. Isso nem ele sabia.

Mas voltemos ao clássico.

A equipe visitante não contava com essa: sabia que a batalha seria difícil, mas nem o mais otimista currutense esperaria que o "Jovem Detonador" daria um golpe tão certeiro antes de um minuto da partida decisiva. Os treinadores à beira do campo gritavam assim que a bola começou a rolar novamente; desta vez, com o Grêmio dando reinício à partida. Jogador nenhum conseguia captar as mensagens de seus técnicos – entendiam mais os gestos que as palavras. Só se fossem especialistas em leitura labial decifrariam as petições. O Mãe do Céu, de fato, era quase como um caldeirão a 100 graus de temperatura.

No meio da festa, um aglomerado de pessoas bebia um líquido verde numa taça de cristal, servido por uma exuberante mulher. No lado oposto ao estádio, havia um homem solitário, cheirando mal pra diabo.

Nada tirava a atenção dos telespectadores; mesmo os internos do manicômio estavam diante da TV, inclusive Maria: seu olhar perdido estava voltado à tela da TV. O país inteiro assistia aflito àquela partida de futebol, ataques e contra-ataques de um lado para o outro. A torcida local se arrepiou, quando um dos jogadores do time rival mandou um foguete do meio do campo, que explodiu no travessão. Definitivamente, o visitante não estava vencido; era um time guerreiro e muito bem montado.

Mas o Currutense não ficava atrás: mantinha o respeito, porém era mais ameaçador e objetivo. Para o delírio de todos – aliás, para quase todos –, o time da casa fez o segundo gol. O Currutense ampliava o placar diante do Grêmio. O estádio inteiro era uma festa só, e as coisas se complicaram para o tricolor, que agora precisava de três gols. Àquela altura, aos 27 minutos do primeiro tempo, já perdia por 2x0. A missão estava ficando complicada, próxima às raias do impossível para os gaúchos.

Capítulo 46

Todos os torcedores do "Jovem Detonador" estavam em festa, todos em uma só euforia com o segundo gol do time de coração. Mais um gol de cabeça do ótimo atacante revelado pelo time da casa. O Alma, porém, estava quieto; quase não dera atenção ao gol. Estava concentrado, apagando de sua mente os estridentes gritos dos torcedores, e focado apenas em um pedido de socorro. Aquela voz era conhecida, e pedia ajuda. O herói, de olhos fechados, tentava decifrar de quem era aquela voz e onde estava a pessoa que a emitia. Era um pedido horripilante de socorro, assustador mesmo para o herói. A pessoa deveria estar *mesmo* em grandes apuros. Ele sabia que era uma mulher: seus ouvidos conseguiam ouvir seu choro. Lágrimas que se misturavam à aflição.

De repente, ao redor do herói, só o silêncio. Ele abriu os olhos: via mais de 100 mil pessoas pulando, fazendo gestos, dançando de um lado para o outro, abraçadas. Via tudo, mas não ouvia nada. Ninguém dali.

O Alma se acomoda no refletor. Ainda com os olhos voltados para o público lá embaixo, ouvia melhor agora.

Era praticamente nítida aquela voz. Ainda sem saber de quem era ou de onde vinha, a vítima já implorava pela vida.

O Alma estava inquieto, precisava de muita concentração. De repente, tudo ficou claro: os gritos vinham do centro da cidade. O murmúrio logo se tornou claro e contínuo.

Acenderam-se seus olhos. Reconheceu a voz de súplica: era de Manu.

O Alma saiu, sobrevoando de um lado ao outro o estádio. Seus olhos eram fortes pontos azuis. Aquela rápida passagem serviu apenas para aumentar o delírio dos torcedores, que começaram a gritar em coro: "O Alma é currutense!", "O Alma é currutense!", "O Alma é currutense!".

"O que pode ter acontecido? Por que alguém faria mal para a Manu?", perguntava-se O Alma, voando em grande velocidade na direção da relojoaria. Tinha de ajudá-la; precisava salvá-la, para depois pegar todos os malditos que estavam fazendo mal à jovem russa. Iria fazer cada um deles pagar quanto pudessem, cravaria suas garras sobre os porcos.

O herói focado, concentrado e com os ouvidos apurados, ouvia apenas o baixo sussurrar da russa. O que estaria acontecendo? Ele voava rapidamente, precisava chegar quanto antes. Precisava salvá-la, queria saber da surpresa que ela tinha a lhe contar. Sabia que deveria ter lhe dado mais atenção. O herói temia não conseguir salvar aquela amada mulher. Os olhos de O Alma eram tão fortes, que viraram um forte ponto azul no céu da cidade. As pessoas mal decifravam o que poderia ser aquilo, rasgando o céu com tanta velocidade. Não se importavam: o jogo era a bola da vez.

A cinco centenas de metros, o herói avistou a relojoaria onde Manu trabalhava. A loja, que formava uma linda paisagem vista de cima, estava um caos. Com muita fumaça e labaredas de fogo, havia sucumbido às chamas. Em frente à loja, muitos curiosos, carros de polícia, caminhões do Corpo de Bombeiros. Tão logo chegou, O Alma desceu e parou diante da entrada da relojoaria. Muitos abriram espaço, quando viram que ele chegava. Mesmo voando muito rápido em direção ao chão, o herói apenas tocou a calçada com os pés.

– *O que houve aqui? Onde estão as pessoas? Onde está Ma...*

Ele se interrompeu. Inexplicavelmente, sentiu que não poderia completar a última pergunta. Mesmo estando fora de si, mantinha a prudência.

– *Onde estão os funcionários da loja?* – perguntou por fim. Observava, com o olhar desolado, o deplorável estado em que se encontrava o lugar.

– Alguns foram enviados para o hospital, outros ainda estão lá dentro. Não conseguimos resgatar todos. Houve uma pequena explosão no interior da loja. Há muito fogo, está difícil o trabalho. Aqueles três nos ajudaram.

O bombeiro apontou na direção de um chinês, um americano e um russo, que estavam ao lado. Sem dar atenção a eles, pensou em Manu. Onde estaria? No hospital, ou ainda lá dentro? Antes que entrasse nas chamas, alguém completou:

– Acreditamos que houve um assalto. Pelo que consta, não só assalto. Queriam vingança.

Era Jarbas que falava com o herói.

"*Vingança? Contra quem?*", pensou a sombra da justiça, rasgando chamas adentro.

Mesmo ele, com seus poderes, sofria com o calor e com a fumaça negra que vinham do interior daquela loja. Olhos apurados e passos rápidos: O Alma vasculhava toda a extensão da imensa loja, mas não conseguia ouvir nada além do crepitar do fogo.

– *Tem alguém aqui?* – gritou em desespero, derrubando uma parede que se opunha à sua frente.

Ele dava voltas em torno de si mesmo; as chamas ficavam coloridas com a mistura das cores. Os olhos eram potentes lanternas naquele recinto.

– *Conseguem me ouvir?* – gritou novamente.

Começou a vasculhar novamente cada centímetro. As pessoas do lado de fora ouviam os gritos do herói da cidade. Todos estavam aflitos como ele: parentes, amigos ou transeuntes.

– *Aqui!* – ele ouviu. Era a voz de uma mulher. Uma voz sufocante, desfalecida, aparentemente irreconhecível.

– *Onde? Onde está você?* – gritou ele, de imediato ficando em silêncio para ouvir de onde vinha aquele sussurro.

Nada.

Era só o crepitar do fogo que se sobressaía. Nenhum som emitido por pessoa.

– *Onde? Onde está você? Vim para ajudar!* – insistia o herói, que caiu de joelhos.

– ...qui!

Ele decifrou o enigma: a pessoa estava poucos metros à sua frente. Andou alguns passos, e viu um armário no chão. Parte dele prendia uma pessoa. O Alma se arrepiou quando olhou para baixo, vendo e ouvindo aquilo:

– Por favor, me ajuda. Estou morrendo.

Era uma das amigas de Manu, que trabalhava ali com ela. O Alma não poderia deixá-la ali: estava ferida, respirando com muita dificuldade. Ele vacilou por um instante, precisava encontrar sua esposa.

– *Alguém mais pode me ouvir?* – perguntou, numa esperança remota.

Usando a incrível força, livrou a perna da mulher, que também estava prensada por uma parede que havia desabado. A perna sangrava, havia sido esmagada. O Alma cuidadosamente a pegou no colo. Olhou ao redor na esperança de localizar Manu, nada. A mulher em seu colo começou a tossir, perdendo os sentidos. Ele a protegeu e, usando um dos ombros, providenciou uma saída que dava para a rua. Pedras voaram para todos os lados. Jarbas e os demais policiais saltaram, pensando que fosse outra explosão. O Alma não queria – nem poderia – perder tempo.

– *Cuide bem dela. Está muito ferida* – disse ao bombeiro que recolhia a mulher. O homem apenas assentiu, em caráter de urgência.

O herói voltou à relojoaria por onde saiu. Tentou apagar as chamas, formando um redemoinho com o corpo, mas o efeito daquela frustrada tentativa só fez com que as labaredas mudassem de direção.

– *Alguém pode me ouvir? Manu!*

O chamado que fizera fora abafado por uma coluna que se desfazia. As pessoas lá fora, ocupadas e preocupadas com a mulher ferida, já não prestavam atenção às palavras do herói.

O Alma começou a sentir um calor insuportável, mesmo ele não estava resistindo à temperatura tão alta. Era o inferno.

– Socorro! Socorro! – era a voz de um homem.

– *Onde está você, Manu?* – perguntou O Alma, enquanto seguia a voz que pedia por socorro.

A vítima fora localizada facilmente, o rapaz tinha vários arranhões no rosto. Sua camiseta branca estava cheia de carvão, e parte da calça estava queimada. Provavelmente era um cliente, no lugar errado e na hora errada. Quando O Alma o pegou, percebeu, mesmo em meio à fumaça, que o jovem tinha um enorme ferimento na testa. Aquilo provavelmente fora sequela de uma forte pancada. Rapidamente a figura negra deixou o rapaz aos cuidados dos homens que estavam do lado externo. Os jatos d'água que vinham das mangueiras surtiam pouco efeito sobre as poderosas chamas.

O Alma retornou ao local incendiado. As poucas chamas que se desfaziam com a água produziam mais fumaça, o que dificultava o trabalho do herói, já desesperado. Os olhos apurados, os ouvidos tentando captar qualquer sussurro. Nada adiantava: nenhum sinal de esperança. Numa velocidade inacreditável, varria com os olhos e as mãos o espaço. Às vezes, algumas queimaduras apareciam em seu braço ou em outras partes do corpo.

O desespero anulava qualquer dor, precisava encontrar Manuela. Maldito destino.

– Aqui, Alma! Aqui... Estou debaixo de alguns escombros, a alguns metros de você. Posso ver seus pés.

Aquela voz ele reconhecia. Tinha de salvá-la imediatamente; aquele tom de voz era de quem estava prestes a morrer. O herói viu parte das mãos embaixo dos entulhos. Ao lado dos escombros, altas labaredas; as chamas logo alcançariam aquele corpo. Ele tinha pressa em livrar aquela pobre da morte. Completamente atordoado, tinha esperança de que fosse Manu. A voz era muito parecida. Abaixou-se, pensando na melhor maneira de livrá-la das pedras e cacos de vidros.

O Alma, de joelhos e vasculhando os espaços, juntou suas mãos como se fizesse uma oração, e mergulhou no meio do entulho. Naquela total escuridão, em que o ar se ausentava, abraçou o corpo da mulher, em posição fetal. Num gesto brusco, esticou as pernas violentamente; estilhaços de vidro voaram junto aos blocos de pedra. Levantou-se rapidamente, certificando-se de que a mulher estava bem. Seu semblante demonstrou tristeza ao ver que ela estava muito mal. A pior decepção, porém, foi perceber que ela não era a mulher que tanto procurava: era Cláudia, antiga amiga de Manu. O estado dela era deplorável. Foi por ternura e compaixão que O Alma a levou dali, pois a vida esvaía-se dela.

Quando estava prestes a deixá-la com um dos homens, que esperavam ansiosos do lado de fora, ela balbuciou estas palavras:

– Obrigada, Jefferson. És muito corajoso.

Ele então a entregou morta aos braços do bombeiro.

A sombra estava à beira da loucura: o que estaria acontecendo? Não conseguia encontrar Manu. Teria ela saído dali quando a confusão começara?

Quando o Alma voltou ao lugar, em busca de mais vítimas, sentiu parte do teto desabando sobre sua cabeça. Aquilo o pegou desprevenido: o herói recebera um forte golpe. Perdeu os sentidos por alguns segundos; aquilo pesava, e estava muito quente. Tinha de se livrar daquela coisa. Com maior passagem de ar, o fogo se acentuou. Paredes, madeiras, tudo queimava rapidamente.

Onde estaria Manu?

Livrou-se da parede que o comprimia contra o piso: sua força fez com que aquelas pedras voassem. Em meio à espessa fumaça, vasculhava em desespero novamente à sua volta. Nada via, encontrava ou ouvia. Ficou parado, olhando atentamente ao seu redor. Bem ao fundo da loja, algo rastejava; era uma pessoa, e via-se nitidamente quanto estava ferida. Ela disse com dificuldade:

– Jefferson, é você? Ajuda-me.

Era Manu. Disse, com muito esforço, aquelas palavras, e começou a tossir.

O Alma, por sua vez, estremeceu; fechou os olhos e estendeu o braço, para ver quem era naquele momento: O Alma ou o Jefferson?

Ela chamou por seu nome, e o mesmo havia acontecido com Cláudia minutos antes. Se quando abrisse os olhos visse o braço de um homem, seria Jefferson. Se fosse um braço enorme e musculoso, na forma de uma sombra, seria O Alma. Caso prevalecesse a segunda opção, Manu... Era melhor nem pensar naquilo. Esses devaneios percorreram-lhe os pensamentos em menos de um segundo.

Agilmente foi ao encontro da esposa, que estava com os olhos úmidos, muito suja de sangue. Escorriam lágrimas de seus olhos e sangue de seu nariz. Um dos braços estava quebrado. O Alma a afagava: ela *precisava* viver. Ele morreria se isso não acontecesse.

As chamas tornaram-se ainda mais intensas; em segundos, haveria outra explosão ali. O Alma lançou-se para fora do lugar, com sua esposa nos braços. O fogo estava fora de controle; carros e pessoas se afastavam do local, em alerta total. Então, tudo explodiu. Desesperado, o herói saiu voando, com Manu nos braços, descendo a cem metros de distância. Manuela estava muito ferida. Delirava, estava com a pele branca, muito pálida. O carvão não fora capaz de ocultar aquele tom.

"O que seria aquilo?", pensou O Alma, mas não conseguiu associar a nada. Ele continuava a andar com ela nos braços, a explosão e as chamas logo atrás deles. Manu abriu os olhos com muita dificuldade, queria dizer algo. O Alma, tomado por um terrível pressentimento, tinha vontade de chorar. Era o que lhe restava.

Manu, com todo o esforço, disse ainda algumas outras palavras, procurando conforto no peito daquele que a carregava:

– Você está me carregando no colo, e seu corpo está tão frio... – era quase inaudível.

Continuou:

– Nos ajude, Jefferson. Ajude a nós dois, querido, a mim e ao nosso filho.

Ela parou de falar, por causa da tosse que se apossou dela.

O Alma olhava bem fundo nos olhos de Manu; ela, porém, estrangulada pela emoção e a custo de muito esforço, mostrando toda a nobreza de seu coração, concluiu:

– Estou grávida, meu amor. Esta era a surpresa que queira lhe fazer.

Manu, então, deu um leve suspiro. Mesmo ferida e cansada, tentou sorrir, mas os lábios não a obedeceram. Tentou manter seus olhos abertos, mas as pálpebras não estavam mais sob seus domínios.

FIM

MADRAS® Editora

Para mais informações sobre a Madras Editora, sua história no mercado editorial e seu catálogo de títulos publicados:

Entre e cadastre-se no site:

www.madras.com.br

Para mensagens, parcerias, sugestões, dúvidas nos mande um e-mail:

marketing@madras.com.br

SAIBA MAIS

Saiba mais sobre nossos lançamentos, autores e eventos seguindo-nos no facebook e twitter:

@madrased

/madraseditora